AF125915

La vie trépidante et rocambolesque de Madison Nichols

Tome 3 : Le jour où elle s'est coincé le doigt

Angela Villa

LA VIE TRÉPIDANTE ET ROCAMBOLESQUE DE MADISON NICHOLS

Tome 3 :

Le jour où elle s'est coincé le doigt

Angela Villa

FEEL So GOOD

www.feelsogood-editions.com

« *Si vite que coure le mensonge*
la vérité un jour le rejoint. »

JACOB CATS, *Miroir du temps passé et présent*
(1632)

« *L'imagination porte bien plus loin que la vue.* »

BALTASAR GRACIAN, *Pages caractéristiques*
(1926)

« *Le pardon n'est pas au bout du chemin ;*
il est le chemin. »

FRANÇOISE CHANDERNAGOR, *La Première*
Épouse (1998)

Prologue

Je suis tellement ravie de vous retrouver ! Après vous avoir entraîné dans mes histoires délirantes, j'avais peur que vous ne finissiez par penser que j'avais une araignée au plafond, mais je constate avec joie que vous êtes encore là ! J'espérais tellement qu'une nouvelle enquête pointe le bout de son nez que j'avais cru voir ma voisine enterrer quelque chose dans son jardin… Quelle idée ! Mac est tellement bienveillant envers moi qu'il avait réellement enterré une boîte pour que je ne sois pas déçue. Ce qui est arrivé ensuite est de loin l'aventure la plus incroyable que j'aie vécue jusqu'ici ! Je vous ai baladé au rythme de mes théories farfelues et alambiquées, mais je vous promets (d'essayer) d'être plus sage cette fois-ci. J'apprends à canaliser mes émotions. Sur les conseils de Jean-Claude, je me suis mise au yoga. C'est très tendance à Hollywood. Et il n'y a qu'à voir le résultat pour en reconnaître les vertus ! Je n'étais pas très convaincue au début, mais je commence à ressentir les prémices de la béatitude. Je souris sans arrêt, comme ça, sans raison. Même les paparazzis désespèrent. Ils guettent l'instant T. Ce moment tant attendu où *Madwoman* va refaire son apparition. Mais je sens bien qu'ils sont lassés. Je les croise beaucoup moins souvent et les magazines sont plus cléments envers moi depuis quelque temps. Ils ont jeté leur dévolu sur la nouvelle gagnante de *The Voice*. La pauvre ! Je lui donnerais bien quelques bons conseils et mises en garde, mais je dois me concentrer sur mon mariage. Non ! Ne me dites pas que vous avez cru un instant que j'étais capable de me marier sans vous ? Il est hors de question que je fasse la fête si vous n'êtes pas là. Pour cette occasion, j'ai fait appel à la pro de l'organisation : moi ! Mac voulait que je contacte une organisatrice, mais je ne suis pas rassurée. Elle pourrait s'éprendre du futur marié comme Jennifer Lopez dans *Un mariage trop parfait*. Cette hypothèse peut paraître très cliché, mais soyez-en certain, cela arrive plus souvent qu'on ne le croit. Il faut toujours se méfier de ce genre d'individu. Depuis notre mésaventure avec Vera, notre ancienne femme de ménage, j'ai beaucoup de mal à accorder de nouveau ma confiance. La maison est sens dessus dessous, mais je ne peux me résoudre à engager quelqu'un d'autre. J'ai peur de tomber sur une autre psychopathe qui éprouverait de la rancune à l'égard de Mac parce qu'il aurait refusé de lui signer un autographe ou accepté le rôle d'un personnage qu'elle déteste. Allez savoir ce qui peut passer par la tête de certaines personnes. Oh ! je n'ai pas été totalement hermétique à l'idée. Nous avons tout de même fait passer un entretien à un bon nombre de prétendants et prétendantes au poste d'employé(e) de maison. Il y avait une queue interminable devant chez nous, aussi longue que celle des nounous devant la demeure des Banks dans le film *Mary Poppins*. Seulement, ici, elles ne se sont pas envolées les unes après les autres pour nous laisser la perle rare. Je leur ai fait passer plusieurs tests psychologiques. J'ai même demandé une copie de leur casier judiciaire et je me suis assurée que personne (ou un membre de leur famille) n'aspirait à travailler dans le milieu du cinéma. Malheureusement, aucune des personnes qui se sont présentées n'a su me convaincre. Mac trouvait pourtant que certaines d'entre elles paraissaient très convenables, mais la mâchoire de

Vera encore gravée sur mon avant-bras a vite fait de me rappeler que ce n'était pas envisageable. Je ne suis pas prête.

Ceci étant, inutile de vous dire à quel point je suis débordée ! Entre les corvées, mes enquêtes, les soirées mondaines, les avant-premières, les pseudo-préparatifs de notre mariage (car disons-le franchement, je n'ai pas eu le temps de m'y mettre sérieusement) et mes cours de yoga, je mène une vie à cent à l'heure. Mais je n'ai pas fait les mêmes erreurs que la dernière fois. J'ai instauré des règles. Je n'accepte plus n'importe quelle enquête, je ne réponds plus au téléphone le soir et le week-end, et j'ai aboli les transferts de ligne sur mon portable pendant mes congés. Les vacances en pointillés, c'est terminé ! Mac et moi faisons notre possible pour concilier nos emplois du temps. Depuis qu'Edgar est en couple avec Kate, il est devenu beaucoup plus complaisant et nous avons davantage de temps libre. Il ne l'oblige plus à s'afficher à chaque événement pour s'attirer plus de notoriété. Il a compris que notre vie professionnelle passait désormais au second plan. Mac est déjà très populaire, il n'a plus besoin de fanfaronner. Il se voit même proposer des rôles très valorisants sans passer de casting.

Nous ne savons pas encore où se déroulera notre mariage. Quelques idées nous taraudent, mais rien d'officiel pour le moment. J'émets encore quelques réserves. C'est un jour exceptionnel, je ne veux rien laisser au hasard. Ça fait tellement longtemps que je n'ai pas prononcé cette phrase ! Rassurez-vous, la Madison prévoyante et planificatrice n'est sortie que pour une durée limitée ! Elle repartira *illico presto* quand Mac et moi serons enfin mariés. Je suis tellement heureuse ! Je suis plus amoureuse que jamais. J'ai l'impression d'avoir en permanence des cœurs à la place des yeux, comme cet émoticône sur mon smartphone. Mac est si parfait. Il est la boussole qui me remet dans le droit chemin quand je pars à la dérive, et Dieu sait combien de fois j'ai emprunté la mauvaise route ! Je vis sur un petit nuage depuis plusieurs mois et je ne vois rien qui pourrait obscurcir mon horizon et saccager tout ce bonheur. Non, je ne vois vraiment rien…

Chapitre 1
Aux fourneaux

Je viens de courir pendant près d'une heure derrière un mari « volage ». Sa femme m'a demandé de le prendre en photo en compagnie de sa maîtresse, mais tout ce que j'ai vu jusqu'à présent, c'est un homme drogué aux jeux vidéo qui finit ses journées dans une salle d'arcade au lieu de rejoindre son épouse. Il se perd dans un univers virtuel tandis qu'elle larmoie de n'être devenue qu'une option. Ce que c'est triste d'en arriver là ! Ce métier peut se révéler aussi passionnant que perturbant. Cette enquête m'a fait prendre conscience de la chance que j'ai de partager ma vie avec une personne telle que Mac. C'est un homme merveilleux qui me soutient et me fait me sentir exceptionnelle. Oh là là ! Je deviens ennuyeuse avec mes phrases tout droit sorties des romans à l'eau de rose ! Je ne sais pas si c'est mon mariage ou mes cours de yoga qui me rendent complètement nunuche, mais il faut vraiment que je reprenne du poil de la bête, sinon je vais finir aussi gluante que de la guimauve ! Trêve de rêverie, il faut que je rentre ! Je veux faire une surprise à Mac en cuisinant un bon dîner pour ce soir et je n'ai encore rien préparé. Les tourtes surgelées et les traiteurs à domicile, ça va bien cinq minutes, je vais lui concocter un repas digne d'un chef étoilé. Susan m'a donné quelques-unes de ses meilleures recettes. Je vais lui mitonner un *kedgeree* et un *fish pie*. Je ne savais pas quel plat choisir alors Susan m'a conseillé de préparer les deux et il mangera celui qu'il préfère. C'est ce qu'elle fait toujours quand elle hésite entre deux menus (ce qui arrive assez fréquemment, d'ailleurs). J'ai parcouru vite fait les recettes, cela me paraît assez simple. Il me manque quelques ingrédients. Je n'ai pas de temps à perdre. J'enfile mes larges lunettes de soleil qui me couvrent la moitié du visage et je fonce à la supérette du coin. C'est une petite épicerie à Hampstead, sur Elm Terrace. Le propriétaire, M. Gadhavi, me connaît bien. Il me laisse toujours passer en priorité. Il sait que je ne peux pas m'attarder dans les lieux publics. Il y a toujours une ou deux râleuses mécontentes que je les double en caisse, mais quand je leur montre ma carte de détective privée, elles finissent généralement par se calmer (non sans grincer des dents).

Aujourd'hui, j'ai de la chance, c'est très peu animé. Je vais faire encore plus vite que prévu.

— Bonjour Mademoiselle Nichols !

— Bonjour Monsieur Gadhavi !

— Nous avons changé les tourtes surgelées de place. Elles sont dans le fond désormais, à la place des crèmes glacées.

— Pas besoin ! Aujourd'hui, je me colle aux fourneaux. Je prépare un repas spécial pour vous savez qui…

Je lui lance un clin d'œil complice, il sait très bien à qui je fais allusion. M. Gadhavi est un fidèle allié. Il est une des rares personnes à qui je peux encore accorder ma confiance les yeux fermés. Je déambule dans les rayons comme dans un musée. Je reste scotchée devant chaque ingrédient sans savoir lequel choisir. Voyons… Il me faut un kilo d'épinards… Mais quel genre ? En conserve ? Surgelés ? En pousses ? Rien n'est précisé sur la recette de Susan ! « Une demi-cuillère à café de coriandre en poudre… » Mais que vais-je faire d'un pot aussi gros ? Je suis amoureuse, mais ce n'est pas pour autant que je vais cuisiner tous les jours ! Ce pot me survivra. Je vais demander à M. Gadhavi s'il peut m'en vendre seulement une pincée… Oh ! une dame vient de faire tomber son sac de courses !

— Attendez ! Je vais vous aider !

— C'est gentil, mais ça ira, il n'y a trois fois rien dans mon sac…

Elle s'accroupit pour ramasser à la va-vite ses achats éparpillés sur le sol.

— Je m'en occupe, ne bougez pas !

— Merci beaucoup, mademoiselle, mais ce n'est pas la peine, je vous assure...

Je lui tends une boîte de sucre en morceaux. Quand cette dame lève ses yeux clairs vers moi, je ressens comme une sensation de déjà-vu. Cette scène, je suis presque sûre de l'avoir déjà vécue. Comme si je connaissais cette femme depuis toujours. Ses gestes, son sourire, sa façon de se tenir… Tout chez elle m'interpelle.

— On se connaît, n'est-ce pas ? Je veux dire, nous nous sommes déjà rencontrées ?

Je fais glisser mes lunettes sur le bout du nez. Aucun soubresaut de stupéfaction, d'yeux écarquillés ou de bouche en cœur. Cette femme n'a pas l'air de savoir qui je suis.

— Je ne crois pas, mademoiselle. Mais peut-être nous sommes-nous déjà rencontrées dans une autre vie.

— Excusez-moi, je dois confondre. Vous ressemblez probablement à l'une de mes connaissances.

— Si je peux me permettre, j'ai jeté un œil à l'intitulé de votre recette, et je ne pense pas que les épinards en conserve soient adaptés au plat que vous souhaitez préparer…

— Justement je me demandais lesquels choisir…

— Les épinards frais donneront davantage de goût. Et je vous conseille d'ajouter de la cannelle.

— Merci beaucoup, Madame…

— Appelez-moi Maggie.

— Enchantée, moi, c'est Madison.

— Eh bien, au plaisir, Madison.

La dame cligne des yeux en guise d'adieu puis se volatilise derrière la gondole de marmelades. Cette rencontre ne pouvait pas mieux tomber ! Cette femme vient de sauver mon dîner !

***

À l'aide ! La cuisine est en état de siège ! Elle est envahie de vaisselles, d'ustensiles, d'ingrédients dont je n'ai pas trouvé l'utilité, de sauce visqueuse et d'une couleur improbable… Ma préparation a fait plus de dégâts qu'Hiroshima ! Mais pourquoi cette sauce est-elle verte ? Le curry n'est-il pas censé être jaune ? J'ai dû comprendre la recette de travers. Cela m'apprendra à lire en diagonale ! Certaines étapes me semblaient totalement superflues alors je suis passée directement à la suivante. « Déglacer avec de l'eau » ? Est-ce que ça veut dire que je dois congeler les crevettes avant de les cuisiner ? « Faire revenir les oignons ». Mais les faire revenir d'où ? « Chaufroiter le poisson avec la sauce ». Qu'est-ce que cela signifie ? Qu'il faut chauffer le poisson pour ensuite le refroidir avec la sauce ? C'est complètement insensé ! Soit c'est chaud, soit c'est froid ! Il faut se décider ! Celui qui a élaboré cette recette doit souffrir du même trouble que Susan ! *L'indécipathologie*! Je suis en train de vivre un épisode de *Cauchemar en cuisine*, mais en version apocalyptique. Je suis une catastrophe ambulante ! Mac va bientôt rentrer et j'ai gâché tout notre dîner. Je n'ose même pas goûter, de peur de faire une intoxication alimentaire.

— Ça sent bon, dis donc !

Arrêt sur image. C'est la voix de Mac !

— Mac ? Tu es déjà rentré ! Mais tu devais passer chez Edgar… Ne bouge surtout pas ! J'arrive !

— J'irai demain. J'avais envie de te serrer dans mes bras… Qu'est-ce qu'il y a ? Tu caches un homme dans la cuisine ?

— Très drôle !

— Je plaisante ! Qu'est-ce qui se passe ?

— Je… je voulais te faire une surprise, mais c'est un branle-bas de combat ! J'ai fait n'importe quoi et tu es rentré plus tôt que prévu. Je suis lamentable.

— Ne dis pas ça, Madison, je suis sûr que tu exagères. Et même si ce n'est pas le résultat que tu attendais, je serai toujours en admiration devant tes efforts.

— Attends d'avoir vu et surtout d'avoir goûté…

Je me dégage de la porte de la cuisine et plisse les yeux pour ne pas voir la réaction de Mac. Je m'attends à entendre des braillements hurleurs, mais au lieu de ça, c'est une cacophonie d'éclats de rire qui résonnent dans toute la maison.

— Tu n'es pas fâché ?

— Madison, c'est ce genre de folie qui me fait t'aimer encore plus fort ! Le mal que tu te donnes pour faire quelque chose qui ne te ressemble pas est encore plus touchant. Tu n'es pas obligée de cuisiner pour me prouver que tu m'aimes. Je sais que c'est pas ton truc, tu me l'as toujours dit !

— Je voulais tellement te faire plaisir. J'ai tout gâché ! Je suis incapable de faire autre chose que des tourtes sèches comme le bois et des *fish and chips* ramollis !

— Tu as essayé, c'est le plus important ! Et je suis sûr que tu es trop dure avec toi-même… Ce plat verdâtre a l'air…

Il remue la mixture à l'aide d'une cuillère en bois.

— Infâme ! Tu peux le dire !

— Je dirais plutôt… intéressant.

— C'était censé être du curry et on dirait que Shrek a dégobillé son petit-déj' !

— Eh bien, il ne faut jamais se fier aux apparences, n'est-ce pas ?

— Tu as raison, mais je ne suis pas sûre que ce dicton s'applique ici…

Mac est tellement adorable qu'il dresse la table et installe des chandelles en vue d'un dîner romantique comme si nous allions déguster un met raffiné du très chic restaurant *The Square*. Il sort même une bouteille de champagne pour accompagner ce repas immangeable ! J'ai tellement honte de moi.

— Assieds-toi, je m'occupe de tout.

Il tire la chaise avec galanterie pour que je m'asseye.

— Ma Chère, je vous en prie.

— Mac, ce n'est pas comme ça que devait se dérouler la soirée. C'est toi qui devrais être assis à ma place. Je fais n'importe quoi !

— Madison, tu es là et c'est tout ce qui compte.

Il dépose les plats sur la table, des sortes de mixtures huileuses pas du tout appétissantes, puis sert une grosse cuillerée dans nos assiettes. Nous regardons perplexes notre dîner et une explosion de rires jaillit sans que l'on puisse s'arrêter.

— Ta sauce a le même aspect qu'une soupe de tortues…

— Arrête, tu me donnes des haut-le-cœur.

— Tu sais que cette soupe était très prisée au XVIIIe siècle ? Tu viens de la remettre au goût du jour.

— Tu te fiches de moi, c'est ça ?

— Un peu, mais tu sais que j'aime bien te taquiner.

Nous comptons jusqu'à trois et ingurgitons de concert la première bouchée. Le goût est assez surprenant. Une explosion de saveurs embaume mes papilles gustatives. Des saveurs à la fois épicées et amidonnées… métalliques et poivrées… C'est horrible. J'attends de voir si Mac va enfin oser me dire que c'est dégoûtant. Je rêve, il est en train de se resservir !

— Mac, ne me dis pas que mon plat te plaît ?

— Je ne veux pas rester sur ma première impression...

Il réfléchit et garde les aliments longuement dans sa bouche comme pour en déterminer les différents assaisonnements. Ce n'est pas très rassurant.

— Tu as ajouté quelles épices pour obtenir ce goût si… particulier ?

— De la coriandre et de la cannelle. Une dame m'a conseillé d'en ajouter.

— Mais tu as mis combien de bâtons de cannelle ?

— Je ne sais plus, quelque chose comme cinq ou six…

Il boit son verre d'eau d'un trait.

— On se commande des pizzas ?

— Merci mon Dieu, j'attendais que tu me le proposes !

***

Notre dîner romantique s'est transformé en plateau-repas devant la télévision. Nous finissons la soirée aux côtés de Natalie Wood et George Chakiris dans *West Side Story*. Nous avons regardé ce film plus d'une trentaine de fois, mais l'émotion est toujours au rendez-vous. Mac a toujours adoré les vieux films et sa passion pour le genre rétro n'a pas tardé à déteindre sur moi. Je ne peux plus me passer de ces soirées « ciné » rien qu'à nous. Quand *The end* apparaît à l'écran, Mac se lève subitement et me laisse toute seule dans le salon.

— Qu'est-ce qui t'arrive ? Ça ne va pas ?

Il monte à l'étage sans dire un mot. J'espère que les deux bouchées qu'il a ingurgitées de mon plat raté ne l'ont pas rendu malade. J'ai peut-être empoisonné mon futur mari ! Je n'entends rien…

— Mac ? Tu te sens bien ? Mon *kedgeree* est mal passé ?

Silence. Qu'est-ce qu'il traficote encore ? Avec Mac, je peux m'attendre à n'importe quoi. Après tout ce temps, il arrive encore à me surprendre, et moi qui suis réticente aux surprises, j'ai toujours un peu peur quand je le vois disparaître subitement. Il serait tout à fait capable de se jeter du haut du toit et d'atterrir en parachute au milieu de notre jardin pour m'annoncer une grande nouvelle. Je m'apprête à prendre les escaliers pour le rejoindre, quand il descend accoutré d'un costume sombre, les cheveux gominés plaqués sur le côté et une grosse moustache collée maladroitement au-dessus de sa bouche façon Rhett Butler dans le film *Autant en emporte le vent*.

— *Scarlett, regardez-moi ! Je vous ai aimée plus que je n'ai jamais aimé une autre femme et je vous ai attendue plus que je n'ai jamais attendu une autre femme.*

J'ai envie de pouffer de rire, mais je choisis de jouer le jeu. Je colle ma main sur mon front et recule d'un pas tout en feignant un malaise.

— *Laissez-moi tranquille!*

Mac, ou plutôt devrais-je dire Rhett, s'avance vers moi et m'attrape le bras. J'aime tellement cette complicité. En voyant cette scène, une autre femme dirait probablement que Mac a un grain, mais comme j'en ai un moi aussi (voire plusieurs), nous ne pouvons que nous entendre.

— *Ce soldat, devant vous, vous aime, Scarlett. Il veut sentir vos bras autour de lui...*

— Arrête, Mac, j'ai envie de rigoler! Tu devrais proposer le remake à un réalisateur! Le rôle de Rhett Butler te va à ravir!

— Et toi, tu ferais une parfaite Scarlett O'Hara! J'aimerais tellement te voir dans une robe à froufrous et coiffée avec des anglaises!

— Ne rêve pas trop!

Mac m'attrape par la taille et tandis que je ferme les yeux pour poser mes lèvres sur les siennes, il met sa... Mais enfin! Qu'allez-vous imaginer? Il met sa main dans sa poche, voyons! J'ouvre mes yeux. Il me présente une petite boîte à bijoux.

— Est-ce que c'est…

— À toi de le découvrir.

J'ouvre délicatement la petite boîte en velours que Mac me tend. Mon cœur va jaillir de ma poitrine! Je n'ai jamais vu un objet d'une si grande beauté! Une bague splendide en or rose, enrichie de diamants et de rubis.

— J'aurais dû te la donner il y a des mois, Madison, mais je voulais t'offrir la bague parfaite. Un bijou magnifique avec du caractère et hors du commun, comme toi.

— Elle est tellement belle !

— Cette bague appartenait à ma grand-mère. C'était une femme formidable que j'aimais énormément. Elle a tout fait pour me protéger de l'emprise de mes parents, mais elle est décédée avant d'obtenir ma garde.

— Comment tu as fait pour la récupérer ?

— Quand elle est décédée, mon père a vendu ses bijoux… J'ai retenu le nom de la nouvelle propriétaire et je me suis promis de racheter cette bague un jour. J'ai eu du mal à la retrouver, mais après des mois de recherches, ça a fini par payer.

— Elle a accepté de te la revendre sans broncher ?

— Pas vraiment… Carson Taylor et son portefeuille m'ont bien aidé.

— Je suis tellement émue, Mac. Ce bijou est si important pour toi et…

— Madison, cette bague te revient. J'ai toujours dit que je l'offrirai à la femme de ma vie et je suis fier que ce soit toi qui la portes. Ma grand-mère avait fait graver la citation de son auteur préféré à l'intérieur de l'anneau…

— « La beauté est dans les yeux de celui qui regarde »[1]… Je te promets de lui faire honneur, Mac.

J'en sais si peu sur l'enfance de Mac. Il n'a jamais voulu me parler de sa famille et quand j'essaye d'aborder le sujet, il esquive toujours la conversation. Sa vie a commencé avec Carson Taylor et tout ce qui s'est passé avant est complètement flou. Mac a tellement souffert sous le joug de ses parents et pourtant, il reste toujours souriant et bienveillant envers tout le monde. Il a fait de sa souffrance une force et c'est en ça qu'il est une personne tellement

---

1. Citation d'Oscar Wilde.

admirable. Qu'il accepte enfin de partager ce petit morceau de sa vie avec moi est un véritable cadeau.

— Cette soirée était censée être la tienne et encore une fois, c'est toi qui l'as rendue magique…

— Le simple fait que tu sois avec moi ce soir me suffit. C'est tout ce que je demande. Maintenant, laisse-moi te passer la bague au doigt !

— Oui !

J'ai le ventre qui papillonne !

— Elle te va, je suis soulagé !

— Pourquoi ?

— Cette bague est très ancienne, la modifier risquerait de la casser et la citation disparaîtrait…

— Elle me va à ravir, Mac !

— À la future Madame Allister !

— Madwoman Taylor sonne bien aussi !

C'est presque officiel ! Cette bague vient de sceller notre amour à jamais ! Je ne peux m'empêcher de l'admirer. Elle et moi sommes tellement bien assorties. Une partie du passé de Mac est désormais liée à moi et j'en suis tellement honorée. Cette bague est si ancienne, je devrais peut-être l'ôter le temps de nettoyer la cuisine. Je m'en voudrais tellement si l'un des diamants venait à tomber… Malheureusement, mes gros doigts en ont décidé autrement. La bague est prise au piège, je ne peux plus m'en défaire ! Elle a fusionné avec mon annulaire ! J'ai bien peur de ne pas m'être uniquement liée à Mac…

— Ça va, Madison ? Tu fais une drôle de tête ?

— Oui, tout va bien, c'est l'émotion, je ne m'attendais pas à un tel cadeau…

— Monte te coucher, je vais ranger la cuisine…

— Surtout pas ! Tu en as fait déjà énormément et je suis seule responsable de ce cataclysme culinaire, c'est à moi de nettoyer !

— Dans ce cas, je vais le faire avec toi. Ça ne me déran…

— Ne discute pas ! Attends-moi au lit, je te rejoins très vite, mon amour !

— Tu es sûre ? On irait beaucoup plus vite à deux…

— J'en suis sûre ! Tu en as assez fait pour ce soir !

— Très bien… N'hésite pas à crier « au secours » si besoin…

— Ne t'en fais pas, je vais me débrouiller !

Mac est enfin monté dans la chambre ! Je me précipite vers le robinet pour passer mon doigt sous l'eau, mais la bague ne bouge pas ! Réfléchissons… Une bonne dose de savon liquide devrait aider à la décoincer ! La panique me prend. Ça ne fonctionne pas non plus ! Je frotte dans tous les sens, tire sur l'anneau, agite nerveusement ma main, mais rien n'y fait ! Mon doigt va finir par y rester ! Il me faut quelque chose pour faire glisser la bague… Le repas de Shrek devrait faire l'affaire. Je n'ai jamais rien mangé d'aussi gras ! Oh, mon Dieu ! Et dire que j'ai mis une cuillère de cette mixture immonde dans ma bouche ! Ça lubrifie, c'est visqueux, mais ce bijou n'en fait qu'à sa tête, il refuse de coopérer ! Il est plus têtu que les suspects que j'interroge au cours de mes enquêtes ! Toi qui voulais une bague avec du caractère, Mac, tu ne pouvais pas trouver mieux ! Cette soirée se passait tellement bien, pourquoi faut-il toujours qu'un malencontreux événement vienne tout saccager ? Mon doigt commence à virer au violet, je ferais mieux d'arrêter pour ce soir. Relativisons. Il fait chaud. C'est tout à fait normal. Demain mes mains auront

désenflé et je pourrai retirer la bague sans problème…
Enfin, je l'espère.

Chapitre 2
Au doigt et à l'œil

Le lendemain, je retrouve Kate et Susan au *Club Gascon*, un restaurant français sur West Smithfield. Nous fêtons l'emménagement de Kate chez Edgar, mais mon esprit est porté sur mon annulaire. J'ai le doigt qui suffoque depuis hier soir. J'essaye de me concentrer sur cette merveilleuse nouvelle, mais comme si cela ne suffisait pas, le serveur vient d'apporter des doigts de fée aux amandes pour accompagner le dessert.

— Je compte bien remettre de l'ordre dans cette maison ! Qui a eu l'idée de mettre la salle à manger aussi loin de la cuisine ? Madison ? Ça va ? On dirait que tu n'es pas avec nous aujourd'hui.

— Hein ? Euh… Ce n'est pas Edgar qui prépare les repas… J'imagine que ça n'avait pas d'importance pour lui…

— Eh bien, tout cela va changer ! Cette pauvre Ashley doit parcourir toute la maison avec son fait-tout pour apporter son plat à table. Je n'ai pas l'habitude de me faire servir, je me sens tellement mal à l'aise. Je pense alléger les horaires des employés tout en maintenant leur salaire. Nous ne sommes que deux, nous n'avons pas besoin d'autant d'attentions…

— Kate, tu es vraiment un ange !

Cette bague est en train de me mutiler !

— Merci, Susan. Madison ? Toi qui as toujours un avis sur tout, je te trouve bien silencieuse.

— Tu disais ? Oh, pardon ! Pendant que tu y es, essaye de convaincre Edgar de mettre moins de gel dans ses cheveux…

— J'y travaille, mais ce n'est pas une mince affaire…

— Nous avons tellement évolué ! Il y a tout juste deux ans, nous vagabondions dans la vie sans but précis ! Susan rêvait au prince Harry et toi Kate, tu changeais la cuti de tes conquêtes.

— J'espère qu'Edgar ne m'annoncera pas d'ici quelques mois qu'il est tombé amoureux d'un homme. Je ne m'en remettrais pas !

— Aucun risque. Edgar est un homme à femmes ! Si tu savais toutes les demoiselles qu'il nous a présentées…

Oups ! Miss Boulette a encore frappé ! Mon doigt me démange tellement que je ne fais plus attention à ce que je raconte.

— Mais… depuis qu'il te connaît, Kate, Edgar a beaucoup changé… Hum… Il est fou amoureux de toi…

Ne m'en voulez pas, je me raccroche aux branches comme je peux !

— Te fatigue pas, Madison. Oh ! Mais dis-moi, qu'est-ce que je vois à ton annulaire ?

— Qu'est-ce qu'elle est belle, Madison !

— Mac me l'a offerte hier…

— Mais pourquoi tu fais cette tête ? Elle ne te plaît pas ?

— Bien sûr que si, je l'adore, mais…

— Mais ?

— Je ne veux pas jouer la chipoteuse, les filles, mais cette bague ne veut plus quitter mon doigt depuis hier soir et elle me fait un mal de chien ! Je suis désemparée ! J'aimerais assez pouvoir l'enlever quand j'en ai envie !

— Tu as essayé avec du lubrifiant ?

— Non, Susan… je n'ai pas ce produit chez moi…

— …

— Et avec du fil dentaire ?

— J'ai presque tout tenté ! Je ne sais plus quoi faire ! Mon doigt est comprimé comme une saucisse dans un friand, je le sens mourir d'étouffement ! Je suis sûre que la grand-mère de Mac a jeté un sort à ce bijou ! Elle ne veut pas que j'épouse son petit-fils. Même les morts me détestent. Je suis maudite !

— Eh bien, toi qui voulais que Mac te passe la bague au doigt, tu es servie !

— Très drôle, Kate !

— Tu n'as pas le choix, Madison, il va falloir que tu ailles chez le bijoutier la faire couper !

— Je ne peux pas faire ça à Mac ! Il tient beaucoup trop à cette bague !

— Et il tient à ton doigt également.

— Mac est tellement heureux que je la porte. Quand il a vu hier que je n'arrêtais pas de la regarder, il m'a dit qu'il ne pensait pas me faire autant plaisir en me l'offrant. J'étais tellement mal ! Je n'ai pas osé lui dire qu'elle était juste greffée à mon annulaire et que je réfléchissais à un moyen de l'enlever sans créer de dommages irréversibles !

— Tu n'as plus qu'une seule solution… Couper ton doigt !

— Tu as mangé un clown aujourd'hui, Kate ?

— Madison, nous sommes en plein été, il fait très chaud depuis quelques jours, je suis sûre que ton doigt va finir par dégonfler.

— J'espère que tu as raison Susan…

— Où en sont les préparatifs de votre mariage ?

— Nulle part ! Nous sommes censés nous marier dans huit mois et je suis débordée ! J'ai dit à Mac que mes prospections avançaient bien, mais en réalité je suis dans les choux ! J'ai rédigé une longue liste de tâches que l'ancienne Madison aurait déjà bouclées, mais je n'ai rien accompli du tout ! Tout est resté en suspens.

— Laisse-moi m'en occuper !

Madison, apprends à fermer ta bouche !

— Pardon, Susan ?

— Kenneth est sans arrêt en mission en ce moment, je n'ai quasiment rien à faire, je vais tout organiser. Ça me ferait tellement plaisir ! Je te ferai part de mes trouvailles et tu n'auras plus qu'à valider avec Mac. S'il te plaît, j'ai toujours rêvé de faire ça !

C'est une catastrophe ! Si Susan prend mon mariage en main, je vais avoir la cérémonie la plus ringarde de toute l'Angleterre ! Les paparazzis vont renouer avec moi et c'en sera fini de ma tranquillité ! Kate me dévisage, les yeux écarquillés. Elle sait de quoi Susan est capable.

— Oh… euh… c'est très gentil à toi, mais c'est beaucoup de travail et c'est très fatigant. Je vais me débrouiller, ne t'inquiète pas !

— Madison, tu devrais te détendre. Tu n'as pas confiance en une organisatrice, mais moi tu me connais ! Tu peux te reposer sur moi désormais ! Tu sais bien que je ne vais pas tomber amoureuse du futur marié.

— Oui… évidemment…

Mais tu vas saccager le plus beau jour de ma vie… C'est une malédiction ! Après la bague étrangleuse de doigt, le mariage *has been* aux airs périmés.

— Alors, Madison ? Tu es d'accord ?

J'essaye d'ouvrir la bouche pour protester, mais mes mâchoires sont scellées. Susan a le visage qui s'éclaire et les yeux qui pétillent ! Que voulez-vous que je réponde à cela ? Elle sait trouver les mots justes pour atteindre mon cœur. Par pitié, dites-moi que je ne vais rien regretter !

— Très bien, Susan… tu peux… l'organiser.

Ces paroles m'ont demandé un effort surhumain.

— Oh génial ! J'ai tellement hâte de commencer !

Elle saute de joie. Qu'ai-je fait ? Je viens de causer ma perte ! Cette journée démarre sur les chapeaux de roue ! J'aurais mieux fait de me casser une jambe ! *Madison, tais-toi, manquerait plus que ça t'arrive.* Mon mariage sera la risée de la presse. Si Mac apprend que c'est Susan qui va s'en occuper, il va tomber en syncope. Ces fichus cours de yoga m'ont rendue complètement amorphe ! Où est passée la vraie Madison ? Celle qui ne se laisse pas attendrir, qui sait ce qu'elle veut ? Je dois me relever ! J'adore mon amie, mais il faut se rendre à l'évidence, Susan est une piètre organisatrice aux goûts hasardeux. Je vais avoir droit aux fanfreluches roses et aux pantomimes de mes cauchemars d'enfance. Je dois garder un œil ouvert et la surveiller de près. Elle pourrait mettre en péril mon couple et ma sérénité.

***

J'ai un nœud à l'estomac. Je n'ose plus regarder Mac dans les yeux. Je suis sur le point d'épouser l'homme de mes rêves et je ne fais que lui raconter des bobards. Je garde ma main dans la poche depuis ce matin, de peur qu'il ne remarque l'état de mon doigt. Il m'a demandé si c'était un nouveau genre que je voulais me donner et je lui ai bêtement répondu qu'ainsi, je n'attiserais pas la jalousie avec ce magnifique bijou à mon annulaire. Quelle idiotie ! Je suis une horrible personne ! Cette après-midi, nous participons à une émission de télévision en direct. La discussion portera forcément sur nos futurs projets professionnels et les préparatifs de notre mariage, j'en mettrais ma main à couper ! Façon de parler, bien sûr… Le cameraman zoomera sur mon annulaire pour présenter la bague aux téléspectateurs et tout le monde pourra apprécier mon gros doigt boudiné qui commence à prendre une couleur de betterave. Dans quelle situation abracadabrantesque me suis-je encore embourbée ? S'il existait des récompenses pour la prestation la plus stupide, je serais sans cesse en haut du podium !

***

Nous nous sommes rendus dans les studios de Trickbox TV Ltd vers 14 heures. La réalisatrice nous a expliqué en quelques mots le déroulement de l'émission. Tout est chronométré. Aucune bourde possible, il n'y aura pas de seconde prise. Je suis tétanisée. Imaginez que mes allergies reprennent et que je sois obligée d'éternuer bruyamment comme le nain Atchoum devant des millions de téléspectateurs ! Un gros plan de mon visage qui convulse et c'est dans la boîte ! La nouvelle gagnante de *The Voice* n'intéressera plus personne. C'est encore ma trombine que l'on verra placardée partout ! Après *Madwoman*, ce sera Miss À tes souhaits ! Sans parler de mon doigt saucissonné comme un rosbif ! J'ai beau analyser le problème sous tous les angles, je ne vois aucune solution. Dans moins d'une heure, Mac saura que sa bague m'a prise en otage et que l'unique moyen de m'en délivrer est de l'abattre sans ménagement. Il sera tellement déçu.

— Ça va Madison ? Tu n'as pas l'air dans ton assiette.

— Tout va bien, Mac, je suis juste un peu nerveuse. Tu sais à quel point je n'aime pas parler de moi.

— Ne t'inquiète pas, réponds tout naturellement aux questions et tout ira bien.

S'il savait que les questions que cette présentatrice s'apprête à me poser sont le dernier de mes soucis !

L'assistante nous conduit dans les coulisses pour passer au « ravalement ». Mac est dans la loge à côté de la mienne. Aujourd'hui, c'est Claudio qui va s'occuper de lui. Il n'a pas grand-chose à camoufler. Mac est beau naturellement, et contrairement à moi, il n'a pas ruminé toute la nuit pour trouver une solution à cette situation rocambolesque.

Je pousse la porte sur laquelle mon nom est affiché en grosses lettres, et c'est alors qu'un miracle se produit ! Une sorte d'ange tombé du ciel apparaît devant mes yeux. Olivia Pope ! Olivia est l'une des meilleures maquilleuses de la planète. Elle a travaillé avec Mac sur de nombreux films et m'a fourni la plupart de mes perruques. Ils se connaissent depuis toujours. Olivia est une magicienne. J'ai vu des actrices, le visage ravagé après une beuverie, ressortir de sa loge aussi fraîches qu'un dimanche après une grasse matinée.

— Olivia ! Tu travailles ici ?

— Madison ! Je suis venue en renfort, la réalisatrice est une amie à moi et leur maquilleuse est malade.

— Je suis tellement heureuse que ce soit toi ! J'ai besoin de ton aide pour me sortir d'une situation très inconfortable !

— Qu'est-ce qui t'arrive ? Tu as besoin d'une nouvelle perruque ?

— Non, pas cette fois-ci… J'ai une faveur à te demander.

— Tu sais bien que je ferais n'importe quoi pour la ravissante compagne de Carson Taylor !

— Tant mieux car tu es la seule à pouvoir m'aider !

Je lui montre ma main brutalisée.

— Quelle bague magnifique ! Mais ma chérie, c'est une chipolata qui est attachée à ta main !

— Mon doigt est pris au piège à cause de cette bague, et je vais la présenter à la télévision dans moins d'une demi-heure ! J'invente des excuses stupides depuis ce matin pour ne pas montrer ma main, mais tout à l'heure, je ne pourrai pas y échapper !

— Voyons… Fais-moi voir ça… Je vais appliquer une touche de correcteur vert pour estomper les rougeurs et ajouter un fond de teint plus foncé que ta carnation pour créer l'illusion d'un doigt plus fin…

— Oui, illusionne autant que tu peux ! Tu as ma bénédiction !

Olivia tartine mon doigt d'une crème verdâtre qui ressemble assez à la mixture que j'ai osé servir à Mac hier soir. Je devrais songer à la faire breveter, j'ai peut-être inventé un nouveau correcteur. Elle étale ensuite une épaisse couche de fond de teint de deux tons au-dessus. Le résultat est assez surprenant. Mon doigt donne l'impression d'avoir fondu instantanément.

— Mais tu n'as pas peur que ça ne tienne pas ? Il fait toujours une chaleur à mourir sur les plateaux télé !

— C'est pour cette raison que je vais fixer tout ça avec de la poudre ma chérie ! Mais évite de te laver les mains ou de les frotter partout. C'est un trompe-l'œil, pas un tour de magie !

— Tout ceci ne me dit rien qui vaille…

***

Nous sommes installés devant une vaste baie vitrée donnant sur le London Bridge. Le soleil décoche ses rayons contre la vitre, la réverbération me fait froncer les sourcils et il fait monstrueusement chaud malgré la climatisation. J'ai les mains moites et le cœur qui tambourine. J'essaye de détourner mon regard de mon annulaire pour ne pas attirer l'attention sur lui, mais c'est plus fort que moi, je ne peux me retenir d'y jeter un œil.

— Mademoiselle Nichols, je pense qu'il serait judicieux que vous portiez une robe blanche pour l'émission, cela irait parfaitement avec le thème. L'accessoiriste va également installer quelques fleurs pour égayer le plateau.

— Euh… du blanc, vous dites ?

Si je pose ma main sur cette fichue robe blanche, je vais y laisser mes empreintes ! Il est hors de question que je me change !

— Merci, mais j'aime assez le tailleur que je porte en ce moment.

— Mademoiselle Nichols, je n'ai rien contre votre tailleur, mais le rouge et les rayures ne passent pas bien à l'écran, et cela vous donne un air un peu trop strict…

— Trop strict ? Et vous, alors ?

— Hum…

Mac me fait les gros yeux. Quand je suis sur les nerfs, je ne contrôle plus mes paroles. Je déglutis et lance un sourire qui n'a rien de naturel à la réalisatrice.

— Chère Madame, je vous remercie de vous inquiéter du rendu de mon image à l'écran, mais ma tenue…

— Pouvez-vous nous laisser quelques minutes ? J'aimerais dire deux mots à Madison…

La réalisatrice tourne les talons. Mac se tourne vers moi, prêt à me sermonner.

— Madison, j'adore cette tenue, mais la réalisatrice a raison. Fais-lui confiance, elle connaît son métier.

— Mac, je ne peux pas me changer. J'ai…

— Détends-toi. Tout va bien se passer. Elle va te trouver une robe magnifique, tu vas voir.

Plus je stresse et plus la sueur perle sur mon visage, c'est une catastrophe ! Olivia n'arrête pas d'éponger mon front. J'ai la sensation de me liquéfier. Si je refuse d'enfiler cette robe, je vais encore passer pour une excentrique capricieuse. C'est sans issue.

Je pars troquer mon tailleur contre une robe. Je vous mets au défi d'enfiler une tenue moulante d'une seule main ! Quel est l'imbécile qui a eu la brillante idée de coller autant de boutons ? Quelqu'un toque à la porte de ma loge.

— Madison, c'est Olivia ! Tu as besoin d'aide ?

— Entre !

— Tout va bien ?

— Je n'arrive pas à me boutonner…

— Je vais t'aider. Ne t'inquiète pas, je suis persuadée qu'on n'y verra que du feu ! Si tu stresses trop, tu vas fondre en direct, ma pauvre chérie !

— Merci Olivia.

— Je te retrouve sur le plateau.

J'expire un grand coup devant mon reflet tout en essayant de me raisonner. Tout va bien se passer, je vais leur donner ce qu'ils attendent de moi et répondre à toutes leurs questions avec calme et diplomatie. Avec un peu de chance, ils ne feront même pas attention à ma bague. Quelqu'un toque encore à la porte !

— Euh… oui, une minute !

— C'est moi ! Ça va ? Ça fait au moins vingt minutes que tu es là-dedans !

— Oui, Mac. Tu peux entrer.

Mac est tellement ébloui par ma tenue qu'il ne remarque pas la supercherie.

— Tu es magnifique, mon ange ! Je suis sûr que tu vas accomplir cette mission haut la main !

— Tu ne crois pas si bien dire… Vas-y, j'arrive dans quelques minutes.

***

Je sors enfin de ma loge. Toute l'équipe de l'émission m'attend sur le plateau. Les yeux sont tournés vers moi, je suis encore celle qui se fait désirer. Je m'assois discrètement sur le siège à côté de Mac. Il me sourit pour me rassurer. Ce regard compatissant qu'il me lance, je ne le connais que trop bien. Sans lui, j'aurais déjà déguerpi et laissé tout ce beau monde loin derrière moi. Deux verres d'eau sont posés sur une table basse devant nous. J'ai la gorge sèche. Il va me falloir bien plus qu'un simple verre d'eau pour me désaltérer. J'aurais dû apporter ma bouteille de brandy pour me détendre avant l'émission. Je comprends pourquoi la plupart des célébrités finissent alcooliques. Je me demande comment fait Mac pour supporter autant de pression. Je ne sais pas si je m'y ferai un jour. La présentatrice vient enfin nous saluer. Une grande perche à la voix chantante et au sourire *Ultra Brite*[2].

— Carson et Madison ! Je suis teeeeeellement heureuse de vous recevoir ! Tous les téléspectateurs attendent cet événement depuis deeees semaines ! Nous avons reçu une dééééééferlante de mails et de lettres pour vous ! Aujourd'hui, les fans sont à l'honneur et auront le privilège de vous poser touuuutes les questions qui leur passent par la tête. Je suis peeeeersuadée que nous allons battre des records d'audience !

Génial ! Cette émission promet de nombreux moments de solitude.

— Bonjour Gayle, nous sommes ravis d'être ici.

« Ravis », c'est vite dit... « Obligés » conviendrait mieux.

— Madison ! Vous êtes teeeeeellement radieuse !

— Merciiiii.

C'est affreux ! Je cause comme elle sans même m'en rendre compte.

— Êtes-vous bien installés ?

— C'est parfait !

Ce siège est aussi confortable que les strapontins du métro.

La réalisatrice lance le compte à rebours. Je suis raide comme un piquet, le sourire crispé jusqu'aux oreilles. Cinq, quatre, trois, deux, un, le supplice commence. La présentatrice s'adresse à la caméra comme à sa meilleure amie.

— Bonjour ! Je suis raaaavie de vous retrouver aujourd'hui pour une émission trèèèès spéciale en compagnie du talentueux Carson Taylor et de sa chaaaarmante fiancée, Madison Nichols ! Vous avez été

---

2. Du nom du premier dentifrice blanchissant commercialisé. « *Bright* » signifiant « lumineux » en anglais.

trèèèèès nombreux à participer au sondage en ligne ! Mesdames et Messieurs, aujourd'hui pour notre plus graaaaaaand plaisir, le silence est rompu !

Quel silence ? Tu parles d'un scoop ! On va seulement se marier, comme le font la plupart des gens. Pas besoin de s'étaler sur le sujet. Quel cinéma !

— Mes cheeeeers amis, je vous remercie infiiiiiiiiniment d'avoir accepté notre invitation !

« Amis » mon œil, on la connaît depuis cinq minutes.

— Avec plaisir !

— Ne perdons pas une minute de plus ! Une question est sur touuuuutes les lèvres et il me tarde de vous la poser !

Leur vie doit être palpitante.

— Madison, beaucoup de téléspectateurs se demandent comment vous avez vécu cette nouvelle notoriété ?

— Pas très bien au début, je l'admets. Je n'avais pas l'habitude d'être épiée du matin au soir…

— Il faut dire que passer d'une vie siiiiii ordinaire à une vie siiiiii luxueuse a dû être tellement…

Mac l'empêche de finir sa phrase.

— La vie de Madison n'était pas ordinaire mais différente. Nos vies étaient incomplètes. Nous avons trouvé en chacun de nous ce qu'il nous manquait pour être heureux.

Les phrases de Gayle s'achèvent toutes par un gloussement identique à celui d'un dindon. Elle ferait une parfaite candidate dans *La Ferme Célébrités*.

— Et le bonheur se lit sur vos visages ! C'est teeeeellement beau ! Question suivante qui nous vient d'un employé de la société Fedex, M. Chuck Noland : « Comment vous êtes-vous rencontrés ? »

Quel ignare ! La planète entière est au courant ! Ce Chuck vivait seul au monde sur une île déserte ? Question facile, je vais répondre.

— Eh bien…

— Je me faisais passer pour un S.D.F. pour incarner un rôle et Madison est tombée sur moi à l'angle de sa rue !

— Oui, mon talon s'est cassé et je me suis retrouvée à plat ventre sur sa couverture ; ces escarpins m'avaient coûté une fortune ! Ça m'a rendue folle de rage ! Je vous déconseille d'aller acheter une paire de chaussures chez…

— Hum…

— Euh pardon, je m'égare…

— Quelle meeeerveilleuse rencontre ! Et j'imagine qu'après cela, vous ne vous êtes plus quittés ?

— C'est exact.

J'allais répondre à cette question, mais Mac m'a encore devancée !

— Oui, enfin c'est toi qui m'as suivie jusque chez moi pour me rendre ma nuisette ! On peut dire que tu m'as couru après…

— Mais tu m'as invité à dîner chez toi, ensuite.

— Évidemment, j'ai découvert rapidement que tu cachais quelque chose et j'ai voulu en savoir plus. Simple curiosité !

Le regard de Gayle oscille entre Mac et moi comme si elle assistait à un match de tennis. Sa bouche s'étire en un sourire contraint.

— Trèèèèèèèèèèès intéressant ! Et je suppose que vous êtes tombés amoureux l'un de l'autre dès le premier regard ?

— Nous étions déjà très attirés l'un par l'autre…

Mac a encore une longueur d'avance ! Ce n'est pas très équitable. Il a de l'expérience dans ce domaine, il devrait me laisser quelques minutes de plus. Il répond du tac au tac tandis que je réfléchis toujours à la réponse que je dois donner.

— Objection ! Je ne te trouvais pas déplaisant, mais de là à dire que je suis tombée amoureuse au premier regard…

— Madison, ce n'est pas un procès…

— Pardon…

— Hum… Bon, on peut parler d'un coup de foudre alors ! Quel maaaaagnifique moment ! Carson, nous vous avons vu aux côtés de nombreuses femmes toutes aussi sublimes les unes que les autres…

Comment ça, de nombreuses femmes ? Mac n'est pas un coureur de jupons ! Il va la remettre en place comme il se doit.

— C'est vrai que j'en ai fréquenté beaucoup, mais sans vouloir manquer de respect à toutes ces femmes, jamais je n'ai éprouvé pour elles ce que je ressens pour Madison.

Mais qu'est-ce qu'il sous-entend par « beaucoup » ? Deux ou trois ?

— Votre future épouse a beaucoup de chance ! Carson, je constate que vous avez également beauuuucoup d'amis ! Comment faites-vous pour concilier vos vies professionnelle, amicale et amoureuse ?

— Je n'ai pas beaucoup d'amis. Je connais seulement beaucoup de monde. Mais Madison reste ma priorité.

— Vous formez un siiiii beau couple ! Et vous Madi…

— Moi aussi, j'ai connu beaucoup d'hommes !

Mac me regarde les yeux ronds, mais c'est lui qui a commencé !

— Aaaaah vraiment ? Vous aaaattisez notre curiosité !

— Madison, tu n'en as pas connu tant que ça, voyons…

— Bien sûr que si ! Je sortais tous les week-ends avant de te connaître et j'ai rencontré un paquet d'hommes ! J'ai même fait la connaissance d'un certain Mario durant mon séjour en Italie il y a quelques années. Un grand brun aux yeux vert émeraude et…

Je rêve ou Mac vient de me donner un léger coup de pied ?

— Madison, je ne pense pas qu'il soit utile d'en parler sur ce plateau…

— Alors toi, tu peux évoquer les femmes avec lesquelles tu es sorti, mais pas moi ?

— Voyons voyons, les amoureux ! Ce n'est pas un débat ! Nous sommes ici pour que nos chaaaaarmants téléspectateurs puissent faire connaissance avec vous !

Veuillez m'excuser, quand j'entends parler des autres femmes que Mac a fréquentées, mon cœur se serre dans ma poitrine.

— Carson, comment avez-vous su que Madison était la femme de votre vie ?

— Madison est la seule personne qui a su lire en moi. Elle a vu au-delà de l'acteur et du S.D.F. Elle m'a traité d'égal à égal, sans le moindre jugement.

Je suis en train de rougir. Tous les regards sont fixés sur moi, je souris niaisement.

— Vous êtes fouuuuuuuuus amoureux, cela ne fait aucun doute ! Passons à la question suivante…

Bonne idée ! Qu'elle se dépêche un peu, qu'on en finisse ! J'ai le doigt qui me démange et je meurs d'envie de plonger ma main sous l'eau froide.

— Question de Joey Tribbiani, comédien en devenir : « Carson, vous êtes acteur depuis teeeeellement d'années maintenant. Vous avez commencé quand vous n'étiez qu'un petit garçon. Comment avez-vous su que cette voie était la vôtre ? »

— J'ai toujours voulu devenir quelqu'un d'autre. Je n'aimais pas la vie que j'avais.

Mac n'a pas l'air à l'aise avec cette question. Cela fait deux fois qu'il attrape son verre d'eau pour boire une gorgée et il n'arrête pas d'agiter nerveusement sa jambe.

— Vos parents doivent être siiiiiii fiers de vous.

Je viens de comprendre. Il savait que cette remarque suivrait.

— J'en doute. Je pense qu'ils ont d'autres préoccupations.

Il se mord les lèvres pour faire bonne contenance, mais je le sens prêt à imploser.

— Peut-on diiiiiire que c'est grâce à vos parents que vous en êtes là aujourd'hui ?

— Certainement pas. C'est seulement grâce à moi et aux choix que j'ai faits avec mon agent.

— Mais sans eux, vous…

Cette présentatrice va trop loin. Je crains le pire. Les joues de Mac deviennent écarlates et son regard s'obscurcit. Gayle est stupide ! Elle voit très bien que cette question le met hors de lui, mais elle insiste ! Tout ce que souhaite cette pimbêche, c'est provoquer un nouveau scandale pour faire grimper l'audimat, mais je ne la laisserai pas obtenir ce qu'elle veut !

— Ce que Carson veut dire, Gayle, c'est que c'est son talent avant tout qui l'a mené jusqu'ici. Sans son talent et sa détermination, il n'en serait pas là.

— Mais…

— C'est tout ce qu'il y a à dire sur ce sujet, Gayle !

— Euh… très bien. Passons à une autre question…

Je pose instinctivement ma main droite (la gauche doit rester en lieu sûr) sur la cuisse de Mac pour le rassurer. Il serre ma main dans la sienne et ne la lâche plus. Le temps que la présentatrice relise sa fiche, j'en profite pour l'embrasser. Toutes les caméras foncent sur nous pour capturer ce baiser volé. Je sais que Mac a besoin de se sentir protégé. Il devient vite fébrile quand on vient à parler de ses parents.

— C'est le moment d'aborder le mariaaaaaaage !

Ça y est, je suis cuite ! À mon tour de me sentir mal à l'aise.

— Une daaaate a-t-elle été fixée ?

J'ouvre la bouche en même temps que Mac pour répondre, mais je me ravise quand je vois le visage de Mac s'illuminer après cette question. Un sourire radieux se dessine sur ses lèvres.

— Nous avons prévu de nous marier au printemps prochain.

— Nous sommes teeeeellement impatients !

À croire que ce sont eux qui vont épouser Mac !

— Question de Julianne Potter, chroniqueuse pour la revue *Le Mariage de mon meilleur ami* : « Oùùùùù en sont les préparatifs ? »

La question fatidique est servie ! Cette nouvelle partie de *Questions de merde* commence à m'agacer sérieusement ! La dernière fois que j'en ai joué une, c'était avec la gardienne de mon ancien appartement, Miss Andersen. Elle était très forte à ce jeu-là.

— Eh bien, je veux que Madison ait le mariage de ses rêves, c'est pourquoi je la laisse tenir les rênes…

Oh mon Dieu, j'ai envie de pleurer ! S'il savait que j'ai misé sur le mauvais cheval et que c'est Susan qui tient les rênes désormais ! Ce ne sera pas le mariage de mes rêves, mais sa parodie.

— Quelle chaaaance, Madison ! Le plus beau jour de votre vie vous ressemblera.

Cette mégère n'a pas tort. Ce mariage sera à mon image. Un désastre !

— J'aurai quand même mon mot à dire ! J'ai confiance en ses talents d'organisatrice, mais nous prendrons les décisions ensemble.

Mac vient de m'achever. Croyez-moi sur parole, je suis en train de rire jaune. Mes yeux s'emplissent de larmes de désespoir.

— Ça va, Madison ?

— Oui ! C'est le mot « mariage ». Quand je l'entends, je suis tout en émoi…

— Tu veux un autre verre d'eau ?

Ce que je désire plus que tout, c'est appuyer sur pause, réfléchir posément à la situation, puis faire machine arrière et revenir au moment précis où j'ai essayé cette bague et accepté la proposition de Susan ! Pourquoi la vie n'est-elle pas fournie avec une télécommande ?

— Ça va aller, merci.

— Tu veux une lingette pour te rafraîchir ? Tu as la main moite.

— Oui, une lingette est une bonne idée. Il fait extrêmement chaud sur ce plateau.

Je vois Olivia me faire de grands gestes. Qu'est-ce qu'elle fiche ? Bon sang, je viens de comprendre ! Si je touche cette lingette, je risque de mettre un terme à mon opération camouflage !

— Madison ?

— Hein ?

Je crois que Mac me murmure quelque chose, mais mon esprit vient de s'éteindre. Je suis complètement larguée.

— Madison, l'accessoiriste te tend la lingette !

— Euh… merci, mais finalement je n'en veux plus.

— Ah.

— Hum ! C'est teeeeeeellement mignon ! Alors Madison, après cet interlude rempli d'émotion, pouvons-nous enfin avoir une réponse ?

C'est qu'elle ne lâche pas le morceau, en plus !

— Je suis désolée pour cette téléspectatrice, mais c'est confidentiel. Je ne peux rien révéler, c'est une surprise ! Tout ce que je peux vous dire, c'est que les préparatifs avancent bien et que ce mariage promet d'être mémorable…

Et granguignolesque, à mon grand regret.

Je mens comme je respire et avec une telle aisance en plus, que c'en devient effrayant.

— Je comprends. Oh ! Mais qu'eeeeeeeeeeeest-ce que je vois à votre annulaire ? Serait-ce la bague que tout le monde attend de voir depuis plusieurs semaines ?

Ils n'ont vraiment rien de mieux à faire !

— Oui, en effet… C'est elle…

Mon heure a sonné ! Priez pour que personne ne se rende compte de la supercherie ! Je tends le bras avec diligence, histoire que chacun puisse y jeter un œil et le replie tout aussi vite.

— Allons, Madison, ne soyez pas timide, voyons ! Approchez votre main de la caméra, que touuuuuut le monde puisse l'admirer !

De loin, l'opération camouflage fait son effet, mais je crains qu'un gros plan ne mette fin à ma mise en scène. Je tends de nouveau mon bras et présente la bague à l'objectif.

La présentatrice en reste bouche bée, émerveillée par un si beau bijou. Mac n'y voit que du feu. Olivia a fait du bon boulot. J'ai traversé cette épreuve comme une cheffe ! Quel soulagement !

— Elle est si maaaaagnifique ! Je viens d'avoir une meeeeeeeeeeeerveilleuse idée !

Oh non, j'ai parlé trop vite ! Qu'est-ce qu'elle mijote encore cette bécasse ?

— Carson, seriez-vous d'accord pour nous rejouer le moment où vous avez passé la bague au doigt de Madison ? Je suis ceeeeeertaine que nos chers téléspectateurs seraient raaaaaaavis de partager ce moment avec vous !

Mais qu'est-ce qu'elle raconte ? Elle est folle ! Je vais me ridiculiser en direct et Mac va découvrir que la bague ne me va pas ! À l'aide !

Cette fois-ci, je ne laisse pas à Mac la possibilité de répliquer ! La réponse est sans équivoque ! Je n'ai pas le temps de réfléchir ! Je me lève et clame haut et fort :

— C'est hors de question !

Gayle en reste interdite. Elle me fusille du regard. Encore une personne qui ne m'aura pas dans ses petits papiers. Ce n'est manifestement pas avec moi qu'elle fera grimper l'audience aujourd'hui.

— C'est un moment très intime, que je tiens à garder pour nous, vous comprenez. Je suis sincèrement désolée pour nos chers téléspectateurs, mais c'est impossible !

Mac me gratifie d'un sourire. Je pense qu'il est assez d'accord avec moi. En revanche, les yeux de Gayle me lancent des éclairs. Cette fois, c'est sûr, son émission a fait un flop à cause de moi.

— Je comprends…

Son sourire crispé semble dire le contraire.

— Une dernière question : « Madison, comment faites-vous pour avoir un teint aussi paaaaarfait ? Vous êtes toujours reeeesplendissante ! »

On voit bien qu'elle n'a pas vu ma trombine avant le ravalement d'Olivia ! Inutile de se voiler la face (au sens figuré bien sûr). Un bon fond de teint et une grosse dose d'anticernes sont les seuls remèdes scientifiquement prouvés.

— Eh bien... Je mange sain et équilibré, je fais beaucoup de sport et j'essaye de dormir au moins huit heures par nuit.

Traduction : je mange sur le pouce des plats trop gras ou bourrés de sucre et de colorants artificiels, la seule activité sportive que j'accepte de pratiquer est le yoga, et je ne me couche pas avant 1 heure du matin, mais ce petit baratin semble être la mode dans tous les magazines de bien-être.

— Et vous êtes la preuve vivante des bienfaits de ce mode de vie ! Chers téléspectateurs, il est temps à présent de dire au revoir à nos chaaaaarmants invités ! Carson et Madison, merci infiniment de nous avoir fait l'honneur de votre présence sur ce plateau ! Ce fut un rééééééel plaisir et nous vous souhaitons beaucoup de bonheur ! Vous serez touuuuujours les bienvenus dans les studios de Trickbox TV Ltd !

Eh bien, c'est pas demain la veille que je remettrai les pieds ici ! Le supplice est enfin terminé, je suis libérée de cette interview. Mon doigt me démange, il faut absolument que je m'extirpe de ce plateau ! Je salue Gayle, les téléspectateurs et tous les membres de l'équipe et me rue vers les toilettes pour passer ma main sous l'eau froide. Je n'en peux plus de toute cette mascarade ! Sapristi ! Maintenant que le maquillage d'Olivia s'est estompé, je constate avec stupeur que mon doigt n'en a plus pour longtemps ! Il est devenu bleuâtre !

— Je vous conseille de plonger votre main quelques minutes dans un bol rempli d'eau froide et de glaçons puis d'enrouler votre doigt avec du scotch… La bague s'enlèvera très facilement, vous verrez !

— Aaaah ! Oh mon Dieu ! Vous m'avez fait une de ces peurs ! Je ne vous avais pas vue en arrivant ! Merci beaucoup, je vais essayer. Mais je vous reconnais ! Vous êtes la dame du supermarché ! Maggie, c'est bien ça ?

— Et vous, Madison ?

— Quelle coïncidence ! Que faites-vous ici ?

— Mon ami Gilbert travaille dans ces locaux, je devais le retrouver devant l'entrée, mais ma vessie en a décidé autrement ! J'espère qu'il n'est pas en train de m'attendre dans le hall. Et ce fichu téléphone portable ne semble pas fonctionner.

— Le réseau passe très mal. Il fait partie de l'équipe technique ?

— Il est cameraman, il tournait une émission aujourd'hui qui est probablement terminée, d'ailleurs… Il va me chercher partout !

— C'est sans doute l'un des techniciens qui étaient avec nous ! Venez avec moi, je vais le chercher pour vous.

— C'est très aimable, merci, mais sans badge je ne peux pas aller plus loin, je ne travaille pas ici.

— Dans ce cas, retournez l'attendre dans le hall d'entrée, je vais le prévenir que vous êtes ici.

— Merci infiniment, mademoiselle.

Je rejoins Mac dans les coulisses et j'en profite pour indiquer aux membres de l'équipe que Maggie attend son ami. Seulement, aucun d'eux ne s'appelle Gilbert.

— C'est très étrange.

— Qu'est-ce qu'il y a ?

— J'ai revu dans les toilettes la dame qui m'avait renseignée au supermarché. Elle dit avoir rendez-vous avec un cameraman dénommé Gilbert, mais personne de l'équipe technique ne se prénomme ainsi…

— Il travaille probablement sur un autre plateau. Beaucoup d'émissions sont tournées ici.

— Tu as sans doute raison.

Je pars retrouver Maggie dans le hall, mais à ma grande surprise, elle n'y est pas. J'imagine qu'elle a retrouvé Gilbert.

Chapitre 3
Au secours !

Une fois rentrée à la maison, j'attends que Mac s'absente quelques minutes pour suivre les conseils de cette mystérieuse femme. Cette rencontre m'a laissée quelque peu perplexe. Je me demande comment elle a pu se volatiliser aussi vite. Je ne suis partie que quelques minutes ! J'espère qu'elle n'est pas encore là-bas, perdue dans ces dédales interminables, à chercher désespérément la sortie. Pauvre femme ! J'aurais peut-être dû lancer un avis de recherche ? Cette dame m'a tirée d'une mauvaise passe et je ne peux même pas la remercier. Grâce à elle, j'ai enfin pu délivrer mon doigt de son oppresseur. Quel soulagement ! Malheureusement, il n'est pas ressorti indemne de cette prise d'otage. Il est encore traumatisé. Il a pris une couleur violacée et j'ai perdu toute sensation, mais ce n'est pas ce qui m'inquiète le plus à vrai dire. Il faut encore que j'explique à Mac que la bague de sa grand-mère a voulu me faire la peau. Je réfléchirai à ça plus tard. Pour l'heure, je dois m'occuper du cas de Susan. Elle m'a envoyé un SMS pour me « rassurer » car ses prospections avançaient bien, mais ce qu'elle ignore, c'est que son message m'a provoqué une crise d'angoisse ! Vous devez vous demander si son mariage avec Kenneth était réussi ? Eh bien, il était grandiose ! Mais c'est parce que c'est moi qui l'avais organisé ! Ce rôle m'a toujours été attribué ! Je suis une experte en la matière ! Susan a voulu me rendre la pareille, mais au lieu de ça elle m'a rendue cardiaque ! Mes cours de yoga ne semblent plus faire effet. Je devrais me calmer. D'après mon professeur, Maître Miyagi, nous devenons ce que nous pensons. Oh mon Dieu, je vais devenir une psychopathe ! J'ai envie de séquestrer Susan pour qu'elle ne touche pas à mon mariage ! *Madison, calme-toi et réfléchis de manière positive.* La relaxation dissout le stress. Je dois oublier le passé, le présent et le futur, et me concentrer sur un objet inspirant… L'affreuse lampe que Susan m'a offerte est dans mon champ de vision. C'est peine perdue ! Et pour couronner le tout, mon portable vient de vibrer et c'est encore son nom qui s'affiche : « Passe à la maison dès que possible ! J'ai plein de choses à te montrer, tu vas être ravie ! » Au diable ces cours de yoga ! Il me faut mon verre de brandy !

***

J'arrive devant chez Susan. Mon cœur bat la chamade. J'ai une mine déconfite. J'ai intérêt à afficher mon plus beau sourire si je ne veux pas qu'elle remarque mon manque d'engouement. Le jardin de Susan regorge de fleurs et son potager pourrait nourrir une famille nombreuse tellement il est garni. Susan a été licenciée il y a quelques mois. Elle travaillait comme documentaliste dans une bibliothèque de St John's Wood, mais le directeur a décidé de remplacer la moitié de ses employés par des machines. Alors, plutôt que de se morfondre, elle a préféré s'occuper de sa maison et de son jardin. Les babioles et vaisselles à l'effigie de la famille royale ont presque disparu du décor, mais les souvenirs rapportés de ses différents voyages avec Kenneth ont pris tellement de place que son intérieur paraît toujours aussi chargé.

— Kenneth ! Je suis contente de te voir, ça fait longtemps !

— Bonjour Madison ! Malheureusement, je ne reste pas, je suis de garde au palais, j'allais partir. Susan ne tient plus en place. Je ne l'ai jamais vue aussi enthousiaste !

Il ne manquait plus que ça !

— Elle m'a dit que tu lui laissais les cartes en main pour votre mariage ?

Cette unique phrase suffit à me donner des maux de ventre.

— Oui, ça lui tient tellement à cœur ! Je ne pouvais pas lui refuser ça.

Le muscle de ma mâchoire se contracte en prononçant ces mots, je serre les dents.

— C'est vraiment gentil de ta part ! Je suis tellement occupé en ce moment. Organiser votre mariage lui change un peu les idées et ça lui fait tellement plaisir.

Je viens de faire un arrêt cardiaque. Aïe !

— J'en suis ravie…

Et terriblement désespérée...

Mon cœur est pris dans un étau. Si je dis à mon amie que je ne veux plus de son aide, elle risque de le prendre très mal et d'être terriblement déçue, mais si je dis à Mac que c'est Susan qui a tout organisé, c'est lui qui m'en voudra. Ma vie pourrait faire l'objet d'une saga ! Je suis persuadée que toutes ces mésaventures qui me tombent dessus pourraient inspirer un grand nombre de scénaristes et d'écrivains. Voilà Susan qui déboule tout sourire !

— Madison ! Je suis tellement contente de te voir ! Il faut que je te montre toutes mes petites trouvailles !

— Je suis impatiente…

De partir...

— Tu n'as plus à t'en faire, je vais TOUT gérer. Tu peux être tranquille !

C'est bien ce qui m'inquiète, justement.

— Quelle chance, je n'en demandais pas tant…

— Ne bouge pas, je vais chercher mon *book* ! Assieds-toi confortablement sur le canapé, je reviens tout de suite !

Mon front s'inonde d'une sueur glacée. Je suis pétrifiée. J'ai intérêt à avoir le cœur bien accroché. Le temps que Susan aille chercher la bête noire, je pars dans la cuisine pour me servir un grand verre d'eau fraîche. Avant cela, j'ai farfouillé dans son buffet dans l'espoir d'y dénicher une bouteille d'un alcool fort, mais elle n'a que des sirops de toutes les couleurs ! Même son garde-manger témoigne de son côté fleur bleue.

Susan revient avec un *book* aussi épais qu'une encyclopédie. Où a-t-elle trouvé le temps de rassembler autant d'informations ? Elle a même collé la photo de Mac et moi sur la couverture ! Elle prend cette tâche tellement au sérieux.

— Madison, si tu savais à quel point je suis inspirée ! Cette nuit, j'ai eu comme une révélation !

Tu as retrouvé la raison ?

— Tu y penses même la nuit ?

— Je suis sûre que mon idée va t'enchanter !

À ta place, je n'en serais pas si convaincue…

— Que dirais-tu d'un mariage sur le thème noir et blanc ?

J'espère avoir mal entendu.

— Noir et blanc ?

— Ouiiii ! Mac est acteur et il adore les vieux films ! Ce serait un peu comme être dans un film des années quarante !

Moi qui pensais aux fanfreluches roses, j'étais bien loin de la vérité. C'est une partie de dames !

— Mais ça risque d'être un peu... tristounet... tu ne trouves pas ?

— Nous mettrons quelques notes de couleurs avec le buffet ! Cette idée est formidable ! Elle te plaît, n'est-ce pas ? Je n'ai pas dormi de la nuit tellement j'étais impatiente de t'en parler ! J'ai également trouvé des statuettes pour décorer les tables !

À l'aide !

— Susan, je préférerais...

— Regarde ! J'ai choisi ce couple en résine qui s'embrasse. Je trouve qu'il vous ressemble !

Mon Dieu ! On dirait qu'ils sont partis en excursion au tréfonds de leurs gorges pour récupérer un trésor enfoui depuis des lustres !

— Le magasin n'en avait plus que quelques-uns en stock, mais le vendeur m'a dit qu'il pourrait en commander d'autres !

Quel dommage !

— Susan, c'est vraiment gentil, mais...

— Nous pourrions en disposer sur toutes les tables ! Il y a même un modèle grandeur nature qui serait magnifique au centre de la salle. Tous les invités danseraient autour de lui !

Mon mariage va prendre des allures de rituel vaudou, en plus !

— Ne t'inquiète pas, le patron du magasin s'occupera de nous les livrer.

C'est un cauchemar ! Par pitié ! Arrêtez ce massacre !

— Mon idée te plaît, n'est-ce pas ? Grâce à toi, je me suis trouvé une nouvelle vocation. Je vais devenir organisatrice de mariages !

Susan bat des cils. Elle sourit tellement que des fossettes insoupçonnées se creusent sur ses joues. Je suis perdue ! Les paroles de Kenneth résonnent dans ma tête. Elle est tellement heureuse et si euphorique. Je ne peux pas lui faire ça, je vais lui arracher le cœur ! Pourquoi n'ai-je pas écouté les recommandations de Mac quand il m'a conseillé de faire appel à une (vraie) organisatrice de mariage ? J'ai encore raté une occasion de me taire.

— Madison, je te sens hésitante. Je pensais te faire plaisir…

Oh là là ! Susan est triste comme un bonnet de nuit ! Ses yeux s'emplissent de larmes !

— Tu te trompes, Susan ! C'est une merveilleuse idée ! Tu feras une parfaite organisatrice !

Je suis une amie méprisable !

— Oh, Madison ! Ta réponse me fait chaud au cœur ! Je suis tellement rassurée !

Je commence à en avoir marre de cette phrase ! Je rassure tout le monde mais qui me rassure, moi ? Ce trop-plein d'empathie va finir par me détruire ! Il ne me reste plus qu'une seule solution. Je vais mettre tout en œuvre pour couper l'envie à Susan d'organiser mon mariage ! Cette partie de dames sera un échec !

***

Avant de rentrer, je fais un détour par chez mes parents. Ma mère est toujours de bon conseil et elle sait trouver les mots justes pour me réconforter. Je suis persuadée qu'elle saura comment me dépatouiller de cette mauvaise pièce de théâtre. Mes parents habitent toujours à Notting Hill, dans le quartier qui m'a vue grandir. Je leur ai proposé de les aider financièrement pour s'acheter une maison de plain-pied, mon père a de terribles problèmes de dos et monter continuellement ces escaliers très raides est éprouvant pour lui, mais ils sont tellement attachés à leurs souvenirs qu'ils ne veulent pas déménager.

— Bonjour papa !

— Madison ! Entre vite ! Personne ne t'a vue venir ici ?

— Euh non, je ne crois pas…

Il jette un rapide coup d'œil derrière moi et verrouille la porte.

— Qu'est-ce que tu fais là ?

— Je passais seulement vous faire un petit coucou.

— Ta mère est partie faire des courses et j'ai un rendez-vous chez le kiné. Tu n'as qu'à attendre ici, elle ne devrait plus tarder. Ferme bien la porte à clef surtout ! Et n'ouvre à personne !

— Mais qu'est-ce qui…

— Je file ! À plus tard !

— Bonne journée à toi aussi…

Mon père marche en crabe et longe les murs pour rejoindre sa voiture. Son comportement est vraiment très étrange. Deviendrait-il aussi toqué que moi ? Peu importe. Ma mère prévoit toujours un petit quelque chose pour les invités surprises ! Elle a probablement préparé sa fameuse tarte aux quetsches et fait chauffer de l'eau pour le thé. Je sens que cette visite va me faire un bien fou ! Je hume déjà l'odeur agréable des fruits caramélisés de la délicieuse tarte qui repose dans le four rien que pour moi ! Je l'ouvre en grand et embrasse une première déception. Fausse alerte, rien dans le four ! Ce doit être le plat sous aluminium qui est sur le plan de travail… Loupé ! C'est un vieux restant de quiche. Le réfrigérateur est ma dernière chance… Il est aussi vide que mon estomac ! J'ai une faim de loup ! Maman est sortie faire des courses, elle est probablement partie acheter quelques douceurs. Je vais patienter.

***

L'heure tourne et ma mère n'est toujours pas revenue. J'étais tellement affamée que j'ai dévoré le restant de quiche en deux bouchées, elle n'était pas très fraîche d'ailleurs. Elle avait comme un arrière-goût vinaigré, ce n'était pas très plaisant. Quelqu'un ouvre la porte.

— Madison !

— Ah maman ! Enfin, tu es revenue !

— Tu n'as ouvert à personne, j'espère ?

— Euh non…

Elle balaye du regard le jardin avant de refermer la porte à clef et de baisser les stores.

— Ça fait plus d'une heure que je t'attends !

— Chuuut ! Parle moins fort !

— Mais qu'est-ce qui se passe enfin ? Vous avez vraiment un comportement bizarre, papa et toi. J'avais un petit creux alors j'ai dévoré ton restant de quiche… Et je suis désolée de te le dire, mais elle n'était vraiment pas bonne !

— Madison ! Ne me dis pas que tu as mangé le plat qui était sur le plan de travail ?

— Euh… Si, pourquoi ?

Ma mère est prise d'une frayeur panique. Elle grimace !

— C'était la quiche de Mme Morton ! On ne sait plus comment se débarrasser d'elle. Elle vient tous les jours avec un plat différent. Un vrai pot de colle ! À tel point que ton père et moi sortons tous les jours pour l'éviter. Ses plats sont immangeables, je les garde pour les donner aux poules. J'avais mis tous les restes de la semaine dedans !

Beurk ! J'ai des haut-le-cœur ! Je cours vers le robinet pour me rincer la bouche.

— Ta visite tombe à pic ! Je suis sortie faire une course exprès pour toi !

— Tu es allée chez *Ben's Cookies* pour acheter mes gâteaux favoris ?

— Non, pas du tout ! Je suis allée en ville pour récupérer quelque chose chez le couturier.

— Le couturier ? Mais pour quoi faire ?

— Regarde ! Ouvre la boîte !

Ma mère affiche un sourire enjoué que je n'ai pas vu depuis un bon moment. Elle est tout émoustillée. Cette boîte ne m'inspire pas confiance. Elle est grande et abîmée, jaunie par le temps qui passe et l'humidité du grenier. Si c'est ce que je crois, j'ai du mouron à me faire.

— Maman, est-ce que c'est…

— Ouiiiii ! Qu'attends-tu ? Ouvre-la !

J'ai une boule au fond de la gorge. Cette boîte est la dernière chose dont j'avais besoin aujourd'hui. Je défais malgré moi le ruban rose qui agrémente ce présent douteux et c'est un nouveau coup de massue qui me tombe dessus. C'est la robe de mariée de ma mère ! Je me force à sourire mais c'est au-dessus de mes forces, une grimace de dégoût se dessine sur mon visage. Cette robe date des années quatre-vingt ! Je vous laisse imaginer l'allure que j'aurais, fagotée de la tête aux pieds comme une meringue à froufrous et des dentelles qui grattent des bras jusqu'au cou.

— C'est ta robe de mariée…

— Oui ! Je l'ai fait nettoyer et rétrécir un peu au niveau des hanches pour qu'elle soit à ta taille. Ça me ferait tellement plaisir que tu la portes !

Je suis en train de vivre un cauchemar éveillé. Je préférerais encore me marier en maillot de bain plutôt que de porter cette vieillerie ! Cette robe a fait son temps. Je vais ressembler à une moisissure rafistolée ! Ma mère sort une autre boîte. Qu'est-ce qu'elle me réserve encore ?

— J'ai fouillé partout dans le grenier et j'ai retrouvé le chapeau qui va avec la robe !

De mieux en mieux ! Le bord du chapeau est aussi large qu'un parasol ! On pourrait y abriter tous les invités en cas de pluie. Cette fois-ci, je ne me laisserai pas attendrir ! C'est MON mariage !

— Maman, il est hors de…

— J'attends depuis des années de pouvoir te l'offrir ! Mac est tellement merveilleux avec toi. Tu as trouvé un homme formidable, je suis si heureuse pour vous, mes enfants. Te voir porter cette robe est très important à mes yeux.

Ses yeux sont mouillés ! Elle ne peut plus s'arrêter de pleurer ! Si je refuse de porter cette robe, ses larmes de joie deviendront des larmes d'affliction. Que faire ? Elle a toujours été là pour moi, je ne peux pas lui infliger une telle humiliation en contestant son cadeau.

— Je la porterai avec plaisir, maman…

— Madison, tu ne peux pas savoir à quel point ta réponse me fait plaisir ! Je suis tellement rassurée !

Et moi, dépitée.

— Eh bien, vas-y ! Qu'est-ce que tu attends ? Essaie-la !

— Maintenant ?

— Évidemment ! Tu ne vas pas l'essayer devant Mac, ça porte malheur ! Et puis, il est encore temps de faire des retouches si elle ne te va pas.

Laissez-moi quelques minutes pour reprendre mes esprits. Je suis à deux doigts de faire un malaise.

— Je ne voudrais pas l'abîmer. Elle est tellement vieille… *Et chancie...*

— Voyons Madison ! Ça fait trente ans qu'elle repose dans le grenier à l'abri de la lumière ! Je l'avais achetée chez *Magicbride* à l'époque, c'est une robe de grande qualité.

— Cette boutique a fait faillite.

— Ne fais pas ta tête de bois ! Monte l'essayer ! Je suis si impatiente de te voir dedans !

Je m'empare du fardeau et grimpe les escaliers comme une condamnée montant à l'échafaud. Ai-je vraiment mérité une telle punition ? C'est à contrecœur que j'enfile cet accoutrement. Mon reflet dans le miroir me renvoie ma défaite. Je ressemble à un gros chou-fleur. Je vous interdis de rire !

Ma mère m'attend en bas des escaliers, les mains en prière.

— Madison, tu es tellement magnifique ! Je suis si émue !

La vie, c'est comme une boîte de chocolats. On ne sait jamais sur quoi on va tomber, et je viens d'en manger un tout rassis.

***

Cette journée m'a donné la migraine. Je suis censée vivre les plus beaux jours de ma vie et c'est comme si j'assistais à une rediffusion de *27 Robes*[3]. J'en ai assez de faire passer le bonheur des autres avant le mien ! Je m'affale sur le canapé, le regard inquiet fixé sur le mur blanc comme si une solution allait subitement se dessiner.

— Ça ne va pas, mon amour ? Tu as l'air absent.

Mac s'assoit à côté de moi. Il m'ouvre les bras et je me blottis contre lui. Il sent si bon que je pourrais rester là pendant des heures. C'est bien le seul endroit où je me sens invulnérable en ce moment. Il me caresse les cheveux. Pendant quelques minutes, le temps s'arrête.

— Tout va bien, Mac. Je réfléchissais...

À comment me sortir de cette mauvaise blague...

— Où en sont les préparatifs ? Tu t'en sors ?

Oh oui ! Susan s'en sort comme une pro ! Des belles statues qui se roulent une pelle orneront nos tables et nous serons les pions d'un jeu de dames ! Et pour couronner le tout, je serai fringuée comme Scarlett O'Hara, plus besoin de faire semblant.

— Parfait, ça roule !

— J'ai hâte de voir ça.

Je ris nerveusement. J'ai envie de pleurer.

— Tu as enlevé ta bague ?

Le seul cadeau que j'aurais adoré porter n'est pas fait pour moi. Comme poisseuse, on ne fait pas mieux.

— Je... j'ai tellement peur de l'abîmer avant le mariage que je préfère attendre le jour J...

— Madison, cette bague n'est pas en sucre, tu sais. Elle ne va pas se briser comme ça.

Je n'en dirais pas autant de mon doigt.

---

3. Comédie romantique américaine d'Anne Fetcher sortie en 2008, dont l'héroïne s'évertue à rendre ses proches heureux au détriment de son propre bonheur.

— Tu as certainement raison, mais je suis un peu superstitieuse.

— Madison, je peux te garantir qu'il ne se passera rien de fâcheux d'ici là. Notre mariage sera le plus beau jour de notre vie ! Et avec une organisatrice comme toi, je ne me fais aucun souci.

Mon cœur vient de passer à la moulinette.

— Je vois que tu as une grande confiance en moi.

— Je n'ai aucun doute sur tes capacités d'organisatrice. Tu as une idée pour la déco ?

— J'hésite encore…

Entre les dames et les échecs…

— J'ai quelques suggestions. Quand tu te seras décidée, nous en discuterons. J'ai déjà acheté mon costume. Tu as trouvé ta robe ?

— En quelque sorte…

— Génial ! Je suis impatient de te voir dedans… pour te l'arracher le soir de notre nuit de noces !

Elle est tellement vieillotte qu'il ne devrait pas avoir trop de mal.

Mac m'embrasse dans le cou, mais je suis tellement contrariée que je ne réagis même pas.

— Ça ne va pas ?

— J'ai peur que ma robe ne te plaise pas.

— Si c'est celle que tu as choisie, elle me plaira forcément.

C'en est trop ! J'étouffe un sanglot amer. Je sens des larmes prêtes à jaillir. Je tente de les retenir, mais elles se mettent à couler naturellement.

— Mac, il faut que je te parle.

— J'ai dit quelque chose qu'il ne fallait pas ? Pourquoi tu te mets dans des états pareils ?

Je pousse un soupir mélancolique avant de lui répondre.

— Mac… la robe sera celle de ma mère.

Il hausse les sourcils, surpris par cette révélation, puis me renvoie un sourire affectueux comme il sait si bien le faire.

— Eh bien, si elle te plaît, je n'y vois pas d'inconvénient. J'imagine que c'est important pour toi…

— Tu n'y es pas du tout ! Je déteste cette robe ! Ma mère me l'a mise d'emblée dans les mains comme une affaire conclue ! Elle était tellement touchée à l'idée que je la porte que je n'ai pas osé refuser !

— Madison, je suis sûr que ta mère comprendrait. Tu devrais discuter avec elle. Cette journée sera la nôtre, je ne veux pas que tu aies de regrets.

— Je vais y réfléchir.

— Quelle que soit ta décision, assure-toi qu'elle soit en accord avec toi-même. C'est tout ce qui compte.

Mac essuie mes larmes du bout des pouces et me serre fort dans ses bras. J'ai tellement besoin de sentir son réconfort en ce moment. J'ai toujours été maître de mes décisions mais je sens ce mariage m'échapper.

— Je tourne ma dernière scène après-demain. La semaine prochaine nous pourrions partir en excursion pour trouver l'endroit de nos rêves, qu'en penses-tu ?

— Vraiment ? Je pensais que le tournage devait encore durer quinze jours ?

— J'ai demandé à tourner toutes mes prises en une seule fois pour avoir la semaine prochaine de libre ! Tu es toujours sur ton enquête ?

— Je vais dire à ma cliente demain que son époux n'a rien d'un mari volage. Ça fait des mois que je lui cours après inutilement. Parfois, il faut savoir lâcher prise. Il ne sert à rien de s'acharner.

— J'aime t'entendre parler comme ça.

— J'ai eu un bon professeur.

— Je resterais bien toute la journée avec toi pour te donner des cours particuliers, mais si je veux boucler ce tournage, j'ai intérêt à décoller rapidement !

— File ! Plus vite tu seras parti et plus vite tu seras revenu !

Mac a réussi à me remonter le moral. Je ne sais pas quelle allure aura notre mariage, mais nous le célébrerons dans un lieu à notre image, j'en suis persuadée. Vite ! Je dois prévenir Susan avant qu'elle ne m'annonce qu'elle a aussi rêvé du lieu de la cérémonie !

Chapitre 4
Au petit bonheur la chance

Le lendemain, je ne me suis pas laissée abattre. J'ai décidé de me rendre à la boutique qui propose les « merveilleuses » statuettes que Susan affectionne tout particulièrement et qui pourraient compromettre mon mariage. En surfant sur la toile toute la matinée, j'ai réussi à trouver le nom de ce magasin. Il m'a suffi de taper « figurines affreuses de couples qui s'embrassent à Londres » dans le moteur de recherche et une flopée de noms sont apparus comme par magie. Certaines statuettes étaient encore plus laides. J'espère que Susan n'ira pas jeter un œil sur l'un de ces sites !

Il s'agit d'une petite boutique sur Oxford Street. C'est une rue commerçante très fréquentée. J'ai dû renouer avec mes perruques pour ne pas attirer l'attention. Cette fois-ci, je ressemble à une star punk des années quatre-vingt. Un combiné de Tina Turner et de Cindy Lauper. J'entre dans la boutique le plus discrètement possible et fais mine de m'intéresser à toutes les babioles qui trônent sur les présentoirs. Il y a un monde fou. Ces gens n'ont vraiment aucun goût. Ils proposent même des figurines de chiens qui copulent ! Qui oserait mettre cette horreur dans son salon ? Je dois m'estimer heureuse que Susan n'ait pas jeté son dévolu sur cette mocheté. Il y a même une étagère complète de nains de jardin ! Ma grand-tante Dorothy en serait folle ! Il faut absolument que je pense à lui communiquer cette adresse la prochaine fois que je la vois. Bon, revenons-en à mon couple qui se roule une galoche ! Je n'ai pas encore chiné dans le fond du magasin... Je viens de comprendre pourquoi Susan a été attirée ici comme un aimant ! Le prince William a été coulé dans la cire avec toute sa famille. C'est effrayant mais tellement bien réalisé que je me demande si le vendeur n'est pas un psychopathe qui kidnappe des gens pour les transformer en statues vivantes. Je viens de mettre la main sur la raison de ma visite ! Il reste six de ces statuettes en rayon. Il faut que je dise deux mots au gérant. Il est en train d'emballer un buste complètement loupé de Cristiano Ronaldo. La famille royale a été plus chanceuse.

— Bonjour monsieur ! J'adore cette figurine de couple qui joue les dentistes, j'aimerais vous acheter tout votre stock !

— Il doit m'en rester quelques-unes en réserve.

— Parfait, mais ça ne suffira pas. Je voudrais également acheter tout le stock de votre fournisseur pour que vous ne puissiez plus en commander avant plusieurs mois !

Le vendeur en reste comme deux ronds de flan.

— Tout ? Mais c'est impossible...

— Monsieur, sachez que dans la vie, rien n'est impossible ! Vous connaissez le dicton « Quand on veut, on peut ». Je suis prête à payer le prix fort.

Je dépose une épaisse liasse de billets à côté de sa caisse.

— Mais une personne m'en a commandé une cinquantaine pour le printemps prochain ! Je risque de ne pas les recevoir à temps !

Je parie que la personne en question s'appelle Susan.

— Oh ! j'allais oublier ! Je veux également le stock du modèle grandeur nature. Il me les faut tous !

— C'est mon produit phare ! Si je n'en ai plus avant plusieurs mois, je vais perdre toute ma clientèle !

— Ne vous inquiétez pas pour ça, je vais vous envoyer ma grand-tante Dorothy, elle va faire grimper votre chiffre d'affaires en moins de deux !

— Mais...

Ce vendeur me cause des difficultés. Je dois jouer ma seconde carte.

— Monsieur, je suis détective privée ! Ces statuettes sont suspectées de transporter de la drogue ! Je dois toutes les confisquer pour les faire analyser ! Vous ne voulez pas faire partie de la liste des suspects, n'est-ce pas ?

— De la drogue ? Mais... comment... S'il vous plaît, parlez moins fort, vous suscitez une mauvaise atmosphère dans ma boutique... Les clients vont...

— Atmosphère ! Atmosphère ! Est-ce que j'ai une tête à me soucier de votre atmosphère ? Je peux faire venir mes confrères de Scotland Yard si vous préférez. Je connais l'inspecteur Harry et la plupart de ses agents et je peux vous dire qu'ils seront moins cléments que moi quand ils feront une descente dans votre magasin devant tout le monde !

— Très bien, calmez-vous ! Je vais vous emballer celles que j'ai et téléphoner au fournisseur. Je ferai livrer les grands modèles à votre domicile.

— Merci pour votre coopération, monsieur.

Maintenant, il me reste à expliquer à Mac pourquoi j'ai acheté une armada de figurines hideuses.

En sortant du magasin, je sens les regards posés sur moi. Vous allez me dire qu'il n'y a rien de très surprenant à cela, j'ai beau avoir une perruque, certains ne sont pas dupes, et puis avec toutes ces figurines qui débordent de mes sacs, je ne passe pas inaperçue. D'ordinaire, je ne prête plus attention à ces regards indiscrets, mais l'un d'entre eux me met la puce à l'oreille. Il m'a semblé apercevoir Maggie, la dame du supermarché que j'ai ensuite rencontrée dans les studios de Trickbox TV Ltd. Nos regards se sont brièvement croisés, mais le temps que je pose mes achats et que je retire mes lunettes de soleil, elle s'est évaporée.

**

Peu de temps après ma prestation cavalière dans le magasin, Susan me téléphone complètement désemparée. « Le gérant a vendu tout son stock et il n'en aura pas avant plusieurs mois ! », me dit-elle. *Quelle déception ! Cette annonce me laisse sans voix.*

— Madison, je suis tellement désolée ! Je sais à quel point mon idée t'avait enchantée ! Dis quelque chose, s'il te plaît !

— C'est un choc, mais ne t'en fais pas Susan, je m'en remettrai.

— Il me reste toujours l'exemplaire que je t'ai montré. Laisse-moi t'en faire cadeau !

— Surtout pas ! Ce serait comme toucher le bonheur du bout des doigts pour le voir disparaître une nouvelle fois.

— Je comprends…

— Il va falloir faire une croix sur le thème « noir et blanc ».

— J'ai vu d'autres statuettes…

— Impossible ! C'est celles-ci que je voulais ! Aucun autre modèle ne pourrait les remplacer. Je n'imagine pas un mariage « noir et blanc » sans ces statuettes ! C'est inenvisageable !

— Très bien, Madison… Quel dommage ! Ce thème était une si bonne idée !

— C'est un coup dur, Susan, mais nous en sortirons plus fortes !

Le problème des statuettes destructrices de mariage est réglé ! Malheureusement, j'ai bien peur que cette entourloupe ne suffise à stopper Susan ! Elle va persévérer et me présenter probablement d'autres horreurs, mais je ne baisserai pas les bras ! Il me reste encore les affaires « bague compressive » et « robe désuète » à régler. Ce mariage va me laisser sur les rotules ! Je passe plus de temps à tenter de le désorganiser plutôt qu'à l'organiser.

∗

Je rentre à tâtons, les bras chargés de ces immondices. Mac n'est pas dans le salon. Avec un peu de chance, il est sous la douche. Ça me laisse le temps de ranger tout ça en lieu sûr.

— Madison ! Tu as dévalisé les boutiques ?

Raté ! Il était dans la cuisine.

— J'ai dépensé sans compter.

— Je vois ça, tu t'es fait plaisir, tu as raison. Je vais avoir droit à un défilé ?

Il affiche un sourire d'une oreille à l'autre. Le pauvre, il risque d'être très déçu.

— Pas vraiment…

— Je peux jeter un œil ?

— C'est-à-dire que…

Trop tard, il ouvre les sacs. Des sillons se creusent sur son front. À voir son expression, il n'est pas très fan de mes figurines, et je ne le blâme pas.

— Tu as eu un coup de foudre pour cette statuette ?

— Je la trouvais sympa.

— Au point d'en acheter… onze identiques ?

— C'est pour… faire des cadeaux. Comme ça, j'ai de quoi faire sur plusieurs anniversaires.

— J'espère que le mien n'est pas inclus. Tu penses vraiment qu'elles vont plaire à quelqu'un ? On dirait qu'elles font de la spéléologie intrabuccale.

— À Susan, sans aucun doute.

— Honnêtement, à part Susan, je ne connais personne de notre entourage qui apprécierait un tel cadeau.

Tu as failli les avoir à ton mariage ! Tu ferais mieux de me remercier !

— Je trouverai bien, ne t'inquiète pas.

— Et où tu comptes ranger tout ça ?

— Quelque part dans le garage…

Ou pourquoi pas, sous terre au fond du jardin, ou dans une benne au coin de la rue.

— Heureusement qu'il est spacieux.

Attends d'avoir vu le modèle grandeur nature !

Je balance les sacs remplis de statuettes dans un coin et sors la bouilloire pour préparer du thé.

— Oh, il m'a semblé apercevoir la dame aujourd'hui en ville. Tu sais, Maggie.

— Et tu as pu lui parler ?

— Elle ne m'en a pas laissé l'occasion ! J'ai tout juste eu le temps de poser mes sacs qu'elle avait encore disparu ! Je commence à me demander si je n'ai pas des hallucinations.

— Tu es sûre que c'était elle ?

— Je ne sais pas trop, ça s'est passé tellement vite.

— Tes yeux te jouent des tours. La preuve, tu as acheté une tripotée de statuettes affreuses !

— Tu as sans doute raison…

***

Ce matin, j'ai mis un terme à mon enquête. J'ai expliqué à ma cliente qu'une bonne discussion avec son mari serait plus bénéfique et salvatrice que mes photos dévoilant sa relation extraconjugale avec des jeux d'arcade. Être remplacée par une machine est dévalorisant et difficile à accepter. Une remise en question est inévitable et peu de personnes en sont capables. Admettre que l'on s'est fourvoyé, c'est se heurter à une mauvaise image de soi. Bidouiller la réalité permet de rester sur ses positions. C'est pourquoi elle a eu du mal à digérer la nouvelle. Elle a eu le culot de me reprocher d'avoir bouclé mon enquête prématurément pour empocher son fric ! Si elle savait que je vis confortablement et que l'argent est loin d'être ma motivation première. Elle m'a mise hors de moi ! Après cela, j'ai coupé ma ligne professionnelle pour quelques jours. Je vais consacrer ces prochaines semaines à ma vie personnelle et tenter d'ignorer toutes ces fadaises pour me concentrer sur l'essentiel. Mon mariage !

***

Ce midi, j'ai eu envie de faire une surprise à Mac en lui rendant visite sur le tournage de son dernier film, une comédie romantique de Noël. Il est censé boucler sa dernière prise aujourd'hui. Il va être tellement surpris de me voir ici ! Je lui apporte un panier-repas rempli de sandwichs de chez *Warren's*, je sais qu'il en raffole. Les repas servis à l'équipe sont souvent industriels. Mac m'a dit l'autre jour qu'avaler cette nourriture était un vrai supplice. Après mon dîner loupé de l'autre soir, je me suis dit que je lui devais bien ça pour me faire pardonner, et cette fois-ci, je suis sûre de ne pas me tromper. De gros câbles sillonnent le studio de part et d'autre, j'ai intérêt à me montrer vigilante. Mes talons pourraient vouloir entreprendre une rumba avec eux ! Je suis la spécialiste de la dégringolade.

— Salut Madison ! Tu cherches Carson ?

— Bonjour Henry ! Oui, il est dans le coin ?

— Il tourne une scène sur le plateau numéro deux. Mais je serais toi, je…

— Super, merci ! J'y vais !

Bizarre, je ne vois pas le plateau numéro deux. On passe directement du premier au troisième. Tom attend son tour pour jouer une scène, il pourra peut-être me renseigner.

— Bonjour Tom ! Désolée de te déranger…

— Madison ! Ça fait plaisir de te voir ! Tu ne me déranges jamais, ma beauté ! Tu es venue m'admirer en pleine représentation ?

— Pas tout à fait… En réalité, je cherche Carson…

— Ah ! Ce bon vieux Carson… Je me suis toujours demandé ce que tu pouvais lui trouver.

— Voyons… De la bienveillance, de l'altruisme, de l'empathie, de la tendresse, de la classe… La liste est encore longue, tu veux que je continue ?

— Non, merci, j'en ai assez entendu ! Il est dans le fond, c'est la petite porte là-bas. Mais je serais toi, je… Oh et puis non… Fonce ! Je suis sûr qu'il n'attend que toi !

— Je te remercie.

— Si jamais t'as envie d'explorer mes qualités, tu sais où me trouver !

Il me lance un clin d'œil qui en dit long sur ses intentions.

— N'y songe même pas !

Tom est un Don Juan. Son sourire enjôleur fait des ravages au sein des couples. Il rêve depuis toujours de m'attirer dans ses filets, mais ça ne prend pas. Je suis totalement insensible à son charme.

J'aperçois la fameuse porte du plateau numéro deux ! Elle se fond dans le décor. Pas étonnant qu'elle ait échappé à mon œil de lynx ! On dirait une porte de placard. Je vais couper à travers champ.

— Coupez ! C'est quoi ce bordel ? Vous faites quoi ?

Oups ! Je crois que le gars en espadrilles s'adresse à moi !

— Il y a un souci, monsieur ?

— Vous faites quoi au beau milieu de ma scène ?

— Votre scène ? Oh pardon ! Je n'avais pas vu que vous filmiez… Il n'y a aucun acteur…

— Nous faisons une prise de vue du décor pour les scènes environnementales et vous êtes dans le cadre !

— Excusez-moi, je suis Madison Nichols, j'allais rejoindre…

— Je me fiche de qui vous êtes, dépêchez-vous de quitter le champ !

— Très bien, j'y vais ! Inutile de vous montrer si exécrable !

Les réalisateurs sont tous des grognards imbus de leur personne ! Comment fait Mac pour les supporter ? Ils sont sans cesse en train de vociférer, comme si hausser le ton était leur marque de fabrique pour se distinguer des autres membres de l'équipe. Je suis sûre qu'ils testent leur tessiture quand ils passent leur diplôme.

J'arrive enfin sur le plateau numéro deux. Les acteurs et les figurants sont tous emmitouflés dans des vêtements chauds et douillets tandis que les membres de l'équipe portent des shorts, des jupes et des claquettes. C'est un véritable tohu-bohu vestimentaire ! Le plateau est recouvert de neige artificielle. Il regorge de guirlandes, de sapins décorés, et de couronnes scintillantes. C'est comme franchir un miroir magique vers un autre univers. Je comprends pourquoi Mac est si passionné par son métier. Il peut traverser les saisons, changer d'époque, parcourir les galaxies, et devenir n'importe qui en un claquement de doigts. C'est extraordinaire !

L'ambiance ici est très singulière. Un lourd silence pèse sur le plateau. Les gens affichent une mine grave et embarrassée. Leurs regards se perdent au loin comme s'ils cherchaient mentalement à fuir une situation inconfortable. Mais quelle mouche les a piqués ? Le réalisateur vient sûrement de pousser sa gueulante et toute l'équipe s'en trouve dépitée. J'ai apporté des tas de choses à manger, je vais leur remonter le moral. Madison sera leur rayon de soleil de la journée ! Étrange, je ne vois pas Mac… S'il était en train de tourner sa scène, je l'entendrais réciter son texte… Je me faufile discrètement au milieu des membres de l'équipe. Il y a tellement de monde que je n'arrive pas à distinguer mon futur époux. Génial ! Olivia travaille sur ce film ! Elle doit savoir où se trouve Mac.

— Bonjour Olivia !

— Madison ! Qu'est-ce que tu fais ici ?

— Chuuut ! Parlez moins fort on est en plein tournage !

— Pardon monsieur. Olivia, je cherche Carson, tu sais où il est ?

— Il est justement en train de jouer une scène.

C'est une scène bien silencieuse. Voilà pourquoi Mac ne m'a pas demandé de l'aider à réciter son texte hier. C'est pas très compliqué à retenir comme… Oh ! Bon sang ! Mon cœur se gonfle, j'ai du mal à respirer ! Mac fait des « cabrioles » avec une jolie blonde ! Bon, il n'en fait pas réellement mais il simule parfaitement… Sapristi ! Qu'est-ce qui m'a pris de venir à l'improviste ! Mes surprises prennent toujours l'eau. J'ai tourné le dos, mais cela ne m'a pas empêchée de profiter du spectacle. Je file vers la sortie. Ce que je peux être idiote !

— Madison !

— Coupez ! Carson, qu'est-ce qui te prend ?

— Désolé, je viens de voir ma fiancée… Madison, attends !

Ne vous méprenez pas, je ne suis pas du tout en colère contre Mac. J'ai bien conscience que jouer des scènes acrobatiques comme celle-ci fait partie du métier, mais j'aime Mac si profondément. Cette image de lui fourrant sa langue dans la bouche de cette blondasse et ces va-et-vient sous la couette m'ont retourné l'estomac ! Les couples dans ce milieu sont si fragiles. Tellement d'acteurs investis dans leur rôle ont franchi le seuil étroit qui sépare le cinéma de la réalité. Si Mac et moi devions subir le même sort, je ne m'en remettrais pas.

— Madison !

— Mac ! Je suis désolée, je voulais te faire une surprise, mais te voir dans les bras de cette jeune fille à quelques mois de notre mariage m'a…

— Pardonne-moi, j'aurais dû te prévenir que je tournais cette scène aujourd'hui…

— Je n'aurais pas dû venir te voir…

— Madison ! Cette fille ne représente rien ! C'est une actrice, tout comme moi ! Nous faisions semblant ! C'est dans tes bras que j'aime me retrouver.

— Tu n'as pas à te justifier. Je dois apprendre à composer avec ton métier. Il faut juste que je chasse cette scène de ma tête. Laisse-moi quelques minutes, et ça ira mieux.

— Je comprends…

— Je vais t'attendre à l'extérieur, j'ai apporté tes sandwichs préférés.

— Tu es un amour, Madison ! Je t'aime, n'en doute jamais ! Il faut que j'y retourne… Je te rejoins très vite.

— Oui, oui, finissez votre… séance de gym. Ne t'inquiète pas, j'ai déjà presque tout oublié…

Ce n'est pas tout à fait vrai. Cette scène est gravée dans mon esprit. Il va encore me falloir quelques minutes pour digérer cette « incursion charnelle », mais tout est ma faute. Mac m'a demandé à plusieurs reprises si je préférais qu'il décline les rôles où son personnage fait la bête à deux dos, mais j'ai refusé. De nombreux chefs-d'œuvre lui seraient passés sous le nez et sa carrière n'aurait pas la reconnaissance qu'elle a aujourd'hui. Je ne pouvais pas le laisser sacrifier ce pour quoi il a tant travaillé pour ne pas ébranler ma sensibilité. Cela aurait été très égoïste de ma part.

Je respire à pleins poumons et pars m'installer sur une table de pique-nique, à seulement quelques mètres des studios pour que Mac me repère facilement en sortant. Des demoiselles revêtues de costumes du XVIIIe siècle traversent la cour en compagnie de deux ninjas. Cela me fait sourire. Mac a raison. Rien ici n'est réel. Tout est illusion et je viens de me faire berner par une scène d'amour fictive. Je regarde, le cœur plus apaisé, un jeune homme caparaçonné en chevalier qui téléphone, adossé contre une caravane, quand Maggie apparaît subitement sous mes yeux ! On dirait que je viens de voir un fantôme !

J'ai entendu cette expression un millier de fois mais elle n'a jamais pris sens avant cet instant. Nous nous dévisageons un court instant, puis Mac me rejoint et elle bat en retraite dans la direction opposée. Ni une ni deux, j'abandonne tout derrière moi pour la rattraper, mais des techniciens qui transportent une grosse caisse remplie de matériel me coupent dans mon élan. Le temps que je les laisse traverser, elle a une fois de plus disparu.

— Tu l'as vue aussi Mac, n'est-ce pas ?

— De qui tu parles ?

— Maggie ! La dame qui était à côté du chevalier et qui s'est enfuie ?

— Je suis désolé, je n'ai vu personne.

— Je ne comprends pas, j'ai l'impression de devenir cinglée ! Cette dame se matérialise n'importe où et n'importe quand ! Londres n'est pourtant pas une petite bourgade ! Au début, je pensais à de simples coïncidences mais quatre fois d'affilée, c'est impossible ! Je ne crois pas au hasard.

— Les deux premières fois que tu l'as rencontrée et que vous vous êtes parlé ne laissent aucune place au doute, mais les fois suivantes étaient tellement furtives que…

— Je suis sûre que c'était elle ! Elle m'a même regardée ! On dirait qu'elle m'observe tout en voulant m'éviter.

— Tu te sens menacée ?

— Non, je ne considère pas cette femme comme une menace. Son regard et ses paroles jusqu'ici n'ont été que bienveillance. J'aimerais juste comprendre ce qu'elle cherche exactement.

— Madison, la seule chose qui devrait occuper tes pensées en ce moment, c'est notre mariage ! Quand cette personne sera décidée à te parler, elle viendra vers toi.

— Tu as probablement raison…

Quand cette femme fera de nouveau son apparition, je ne la laisserai pas filer cette fois !

Chapitre 5
Au bout du rouleau

Tout à l'heure, j'ai reçu un appel de Jean-Claude. Nous avons parlé de tout et de rien. Surtout de rien. Je ne saisis que le quart des tirades passionnées qu'il débite, mais sa bonne humeur est communicative et il parvient la plupart du temps à m'extirper un sourire. Je le laisse disserter sans l'interrompre et n'extrais de ses paroles que son enthousiasme. C'est un peu comme préparer une limonade. On enlève les pépins et la pulpe pour en conserver le jus. Même si l'acidité peut parfois faire grimacer, cela reste tout de même plaisant. Je peux lui déballer tout ce que j'ai sur le cœur, sans craindre d'être jugée. Il m'a donné rendez-vous dans une salle de gym à Bethnal Green. Il a réussi à me convaincre que le sport était un bon moyen d'évacuer mon stress. En ce qui me concerne, les seules choses que j'évacue en ce moment sont un râle et ma sueur.

— Mady ! *Believe me !*[4] Quand tu prends confiance en la confiance, tu deviens confiant !

Je rame autant à essayer d'élucider cette phrase que sur le rameur qui est en train de m'achever.

— Mais… comment avoir confiance ? Je ne sais plus quoi faire pour me dépatouiller de cette situation sans blesser quelqu'un ! Et cette femme qui apparaît n'importe où comme par enchantement va finir par me rendre marteau !

---

4. « Crois-moi ! », en anglais.

— Je n'ai qu'un seul conseil à te donner !

— Lequel ?

Je me liquéfie sur place. Tous mes muscles sont engourdis, j'ai l'impression d'avoir été vidée comme un poisson.

— Tu dois téléphoner à Isobel !

— Isobel ? C'est une amie à toi ?

— C'est une voyante. Mais… si tu lui téléphones et qu'elle ne décroche pas avant que ça sonne, raccroche ! C'est qu'elle n'est pas dans un bon *mood*[5].

— Je vois… Merci pour ce conseil.

— Dans la vie, il faut partager. Au plus qu'on donne, au plus qu'on reçoit…

Jean-Claude arrive à soulever des haltères aussi aisément que s'il avalait du pop-corn ! Je suis rouge comme une écrevisse alors qu'il a toujours le teint frais ! Cet homme n'est pas humain. Je me laisse rouler sur le sol, mon corps n'est plus que souffrance. Je suis ankylosée de haut en bas. J'ai la langue sèche comme du papier de verre. De l'eau ! Il me faut de l'eau ! Jean-Claude avait raison. Je ne pense plus du tout aux soucis qui me rongent, mais au verre que va me servir le gars du bar à l'entrée de la salle.

— Tout va comme tu veux, Mady ?

— Je crois… qu'il va falloir… appeler une grue… pour me sortir de là.

— Ma devise, c'est de toujours se recréer. Il faut se recréer pour recréer *a better you*[6]. Et ça, c'est très dur ! Et, et, et… c'est très facile en même temps.

Je me hisse jusqu'au petit banc en bois destiné aux natures faibles comme la mienne. Le sport n'est

5. « Humeur », en anglais.
6. « Un meilleur toi », en anglais.

définitivement plus fait pour moi. Les footings du samedi matin avec Kate sont révolus. Mon corps a tiré un trait sur ma vie passée. Je prends de l'âge. Courir après un suspect est la seule activité physique que je puisse encore accomplir.

— Je suis trop vieille pour ce genre de connerie ! Mon stress et mes kilos en trop resteront là où ils sont ! Le yoga suffit.

— Tu es comme une plante, Mady !

— Une plante ? Tu veux dire que je sers de décor et que je ne suis pas intéressante ?

— Ce que je veux dire, c'est que les plantes n'ont pas de mains et pas d'oreilles ! Elles sentent les choses, les vibrations. Elles sont plus *aware*[7] que les autres *species*[8] ! Tout comme toi ! Tu es plus sensible, tu ressens les choses comme une plante.

— C'est vrai, moi c'est la gymnastique de l'esprit que j'aime pratiquer !

— N'oublie pas ! *Isobel is the answer!*[9]

***

Je suis rentrée à la maison aussi vide qu'une vieille soupière. Je me suis avachie sur mon lit, et j'ai contemplé le plafond pendant plusieurs minutes, le regard complètement éteint. Mon corps est sur la touche, mais mon esprit est en ébullition. Noyée par les tribulations qui jalonnent ma vie depuis quelques jours, je laisse mon esprit vagabonder dans l'espoir qu'une solution surgisse subitement de mon cerveau. La robe affreuse de ma mère.

---

7. « Conscientes », en anglais.
8. « Espèces », en anglais.
9. « Isobel est la réponse ! », en anglais.

La bague trop étroite de Mac. Les goûts douteux de Susan. Et cette Maggie qui cherche à me faire interner.

— Jean-Claude t'a achevée ?

— Mac ! Tu es déjà rentré. Pas de scène affriolante aujourd'hui ?

— Il me semble cerner une pointe d'ironie dans ta question.

— Je plaisante.

— Tu sais avec qui j'ai envie de jouer une scène affriolante là tout de suite ?

— Hum… Je ne vois pas…

— Laisse-moi te montrer !

Il glisse sa main sous mon tee-shirt et couvre mon ventre de baisers. J'éclate de rire ! Il continue en riant lui aussi.

— Mon corps ne répond plus de rien ! Plus jamais je ne ferai de sport avec Jean-Claude. Je n'ai même pas la force d'aller jusqu'à la salle de bains pour me doucher !

— Ton corps recouvert de sueur est très sexy…

Le carillon de la sonnette de la porte d'entrée interrompt notre « divertissement ».

— Tu attends de la visite ?

— Pas que je sache !

— Ne bouge pas, je reviens de suite pour continuer ce qu'on allait commencer…

— Aucun risque, mes muscles sont trop engourdis pour que je prenne la fuite.

Mac dépose un doux baiser sur mes lèvres avant de s'éclipser pour découvrir l'importun qui ose nous déranger. Il est temps de me lever. Je déteste me voir dans cet état. Tandis que je tente laborieusement de poser un pied par terre, la carte de visite que Jean-Claude m'a confiée tout à l'heure tombe de ma poche.

Isobel Cartwright

Voyance - Cartomancie - Pendule - Contact avec les défunts

<u>Sérieuse et fiable</u>

58 Alexandra Gardens, Chiswick, Londres 48 W4 2RZ

Téléphone : 07 987 654 321

Je la toise avec amusement. Jean-Claude est capable de gober vraiment n'importe quoi. En y réfléchissant, cela ne m'étonne pas de lui. Sous ses biceps se cache un homme sensible et très réfléchi. Un peu trop parfois. Si bien que sa conception de la vie, aussi particulière soit-elle, voit au-delà de ce que le simple commun des mortels pourrait interpréter.

— C'est Kate ! m'annonce Mac.

— Kate ? Je descends tout de suite ! Enfin, je vais essayer.

— Je vous laisse entre filles, j'ai une course à faire. Propose à Kate de rester dîner avec Edgar, si tu veux.

— Oui, c'est une bonne idée.

— Mais je n'ai pas oublié où nous en étions restés, toi et moi !

Il me lance un clin d'œil.

— J'espère bien !

Je rejoins Kate dans le salon à la vitesse d'un paresseux. Elle affiche une mine triste comme le ciel noir.

— Kate ! Qu'est-ce que tu fais ici ? Tu ne devrais pas être au bord de ta piscine à siroter des cocktails en ce moment ?

— Oh Madison ! Je suis désolée de venir à l'improviste, je sais que tu détestes ça.

— Pour Susan et toi, il y a une dérogation, ne t'en fais pas. Tout va bien ?

— J'avais besoin de m'échapper et de me changer les idées.

— De t'échapper ? Mais tu es en congé en ce moment !

— J'ai besoin de m'échapper de la maison d'Edgar, enfin, de notre maison je veux dire. J'ai encore du mal à me faire à l'idée que c'est chez moi à présent…

— Cette demeure est un labyrinthe, mais tu finiras par t'y faire, crois-moi. Je commence seulement à m'y retrouver.

— Ce n'est pas vraiment ça le problème…

— De quoi tu parles alors ?

— Je n'ai absolument rien à faire ! Tout est rangé et lustré ! Le jardin ressemble à ceux de Kensington, les repas sont déjà préparés, les courses achetées à l'avance… Je m'ennuie à mourir ! Je me tourne les pouces du matin au soir ! Quand enfin l'idée me vient d'entreprendre quelque chose, je découvre que cela a déjà été fait ! Je me sens complètement inutile.

— Oh… C'est vrai que tout le monde est au petit soin dans cette villa. Edgar n'a pas pour habitude de faire les choses par lui-même.

— Madison, j'ai besoin de t'accompagner dans tes histoires farfelues !

J'ai dû mal entendre !

— Pardon ?

— Cette routine me consume à petit feu ! Si je ne fais rien, je vais devenir folle ! Tu as bien une idée tordue qui te passe par la tête en ce moment ? Une enquête complètement démente ? Une exploration souterraine d'un lieu insolite ? Un théorème que seul toi saurais déchiffrer ? Je suis prête à n'importe quoi !

Elle me supplie à genoux ! J'ai l'impression d'être tombée de ma chaise. Kate a dû prendre un coup sur la tête !

— C'est pourtant toi qui m'as dit à plusieurs reprises être fatiguée de mes « élucubrations », et je vous ai promis à Susan et à toi de ne plus vous entraîner dans mes enquêtes. D'ailleurs, je suis beaucoup plus posée désormais. Les cours de yoga m'ont…

— Par pitié Madison ! Oublie tes cours de yoga et tout ce que je t'ai dit ! J'ai besoin de toi !

— Est-ce que tu te rends compte des risques que tu cours en disant ça ? Tu sais de quoi je suis capable !

— J'en ai parfaitement conscience ! Et c'est pour cette raison que je viens demander ton aide !

Voyons… Ma dernière enquête est déjà bouclée et j'ai mis mon téléphone professionnel en sourdine pour quelques jours, le temps d'organiser mon mariage. Ou plutôt, d'empêcher Susan de l'organiser. La proposition de Kate tourne en boucle dans ma tête. Que pourrais-je bien lui proposer qui soit à la fois distrayant, singulier et pas trop risqué ? Tout à coup, je suis frappée d'une idée de génie !

— Kate, j'ai exactement ce qu'il te faut !

***

Cette demeure pourrait figurer dans un roman de Lovecraft. Elle me fiche la trouille ! Le jardin est impraticable ! Les arbres sont serrés et entremêlés par les ronces. Pablo aurait fort à faire s'il travaillait ici. La maison s'effrite comme une momie mal conservée. Des vitres sont brisées et il m'a semblé distinguer une silhouette se balancer sur un rocking-chair à la fenêtre du second étage. Je suis sûre que cette villa est hantée. J'en ai des frissons.

— Mais où sommes-nous, Madison ?

— Nous allons rendre visite à quelqu'un. Tu es toujours sûre de vouloir m'accompagner dans mes enquêtes ?

— Euh… oui… Cette affaire m'a tout l'air d'être palpitante ! Tu peux compter sur mon aide !

Désormais, je suis convaincue que la vie de couple peut changer une personne. Kate s'est métamorphosée.

— À qui allons-nous rendre visite ?

— Tu verras ! Laisse-moi faire et écoute bien mes directives !

Nous sommes sur le perron. Le parquet du porche extérieur craque sous nos pieds. Je crains qu'il ne finisse par s'effondrer. Je n'aimerais pas me retrouver six pieds sous terre pour avoir voulu divertir Kate et la sortir de l'ennui.

— Est-ce que je dois m'attendre à voir La Chose ou Victor Frankenstein de l'autre côté de cette porte ?

— Pour être honnête avec toi Kate, je ne sais pas du tout ce qui nous attend !

— C'est un peu déroutant, mais c'est exactement ce dont j'ai besoin en ce moment !

Une cloche rongée par la rouille en guise de sonnette pendouille lamentablement. Je tire sur la ficelle effilochée sobrement, de peur qu'elle ne s'écrase sur mon pied. Le glas semble annoncer les funérailles de quelqu'un. Après quelques minutes, la porte s'ouvre enfin. Une femme aux joues maigres et au teint blafard apparaît comme un spectre tout droit sorti d'outre-tombe. Sa chevelure rousse et rêche choit sur son cou trop long. Son regard vitreux nous dévisage.

— Bonjour madame, nous sommes…

— Ne dites rien ! Je sais qui vous êtes !

— Vraiment ?

Jean-Claude avait raison, cette voyante est très douée !

— Vous êtes l'impératrice Élisabeth de Wittelsbach ! Et cette jeune fille derrière vous est votre servante !

Loupé ! J'ai parlé trop vite.

— Ce n'est pas tout à fait ça, en réalité nous sommes venues…

— Arf ! Je me suis encore plantée ! Ça fait des mois que je l'invoque, mais elle est têtue comme une mule !

Je commence à comprendre pourquoi Jean-Claude l'apprécie tellement.

— Je m'appelle Madison Nichols, et voici mon amie Kate Bowman.

— Vous voulez une séance ? Je vous préviens, je ne travaille pas gratuitement !

— L'argent n'est pas un problème.

— Bon, entrez mais faites attention où vous mettez les pieds. Le chat aime se réfugier sous les tapis.

Kate m'emboîte le pas. Elle s'agrippe à mon bras tellement fort qu'elle va finir par y laisser ses ongles.

— Kate, tu es en train de me scarifier !

— Madison, c'est une séance de spiritisme que tu as demandée ?

— Isobel est clairvoyante. Jean-Claude m'a assuré qu'elle était hyper efficace !

— Je ne veux pas te contrarier, mais Jean-Claude n'est pas une référence ! Et je te rappelle qu'elle t'a prise pour Sissi l'impératrice !

— Je ne suis pas vraiment étonnée, on m'a toujours trouvé une ressemblance avec Romy Schneider.

— Romy Schneider n'était pas l'impératrice, Madison !

— Peu importe ! Tu voulais pimenter ta vie, tu vas être servie !

Cette maison respire le renfermé et les moisissures. Pas étonnant que des revenants viennent y jeter un œil ! Ils s'y sentent comme au fond de leur cercueil. Depuis quand cette femme n'a-t-elle pas donné un coup de balai à sa baraque ? Mes allergies sont de retour.

— Atch… atch… aaatchoum ! Pardon !

— Un peu de silence ! Vous allez mettre les esprits en rogne !

— Désolée… Loin de moi l'idée de les contrarier…

J'avance à l'aveuglette. Cette femme fait des économies d'énergie. Il fait sombre comme dans le fond d'un puits. Je n'y vois rien ! Pour commencer, si elle nettoyait ses carreaux, elle gagnerait en luminosité. Je viens de marcher sur quelque chose qui couine !

— Aaaaaaaaaaaaaah !

Bon sang ! Un chat a bondi de sous le tapis !

— Madison, tu vas finir par énerver la dame !

— Si cette radine payait ses factures d'électricité, j'aurais vu où je mettais les pieds !

Isobel nous conduit dans une pièce sombre et vétuste, dont le seul ornement réside en une table ronde en bois à gros pieds sur laquelle repose une boule de cristal. D'épais rideaux en velours de couleur bordeaux tapissent les fenêtres.

— Installez-vous. Je vais purifier la pièce avec de la sauge avant de commencer. Je sens de mauvaises vibrations depuis votre arrivée.

Ce qu'elle va repousser avant tout avec ses bâtons d'encens, ce sont les insectes et les bactéries ! Cette odeur me prend à la gorge. J'ai les narines qui me taquinent. Kate met la main devant sa bouche pour ne pas gober la fumée. C'est une fumigation sans précédent. Jean-Claude a dû inhaler ces effluves un peu trop souvent, ce qui expliquerait son comportement si… singulier.

— Vous ne pensez pas que… argh… c'est assez purifié maintenant ?

— Je préfère être prudente. Cette maison est un canal direct vers l'au-delà. Je ne voudrais pas faire passer n'importe qui.

— Vous m'en direz tant…

Je déplore d'infliger cette mascarade à Kate. Cela m'apprendra à vouloir satisfaire tout le monde !

— Nous pouvons commencer la séance. Asseyez-vous !

Elle s'installe face à nous et pose ses mains à plat sur la table. Kate l'observe avec stupeur. À son expression troublée, je dirais qu'elle est en train de regretter d'avoir fait appel à moi pour la sortir de sa routine.

— À présent, fermez les yeux et videz complètement votre esprit. Ne pensez plus à rien et laissez-vous pénétrer totalement par ce qui nous entoure.

Cette dernière phrase peut être interprétée de différentes façons. Je préfère garder les yeux bien ouverts. Le patriarche centenaire à l'œil pervers représenté sur un des tableaux me lance un sourire. Beurk ! Isobel a une mine effroyable ! Une veine gonfle sur son front, ses traits se tordent. Souffrirait-elle de troubles intestinaux ? Un courant d'air froid me chatouille le cou. La voyante sort enfin de sa « transe ». Je perds patience. J'aimerais assez qu'on en vienne au fait !

— Alors, comment ça se passe maintenant ? On vous pose les questions qu'on veut et vous répondez du tac au tac ?

— Ce n'est pas si simple, mademoiselle ! Je ne suis pas une ligne téléphonique avec l'au-delà ! Je vous communique les informations telles que je les reçois et c'est à vous de les interpréter ! Vous avez de la chance. Aujourd'hui, les esprits semblent décidés à nous parler.

— Vous m'en voyez ravie ! Et c'est dans votre boule de cristal que vous voyez tout ça ?

J'attrape la boule pour essayer de voir à travers mais la vieille femme prend la mouche.

— Qu'avez-vous fait, pauvre sotte ! Vous avez laissé vos empreintes de doigts sur mon outil de travail ! Il faut que j'aille la purifier maintenant ! Je vais chercher de quoi la nettoyer. Gardez les mains derrière votre dos et ne touchez plus à rien, sans quoi je serais dans l'obligation d'annuler la séance !

— Mille excuses, chère Madame.

La voyante disparaît dans les escaliers.

— Madison, tu peux me dire ce qu'on fait ici, maintenant ? Cette femme a l'air complètement siphonnée !

— Je veux entendre ce qu'elle a à nous dire ! Je crois qu'un esprit me hante depuis plusieurs jours.

— Un esprit ? Mais de quel esprit tu parles ?

— Une femme. Elle apparaît comme ça par magie, n'importe quand ! Personne à part moi ne la voit !

— Ce n'est peut-être qu'une coïncidence.

— Je ne crois pas aux coïncidences, Kate ! Tu devrais le savoir !

— Mais qu'est-ce qu'elle te veut ?

— C'est justement ce que je voudrais comprendre !

Deux femmes se disputent à l'étage. Isobel se chamaille avec une personne à la voix ample et très grave semblant venir du plus profond des entrailles.

— Mais qu'est-ce qui se passe là-haut ? Cet endroit me fiche la chair de poule !

— Je te rappelle que c'est toi qui as insisté pour que je t'entraîne dans mes enquêtes !

— C'est vrai, ce n'était pas un reproche. Juste une observation. Chut ! La vieille folle redescend !

— Je vous prie d'excuser ma mère. Elle est malade et voit d'un mauvais œil votre visite. Elle devient parfois un peu folle. Mais cela nous arrive à tous. Cela ne vous est-il pas arrivé ?

— Oh si ! Ça m'arrive très souvent !

— Oui. Il suffit même parfois d'une seule occasion.

La silhouette que j'ai vue se balancer sur le rocking-chair à la fenêtre du second étage devait être sa mère. Elle avait l'air très mal en point.

— Nous allons pouvoir reprendre là où nous en étions. À présent, il me faut du calme. Nous pouvons commencer. Posez vos mains sur la table, les paumes tournées vers le haut.

Isobel ferme les yeux. Son visage est éclairé à la lueur d'une bougie que la flamme a déjà bien consumée. Elle penche légèrement sa tête en arrière.

— Esprit, es-tu là ?

Kate et moi échangeons un regard sceptique avant d'observer la pièce autour de nous. Aucun revenant ne souhaite signaler sa présence. Isobel continue ses supplications.

— Esprit, nous t'invitons à te joindre à nous.

Un courant d'air s'engouffre dans la pièce. La bougie s'est éteinte ! On n'y voit plus rien. Kate saisit ma main et la serre tellement fort qu'elle est en train de me broyer les doigts !

— Kate, arrête de serrer ma main comme ça, je ne sens plus mes doigts !

— Je ne te tiens pas la main !

— Mais bien sûr que si, tu…

La bougie se rallume subitement !

— Comment avez-vous fait ça ? J'ai compris ! C'est une bougie d'anniversaire magique, c'est ça ? Elle se rallume toute seule indéfiniment jusqu'à ce qu'on la plonge sous l'eau tellement on en a ras le bol ?

Je réalise soudain que mes doigts sont toujours comprimés alors que les mains de Kate sont posées sur la table.

— Chut ! Taisez-vous ! L'esprit est parmi nous !

Je déglutis. Mon corps se fige, je n'arrive plus à bouger. Kate est blanche comme un drap. Je n'aperçois pourtant rien autour de nous qui pourrait nous laisser penser qu'un esprit se trouve dans cette pièce, mais notre imagination est capable des pires sournoiseries.

— Esprit, nous te remercions de ta venue. Peux-tu décliner ton identité ?

Cela ressemble assez aux interrogatoires de police finalement. Ce n'est pas si différent de ce que je fais habituellement. Je tends l'oreille mais n'entends rien. Même pas la voix éthérée et aspirée d'un fantôme.

— Vous êtes certaine qu'il est là ?

— Mademoiselle Nichols, cessez de m'interrompre !

— Toutes mes excuses… Hum…

— Je sens sa présence. Il est assis juste à côté de vous.

Je jette un œil à ma gauche et n'aperçois rien de plus qu'une place vacante. Flûte ! J'ai toujours cru être dotée d'un sixième sens, j'étais bien à côté de la plaque !

— Pouvez-vous lui demander ce qu'elle me veut ?

— L'esprit qui se trouve parmi nous est un homme.

— Un homme ? Non, non, non. L'esprit qui me hante est une femme ! Et elle s'appelle Maggie !

— Il n'y a aucune Maggie avec nous. Il s'agit de Roger.

— Roger ? Ça me fait une belle jambe !

— Mademoiselle Nichols ! Il faut toujours remercier les présences qui viennent à notre rencontre et les considérer comme un cadeau ! Venir jusqu'à nous leur demande un effort considérable !

— Pardon, pardon. Merci Roger pour votre petite visite et les efforts que vous avez déployés pour venir jusqu'à nous, mais je recherche une femme qui se prénomme Maggie. Ne l'auriez-vous pas rencontrée de l'autre côté ?

— Mademoiselle Nichols ! Ce n'est pas à vous de poser des questions ! Les esprits nous transmettent des messages et c'est à nous de les interpréter du mieux qu'on peut !

— OK, OK ! C'est une sorte de rébus, quoi ? Je comprends. Les esprits doivent tellement s'ennuyer qu'il faut bien faire durer le suspense…

Kate reste muette. Elle nous observe depuis plusieurs minutes. Je crois qu'elle ne réalise pas encore dans quoi je l'ai embarquée.

— Roger tente de me délivrer plusieurs messages… Je ressens… le conflit, la solitude et les regrets. Beaucoup de regrets.

— Dites-moi, tout ceci s'annonce très « réconfortant » ! Il n'y a rien de plus optimiste dans vos visions ?

— Je perçois des journalistes, des flashs d'appareils photo et un écran de cinéma.

— Ah ça, je connais ! Bien vu, Roger !

— Je vois également de nombreux serviteurs et beaucoup de gel…

— Du gel ? Kate, ta présence crée des interférences !

— Edgar n'est pas le seul à mettre du gel !

— Attendez… J'ai une image très nette subitement… C'est… c'est un bébé ! Il est blond !

— Un bébé ? Plus de doute, Kate ta présence perturbe les messages de Roger !

— Et pourquoi ce bébé serait forcément le mien ? Je te rappelle que Mac est blond ! Ce pourrait parfaitement être le vôtre !

— Isobel, les messages de Roger se projettent sur combien d'années ? Parce que Mac et moi n'envisageons pas de faire un bébé maintenant.

— Je ne peux pas vous répondre. Il peut s'agir du futur comme du passé…

— À ce niveau, ce n'est plus un rébus, mais une partie de *Trivial Pursuit* !

Tout ceci n'apporte rien à mon moulin. Cette séance de spiritisme n'a ni queue ni tête !

— Roger essaye de me montrer quelqu'un…

Ah ! Enfin une vision intéressante !

— Une femme d'un certain âge aux yeux bleu clair, j'imagine ?

— Non, ce n'est pas vraiment ça… Je perçois une femme en effet, mais elle est habillée en robe de mariée, je n'arrive pas à distinguer son visage.

— Il s'agit forcément de moi, je vais me marier dans quelques mois ! Dites-moi, comment est ma tenue ? Est-ce que c'est la robe affreuse de ma mère ?

Kate me donne un coup de coude.

— Qu'est-ce qui te prend, Kate ?

— Tu es en train de parasiter la séance avec tes questions futiles !

— Mes questions sont tout à fait pertinentes.

— Je vois un mariage tourmenté par de nombreux quiproquos… et un abandon.

— Un abandon ? Vous voulez dire que Mac va me laisser tomber devant l'autel ? Vous êtes sûre que c'est dans cet ordre ?

— Je suis désolée. Je dois arrêter la séance à présent. Je suis vidée de mon énergie.

— Mais vous ne pouvez pas stopper la séance après une annonce pareille ! S'il vous plaît, j'ai besoin de savoir ! Est-ce que Mac va m'abandonner ?

Empreinte d'une écrasante fatigue, Isobel tombe la face contre la table.

— Madison, tu crois qu'elle est morte ?

— J'espère que non ! Il me faut la suite de l'histoire !

— Ses messages n'avaient aucun sens ! Ne fais pas attention à ce qu'elle a dit ! Aide-moi plutôt à la soulever !

Kate et moi transportons Isobel jusqu'au salon pour l'allonger sur la vieille banquette élimée.

— Qu'est-ce qu'on fait maintenant ? On ne peut pas la laisser comme ça !

— Je vais jeter un œil dans le buffet. Elle a certainement une bouteille de brandy enfouie parmi les toiles d'araignées.

— Tu ne comptes tout de même pas la soûler ?

— Je veux juste la requinquer ! Elle a encore plein de choses à nous raconter.

— Madison, cette femme est peut-être morte sous nos yeux et toi, tu penses seulement à son baratin !

Quelle défaitiste ! Je souhaite seulement la remettre sur pied ! Ils font toujours ça dans les films d'époque. Un petit verre et tout repart ! Kate tâte son pouls au niveau de la carotide.

— Son pouls est faible, mais elle respire. Cette femme est dans un état léthargique. Nous devrions prévenir sa mère.

— Tu as raison. Vas-y, je reste ici pour surveiller Isobel.

— Et pourquoi ce serait à moi d'y aller ?

— C'est ton idée ! Et je préfère être présente quand elle se réveillera. Je ne veux louper aucune information complémentaire.

Kate lève les yeux au ciel et se sauve en direction des escaliers. Je profite de son absence pour ventiler Isobel à l'aide d'un vieil éventail que j'ai trouvé sur une table basse. J'espère qu'elle va reprendre rapidement ses esprits. En parlant d'esprit, je me demande si Roger est toujours parmi nous. Peut-être qu'il est mort de rire à côté de moi. Ces séances de spiritisme sont faites pour jouer avec vos nerfs. On vous balance des informations sans aucune chronologie et quand ça commence enfin à devenir intéressant, on coupe le courant ! Ces revenants sont des sadiques ! Isobel revient à elle !

— Isobel ! Dieu merci, vous avez repris connaissance !

Elle essaye d'articuler un mot mais aucun son ne sort de sa bouche.

— Que voulez-vous me dire ?

Aucune réponse. Juste sa bouche qui remue comme si elle mâchouillait du chewing-gum.

— Mais enfin Isobel ! Faites un effort ! Je ne sais pas lire sur les lèvres ! C'est mon mariage, c'est ça ? Il est voué à l'échec ?

Je la secoue comme un prunier. Sa tête se balance d'avant en arrière.

— Je vous en supplie, Isobel ! Dites quelque chose !

— Pe… pe… pe…

— Comment ça « pepepe » ? Ça ne veut rien dire !

— Pe…

Son « pe » s'échoue en un gémissement d'agonie.

— Isobel, par pitié ! Soyez plus claire !

— Pe… pe… per… perle.

— Perle ? Vous voulez dire que Mac va m'offrir des perles ?

Trop tard, Isobel a perdu de nouveau connaissance.

— Madison ! Madison !

Kate dévale les escaliers.

— Qu'est-ce qui se passe ? Tu as vu un fantôme ?

— Pire que ça ! Il n'y a personne là-haut ! Juste une vieille poupée flippante installée sur un fauteuil à bascule et des animaux empaillés ! Cette femme est cinglée ! Il faut partir d'ici !

Nous avons attendu que les secours arrivent avant de décamper à la vitesse grand V.

Chapitre 6
Au parfum

Ce matin, j'ai le nez au fond de ma tasse de thé. Je n'ai pas fermé l'œil de la nuit. J'ai des poches sous les yeux et le cerveau qui bouillonne. Les propos d'Isobel font des allées et venues dans ma tête depuis hier soir. Les préparatifs de mon mariage promettaient déjà d'être bancals, mais désormais je ne suis plus sûre de rien. Je suis sortie de cette maison hantée plus troublée qu'à mon arrivée. Je ne manquerai pas de remercier Jean-Claude pour cette brillante idée !

— Coucou chérie ! Tu es bien matinale ce matin, ça va ? Tu as l'air pensif.

Il m'embrasse au-dessus de la tête.

— Je suis fatiguée.

Je me lève pour lui servir une tasse de thé, mais il prend les devants.

— Tu étais très agitée cette nuit. Quelque chose ne va pas ?

— Mac… est-ce que tu doutes de nous ?

— Hein ? Qu'est-ce qui te fait dire ça ? C'est encore à cause de la scène que j'ai tournée ?

— Non, pas du tout ! Mais le mariage est un grand saut et peut-être que tu penses être allé un peu vite en besogne. Après avoir fait ta demande devant les médias, je me dis que tu te sens peut-être pris au piège…

— Madison, s'il y a une chose dont je suis certain, c'est de vouloir t'épouser ! Tu n'as pas à en douter une seule seconde. Je n'aurais jamais pris le risque d'exposer notre couple au grand public si je n'étais pas sûr de moi.

— Est-ce que tu veux un enfant ?

Il s'étrangle en avalant son thé. J'aborde un sujet sensible, il semblerait.

— Oh oh oh ! Madison, qu'est-ce qui te prend ?

— Je ne suis pas certaine d'en vouloir, enfin si, mais pas maintenant, tu comprends ? J'adore les bébés, mais je ne me sens pas prête à biberonner et à changer des couches. Ma carrière vient seulement de reprendre et nous sommes souvent absents, je ne pense pas que ce soit le meilleur moment pour…

— Madison, Madison ! Calme-toi ! Nous avons tout le temps d'en discuter et ce critère ne me fera pas changer d'avis. Je t'épouserai quoiqu'il arrive ! Qu'est-ce qui s'est passé hier ?

— Je… je suis allée consulter une voyante avec Kate. Sa maison était terrifiante et son comportement très étrange. Elle serait née durant l'Inquisition, elle n'aurait pas fait long feu !

— Une voyante ?

Il esquisse un sourire. Je le connais assez pour savoir qu'il se retient pour ne pas exploser de rire et je l'en remercie. Je n'ai vraiment pas besoin qu'on se fiche de moi aujourd'hui.

— Je comprends pourquoi Kate avait l'air si absent pendant le dîner hier ! Je pensais qu'il y avait de l'eau dans le gaz avec Edgar. Qu'est-ce que cette femme vous a raconté ?

— Pas grand-chose, à vrai dire. Elle a « vu » un bébé blond et un mariage malheureux. Enfin, de ce que j'en ai compris, car cela n'avait aucun sens.

— Madison, ne tiens pas compte de ce que cette femme t'a dit. Elle a dû lire dans la presse que nous allions nous marier et elle a profité de votre crédulité ! Oublie tout ça !

— Tu as sans doute raison... C'est vrai que je lui ai donné mon véritable prénom ! Ce que je peux être cruche parfois !

— Seulement un peu naïve. Mais tu finiras par t'y faire.

Mac a n'a pas tort. Cette femme savait depuis le début à qui elle avait affaire. Cette pseudo-voyante n'est rien de plus qu'une bonne actrice et je suis tombée directement dans le panneau ! Je dois m'attendre à lire cette histoire étalée au grand jour dans toute la mauvaise presse et ce, quelques mois avant mon mariage ! Quelle idiote ! Mon imagination débordante me joue encore des tours.

***

Plus tard dans l'après-midi, je me suis rendue chez *Garrard*, le joaillier de la couronne britannique et de ce fait, le plus réputé du Royaume-Uni. Le plus souvent, j'évite de montrer que j'ai de l'argent, mais cette fois-ci, j'ai dû sortir le grand jeu. Pour cette occasion, j'ai revêtu la robe la plus coûteuse et tape-à-l'œil que j'ai trouvée dans mon dressing et j'ai accessoirisé mes mains et mon cou des parures les plus chatoyantes. J'ai demandé à Liam, un des chauffeurs d'Edgar, de me déposer en limousine devant la bijouterie.

Dès mon arrivée, les employés me déroulent le tapis rouge et les révérences qui vont avec. Je ne me ferai jamais à toute cette mise en scène ! J'aime vivre simplement. J'ai envie de leur crier de me lâcher que je sais me tenir sur mes jambes et me diriger jusqu'à la porte d'entrée sans escorte, mais comme je dois jouer le jeu jusqu'au bout, je les laisse me chaperonner comme une ado. Les vendeurs se tiennent droits comme un cierge. Ils s'affairent autour de moi. On me sert des « Chère Madame » à chaque bout de phrase. Un jeune homme grand et filiforme veut me faire essayer des bracelets en or au nombre incalculable de carats. Je cerne tout de suite le personnage. Mon métier m'a appris à lire à travers les gens. Son seul but est d'atteindre son objectif de ventes afin d'obtenir la promotion qu'il lorgne depuis plusieurs mois. Je ne dois m'attendre à aucune empathie venant de sa part. Alors je demande à parler au responsable. On m'a toujours appris à m'adresser directement à Dieu plutôt qu'à ses saints.

— Très Chère Madame, vous m'avez fait demander. Je me présente, M. Gatsby. Je suis à votre entière disposition. Croyez bien que je vais faire mon possible pour répondre au mieux à votre requête. Que puis-je faire pour vous satisfaire ?

— Oui, oui, c'est bon, j'ai compris, Monsieur Gatsby le Magnifique ! Inutile d'en faire des tonnes ! Je veux juste vous montrer un bijou.

— Veuillez m'excuser Chère Madame, je ne pensais pas vous contrarier en…

Et c'est reparti ! Il démarre au quart de tour.

— Stop ! Plus un mot ! J'ai besoin de vos services, pas de vos phrases adulatrices !

— Que puis-je faire pour vous, Chère Madame ?

— Je voudrais faire agrandir cette bague.

M. Gatsby admire la bague, les yeux écarquillés. De son regard émane un mélange d'extase et d'inquiétude, comme si je lui demandais l'impossible.

— Très Chère Madame, ces joyaux sont très anciens. Ces pierres ornementales sont d'une telle finesse… Douze rubis taillés en poire et lovés dans des cœurs de diamants… Ce bijou est inestimable… Cela va nous demander beaucoup…

— S'il vous plaît ! Je suis prête à payer le prix qui vous conviendra ! Cette bague est très importante à mes yeux !

— Chère Madame, je comprends votre requête, mais cela risque de nous prendre plusieurs semaines… et cette bague a déjà été ajustée à maintes reprises, elle risquerait de se briser. Nous possédons un large choix de bijoux qui pourraient vous…

— Vous ne comprenez pas ? C'est celle-ci que je veux ! Elle a une très grande valeur sentimentale ! La couronne de la reine d'Angleterre est incrustée de je ne sais combien de joyaux et une minuscule bague vous effraye ?

— Mais… très Chère Madame…

— Je vous en supplie ! Je peux vous verser un acompte. Votre prix sera le mien.

Il déglutit longuement avant de gribouiller quelque chose sur son calepin, la main toute tremblotante. Je pense qu'il va passer une semaine sous pression à cause de moi.

— Je comprends, Chère Madame. Un bijou est un objet unique et irremplaçable. Je vous promets de faire tout mon possible pour ajuster cette bague sans la dénaturer.

— Je vous remercie infiniment, Monsieur Gatsby !

Je serre le gérant dans mes bras instinctivement. C'est quand j'aperçois les regards interloqués des employés que je freine dans mon élan. La joie comme la tristesse peuvent vous amener à commettre des actes totalement irréfléchis. Heureusement, M. Gatsby n'interprète pas mal mon geste et il me semble même distinguer un sourire aimable se dessiner sur son visage. Manifestement, ma spontanéité ne le laisse pas de glace.

— Voici ma carte, Monsieur Gatsby. J'attends votre appel.

— Bien entendu, Chère Madame.

Je viens de jouer ma dernière carte. Si ce joaillier ne peut pas me venir en aide, je devrais expliquer à Mac que la bague qu'il affectionne tant n'est pas faite pour moi. Et si cette voyante avait raison et que ce bijou était une sorte d'avertissement ? Et si notre mariage était voué à l'échec ? Non. Je refuse d'accorder du crédit à cette usurpatrice.

***

J'ai presque réussi. Tout s'est déroulé à merveille. Enfin, rien n'est encore gagné, mais je commence à sortir la tête de l'eau. Il reste encore le problème de la robe de ma mère à résoudre, mais pour l'heure, je veux profiter de la beauté pure de cet instant. Il fait un temps superbe et la chaleur accablante mêlée d'orages de ces derniers jours a disparu. La musique jazzy qui passe à la radio est calme et apaisante. Mac a bouclé le tournage de son dernier film et nous allons enfin pouvoir consacrer pleinement notre temps à notre mariage. Je souris en songeant aux doux moments qui nous attendent. J'ouvre le portail électrique à l'aide de mon bipeur pour laisser la limousine rouler au pas dans l'allée et me déposer devant la maison. Mes sourcils font un bond ! La voiture de Susan est garée devant chez nous ! Qu'est-ce qu'elle fiche ici ? Je descends en trombe et me précipite du mieux que je peux vers la porte d'entrée ! Les talons effilés de mes escarpins s'enfoncent dans les gravillons. Je titube telle une pochtronne jusqu'au porche puis trifouille dans mon sac à main à la recherche de mon trousseau de clefs mais la porte s'ouvre en grand.

— Ah Madison, tu es rentrée !

— Susan ! Quelle surprise ! Qu'est-ce que tu fais ici ? Ça fait longtemps que tu attends ?

J'espère qu'elle vient tout juste d'arriver.

— J'étais venue te montrer…

Je laisse tomber mon regard sur Mac qui est assis dans le salon. *Eh merde !* Pardon, c'est sorti tout seul.

— Madison ! Tu tombes bien, Susan était venue nous présenter des nappes pour décorer les tables à notre mariage !

Je comprends au ton réprobateur qu'il emploie que Mac est loin d'être content. J'en reste coite. Il reprend :

— Susan était en train de me dire que tu l'avais chargée d'organiser notre mariage pour pouvoir être tranquille ?

— Ce n'est pas tout à fait ça…

Je suis dans la mouise.

— Je vais chercher des échantillons dans le coffre de ma voiture, j'arrive tout de suite ! Vous allez a-do-rer ! Madison, le thème noir et blanc est encore envisageable ! Prépare-toi, tu ne vas pas t'en remettre !

— Vraiment…

Mac se lève d'un bond du canapé.

— Prends ton temps Susan ! Madison et moi avons à parler !

Il fulmine. Je peux voir à travers son regard un mélange de colère et de déception. Je me sens tellement honteuse, tout à coup.

— Mac, je suis…

— Je ne comprends pas, Madison ! Je t'ai dit d'engager une professionnelle, mais tu m'as assuré que tu voulais tout organiser toi-même pour être sûre que tout soit comme nous l'imaginions, mais j'apprends que finalement tu as chargé Susan de s'en occuper pour te soulager ! Je pensais que cela te faisait plaisir, que tu prenais cette tâche au sérieux !

— C'est le cas ! Je t'assure !

— J'adore Susan, mais tu la connais, ce mariage sera une catastrophe ! Tu as jeté un œil à ses nappes ? Et c'est quoi, cette histoire de thème noir et blanc ?

— Mac, écoute-moi, je suis complètement d'accord avec toi ! Je ne voulais pas qu'elle organise notre mariage, mais elle avait l'air tellement heureuse quand elle me l'a proposé ! Elle n'a pas le moral depuis qu'elle a perdu son travail…

— Comment as-tu pu accepter son offre sans même m'en parler avant ? Ce n'est pas un événement où tu peux prendre des décisions toute seule ! La question que tu m'as posée ce matin prend tout son sens subitement.

— Qu'est-ce que tu sous-entends ?

— C'est toi qui doutes et tu essayes de rejeter ce sentiment sur moi ! Tu ne portes même plus la bague que je t'ai offerte !

— Tu te trompes, Mac ! Ce n'est pas du tout ce que tu crois ! Je suis désolée ! Je vais tout lui expliquer, je te le promets ! Laisse-moi juste un peu de temps pour trouver comment le faire sans la blesser…

— Ce ne sera pas nécessaire.

Susan vient d'apparaître sur le pas de la porte. Elle tient un sac dans ses mains. Les statuettes « spéléologues » tentent de s'en échapper.

— Susan…

— Je suis partie chercher un diable dans le garage et j'ai trouvé ça…

Elle me tend le sac en question.

— Susan, je suis désolée…

— C'est toi qui as acheté toutes les statuettes ? Je ne comprends pas, tu avais l'air tellement déçue que le magasin soit en rupture de stock, mais c'est toi qui les as toutes achetées, n'est-ce pas ? Tu ne les voulais pas à ton mariage.

— Écoutez-moi ! Je suis désolée, ce n'est pas ce que vous croyez ! Je me suis laissée submerger par mes émotions ! Je ne voulais blesser personne et finalement, j'ai blessé tout le monde ! Tout cela n'est qu'un malheureux malentendu ! Mon intention n'était pas de vous faire de la peine !

Je sanglote tout en essayant de me justifier.

— Susan, je t'adore, mais toi et moi sommes tellement différentes, nous n'avons pas les mêmes goûts ni la même conception du mariage parfait ! Quant à toi Mac… si je ne porte pas la bague de ta grand-mère, c'est parce qu'à mon grand regret, elle ne me va pas ! J'ai dû utiliser les techniques les plus improbables pour la retirer de mon doigt ! Tu n'imagines pas à quel point j'étais triste de ne pas pouvoir la porter ! Je ne voulais pas que tu sois déçu alors je l'ai apportée dans une bijouterie tout à l'heure pour essayer de la faire agrandir, mais je ne sais pas si cela sera possible…

Étourdie et exténuée, je m'effondre sur le canapé en cuir. Je sens les bras de Mac m'enlacer de façon protectrice. Je me pelotonne contre lui et l'entends me murmurer des excuses touchantes et sincères.

— Madison, c'est notre mariage et dorénavant, nous prendrons les décisions ensemble sans tenir compte des lubies de notre entourage. Sans vouloir te vexer, Susan…

— Je comprends, Mac… C'est à moi de m'excuser, Madison. J'étais tellement enthousiaste que je me suis investie dans ton mariage comme si c'était le mien. Je n'ai même pas pris la peine de te demander réellement ton avis. Mac a raison. Oublie tout ce que je t'ai suggéré ! Organisez votre mariage comme vous l'entendez !

— Quant à la bague de ma grand-mère, je t'en trouverai une autre tout aussi belle et qui t'ira à ravir, ne t'en fais pas.

— Je vous aime tellement fort tous les deux. Je vous promets de ne plus rien vous cacher.

Je suis enfin débarrassée de ces fichus mensonges. Enfin, presque. Il me reste encore à dire à ma mère que je ne veux pas porter sa robe. Depuis le temps, je devrais savoir que mentir n'apporte qu'anxiété et déception, mais j'ai besoin de réitérer l'expérience ! Voyons le bon côté des choses. Je peux rapporter ces affreuses statuettes et décommander les autres !

Chapitre 7
Au-devant de la scène

En parlant de mensonge, en voilà un gros comme une maison que Mac et moi allons devoir raconter à un magnat de la mode : Jean-Paul Malfagoté ! En réalité, il ne s'appelle pas comme ça, mais c'est ainsi que Mac et moi l'avons surnommé. Chaque année, nous sommes conviés à voir défiler des mannequins squelettiques mal en point, affublées de ses dernières créations (ou plutôt devrais-je dire « élucubrations ») et c'est un véritable supplice pour nos yeux. J'ai proposé à Susan de nous accompagner. Kenneth est encore en mission je ne sais où ! Si je pouvais dire deux mots à la reine pour qu'elle fiche un peu la paix au mari de mon amie, je le ferais sans hésitation !

Susan est ravie ! Son sourire est figé depuis que nous sommes arrivés au British Fashion Council de la rue Strand. Chaque célébrité qu'elle croise lui provoque des stimuli. Elle se comporte comme une enfant dans un magasin de bonbons. Elle ne sait plus où donner de la tête ! Je viens de dire bonjour au scénariste Johnny Harrington. Sa chevelure rousse a fait perdre à Susan tous ses moyens. Elle lui a fait la révérence !

— Susan, on n'est pas devant la famille royale, tu n'es pas obligée de faire des cabrioles !

— Je suis désolée, Madison ! C'est devenu une habitude !

— Reste naturelle !

— C'est difficile, il y a tellement de personnalités admirables ici. Oh là là ! Je viens d'apercevoir Sean Connery ! Qu'est-ce qu'il fait jeune ! Il n'a pas pris une ride !

— Susan, tu ne peux avoir vu Sean Connery !

— Mais bien sûr que si ! Je l'ai reconnu ! Il m'a même fait un signe de tête pour me saluer !

— Il est décédé, Susan !

— Décédé ? Oh mon Dieu ! Je suis tellement triste de l'apprendre ! Mais alors, qui est ce monsieur là-bas près du bar ?

— Un serveur. Moi aussi je me suis fait duper plus d'une fois à mes débuts, mais on ne m'y reprendra plus.

— Il y a tellement de monde ! Où est Mac ? Je ne le vois plus.

— Il est parti dans les coulisses saluer un certain Burt quelque chose… Je n'ai pas retenu son nom. Il va nous rejoindre dans quelques minutes.

— Madison, regarde qui vient vers nous ! Je vais défaillir !

— Qui donc ? Tom ? C'est un habitué de ce genre de soirée. C'est son terrain de chasse.

— Tu veux dire que vous vous connaissez bien ?

— C'est un coureur de jupons ! Il court après tout ce qui bouge ! Je suis la seule à lui résister. Si tu savais le nombre de mariages qu'il a… Susan ?

Oh non ! Cette gravure de mode à la dentition parfaite vient de mettre le grappin sur Susan ! Elle est tellement crédule qu'elle risque de succomber à son charme sans même s'en rendre compte ! Il est en train de lui susurrer des mots doux à l'oreille. Je dois stopper ça tout de suite !

— Tom ! Tu as fait connaissance avec mon amie Susan !

— Madison ! J'étais justement en train de dire à cette douce jeune femme combien elle est ravissante !

Susan est conquise. Le rouge lui monte aux joues. Elle en perd même son chapeau !

— Son mari doit nous rejoindre bientôt, n'est-ce pas, Susan ?

— Ah bon ?

Je lui lance un regard insistant mais elle cligne des yeux, abasourdie.

— Euh… oui, Kenneth ne devrait plus tarder…

— Eh bien, votre mari est un sacré veinard ! Si toutefois, vous voulez passer un peu de bon temps avant…

— Surtout pas ! Susan est très bien avec nous !

— Nous ? Je ne vois pas ton futur mari ! Laisser une femme aussi belle que toi en liberté est plutôt dangereux, non ? Si je t'avais à mes côtés, jamais je ne te laisserais filer !

— Merci pour tes précieux conseils, Tom, mais je suis revenu et je compte bien rester.

— Carson ! Tu es venu faire du gringue aux producteurs pour qu'ils t'engagent dans leurs prochains films ?

— Non, je ne suis pas aussi doué que toi pour ce genre de méthode.

Tom lance un sourire en coin. Mac vient de le moucher et ça ne lui fait pas plaisir. Il hausse le menton comme pour se relever dignement d'une écrasante défaite. Il nous salue d'un mouvement de tête fugace, puis se téléporte jusque sa prochaine cible.

— Enfin débarrassés ! Je vous offre un verre les filles ?

— Oh là là ! Je viens d'apercevoir Daniel Craig ! Vous me trouvez comment ? Madison, est-ce que j'ai quelque chose coincé entre les dents ?

— Susan, calme-toi ! Tu es superbe ! Mac, tu peux apporter une boisson bien fraîche pour Susan, s'il te plaît ? J'ai peur qu'elle fasse un malaise. Nous allons nous installer, c'est plus sûr.

— Je vous rejoins dans quelques minutes.

Nous sommes assises tout près du podium. Les plus grandes personnalités sont toujours placées au premier rang. Starlettes en vue, journalistes de mode... Mac ne s'est jamais considéré comme une grande personnalité. Ce terme a plutôt tendance à lui hérisser les poils. Selon lui, il ne vaut pas mieux qu'un citoyen lambda. Mais malheureusement, aux yeux des élites, c'est très souvent le portefeuille qui définit une personne. Les plus « insignifiants » se retrouveront debout, au rang le plus éloigné. Des photographes gravitent autour du podium comme des abeilles autour d'un essaim. Les mannequins vont défiler à quelques centimètres de nous. Le sol est tellement lustré qu'on peut s'y admirer pour se repoudrer le nez. Avec les talons qu'elles portent habituellement, elles risquent de faire un vol plané et d'embrasser le public !

Mac revient avec nos verres. Susan boit le sien d'une traite !

— Ça va, Susan ? Tu en veux un autre ?

— Merci Mac, je veux bien. Il fait terriblement chaud ici !

L'heure tourne. Nous sommes tous assis et le show n'a toujours pas commencé. C'est caractéristique des défilés de mode. Les tenues sont tellement alambiquées que les modèles peinent à s'habiller. Il leur faut toujours un temps d'adaptation avant de comprendre comment elles s'enfilent. Susan a eu tout le loisir d'observer les invités à la loupe. Elle en est probablement à sa quatrième coupe de champagne. Son regard tressaille. Il se balade de gauche à droite et sursaute dès qu'il rencontre celui d'une vedette. Si elle rentre pompette, c'est Kenneth qui va me remonter les bretelles !

— Susan, tu ne crois pas que tu t'es assez rafraîchie ?

— Pardon, Madison, j'essaye de m'occuper l'esprit. C'est toujours aussi long ?

— Oui, malheureusement. La demi-heure de retard est toujours de rigueur lors d'un défilé…

Après quarante-cinq minutes à trouver le temps long, le show commence enfin. Une musique électro accompagne les mannequins qui déambulent tour à tour. Ce que c'est ennuyeux ! Les flashs des appareils photos crépitent de toutes parts. J'ai les yeux qui picotent, je vois des étoiles partout. Les tenues que portent les mannequins sont encore plus affreuses que l'an passé ! L'imagination du créateur est sans limite. Jean-Paul devait être pris d'une fringale diabolique quand il a dessiné ses croquis. Des rondelles de tomates en papier crépon grossièrement cousues sur des jupes à carreaux, un cornet de glace en guise de chapeau, des œufs au plat en fausse fourrure qui dégoulinent sur leurs visages ! Voilà pourquoi les modèles font toujours une mine de six pieds de long ! Elles se sentent ridicules et c'est tout à fait compréhensible. La robe de mariée de ma mère mériterait sa place ici. Et dire que je vais bientôt leur ressembler… Mac et moi échangeons un regard complice. Il contient son rire. Je ne suis pas sûre d'arriver à en faire de même. En revanche, Susan a l'air d'apprécier. Elle applaudit à chaque nouvelle tenue. Elle s'est même levée quand une feuille de laitue en tricot a fait son entrée. Subitement, au milieu de ce pique-nique géant et de ces légumes qui flânent, ma vision se trouble. J'ai de nombreuses fois levé les yeux au ciel au cours de ce défilé, mais ce n'est rien à côté de ce que je viens de voir ! Maggie s'est matérialisée au milieu du public, de l'autre côté du podium ! Mon cœur s'emballe ! Il fait sombre, les légumes sur pattes m'empêchent de la distinguer convenablement, mais cela ne fait aucun doute, c'est bien elle ! Nos yeux se rencontrent. Elle baisse le regard et se lève, prête à fuir de nouveau ! Mais cette fois-ci, je ne la laisserai pas m'échapper ! Esprit d'outre-tombe ou personne en chair et en os, je dois à tout prix la rattraper ! Sans réfléchir, je bondis hors de ma chaise et escalade le podium pour traverser la salle au plus vite.

— Attrapez cette femme ! Il ne faut pas la laisser filer !

— Madison ! Qu'est-ce qui te prend ? Reviens ici, enfin !

Le sol est aussi glissant qu'une piste de bowling ! Un brocoli me coupe la route ! Nous entamons une danse pour tenter de nous maintenir debout, mais les talons compensés du chou vert en ont décidé autrement ! Nous nous écrasons telle une purée en bas du podium. Les invités se lèvent d'un bond, je vois Maggie disparaître au loin ! Il faut que je me presse !

— Je suis désolée de vous avoir percutée, mademoiselle, mais je dois absolument partir !

Je crapahute entre les chaises ! J'entends les invités meugler et bougonner ! Pour le plus grand bonheur de la presse, *Madwoman* est de retour ! Les flashs s'excitent autour de moi ! Les appareils photo ont abandonné « la nourriture » qui défile pour ne rien louper de mon incartade ! Maggie se fond au milieu de la foule, mais je ne la perds pas de vue ! Personne ne semble lui prêter attention. Elle est transparente aux yeux des spectateurs !

Je l'interpelle, mais elle ne daigne même pas se retourner ! Un agent de sécurité vient me couper la route !

— Laissez-moi passer ! Cette femme va s'enfuir !

— Mais de quelle femme parlez-vous ? Vous vous rendez compte du raz de marée que vous venez de provoquer ? Retournez tout de suite à votre place !

— Monsieur, je suis détective privée, cette femme s'appelle Maggie, elle est impliquée dans…

Mais dans quoi est-elle impliquée au juste ? C'est vrai qu'à part me donner un ou deux conseils pour me sortir de la panade, cette femme n'a rien fait de mal. Je dois revoir ma stratégie.

— J'ai besoin de parler à cette femme pour une de mes enquêtes !

— Si vous êtes détective privée, vous avez bien une carte ?

— Évidemment que j'en ai une, mais sachez que vous êtes en train de me faire perdre un temps précieux ! Laissez-moi deux secondes le temps de fouiller dans mon sac…

Quelle cruche ! Je l'ai mise de côté dans un tiroir quand j'ai décidé de prendre quelques jours pour organiser le mariage ! Maggie a presque atteint la sortie ! Je n'ai plus une seconde à perdre !

— J'ai bien peur de l'avoir laissée chez moi… Je vous enverrai une photocopie en rentrant, c'est promis ! Je dois y aller à présent !

L'agent de sécurité m'empêche d'avancer. Trop tard, Maggie a disparu ! Je bous de rage !

— Mademoiselle, retournez à votre place !

— Madison ! Qu'est-ce qui s'est passé ?

— Mac ! J'ai revu Maggie ! Elle était là au milieu du public quand le chou de Bruxelles a débarqué !

— C'était un brocoli… Madison, il fait sombre, peut-être que tu as…

— Je ne suis pas folle, Mac ! Elle était bien là ! Et ce monsieur refuse de me laisser passer ! À cause de lui, elle est encore passée à travers les mailles du filet !

— Madison, ce n'est pas ce que j'ai dit, je te crois, mais ce n'était peut-être pas le bon moment pour tenter une approche…

— Je veux seulement savoir qui elle est et ce qu'elle me veut ! Je ne cherche pas les ennuis…

— L'effrayer en lui courant après en plein défilé de mode n'était peut-être pas la meilleure méthode.

C'est à regret que je retourne m'asseoir pour assister à ce défilé du grand n'importe quoi. Cette parade alimentaire me sort par les yeux ! Je frôle l'intoxication. Certains invités continuent de m'observer du coin de l'œil, j'ai encore créé une ambiance du feu de Dieu ! *Madwoman* a hiberné pendant plusieurs mois et cette Maggie a réussi à la réveiller ! Je prends sur moi et m'excuse auprès de Jean-Paul et des modèles, en particulier le brocoli qui a fait une mauvaise chute et se retrouve avec une cheville foulée. J'invente un gros bobard en leur expliquant qu'un suspect que je recherche depuis plusieurs semaines avait fait son apparition au milieu du public. Heureusement, Jean-Paul est très compréhensif. Il dit que grâce à mon intervention abracadabrantesque, son défilé fera la couverture de tous les magazines. Malheureusement, après ma bousculade de tout à l'heure, je doute que Maggie ose réapparaître devant moi. Elle risque de faire profil bas désormais. Je demande à obtenir la liste des invités mais comme je ne suis pas en service, l'organisateur refuse de me la remettre. Je connais deux personnes susceptibles de me venir en aide… Il est grand temps que *Madwoman* prenne les choses en main !

Chapitre 8
Aux abois

Madwoman est bel et bien revenue ! Elle a fait la première page de tous les magazines (les bons comme les mauvais) dès le lendemain matin. Je l'ai mise de côté trop longtemps. Les cours de yoga ont ramolli mon cerveau ! Il est temps que Madison se remplume ! Mac tente de me réconforter en m'assurant que je ne suis pas devenue folle, mais je crois que la personne qu'il essaye de convaincre, c'est lui-même. Il a même voulu me faire avaler un calmant pour que je passe une bonne nuit. La seule chose dont j'ai besoin pour me calmer les nerfs est des explications. Je ne sais pas pourquoi cette femme était présente à ce défilé ringard, mais ce n'est certainement pas par hasard. Trois fois de suite, je n'y crois pas. Il faut absolument que je mette la main sur la liste des invités. J'ai questionné Jean-Paul Malfagoté hier soir, mais malheureusement, il ne connaissait que le quart des personnes présentes au défilé et aucune Maggie n'en faisait partie. Cette femme est plus transparente qu'un spectre ! Même Isobel, la voyante illuminée, n'a pas réussi à entrer en contact avec elle !

— Madison, tu veux que je te monte un thé ?

— Je n'ai pas besoin de thé, Mac ! J'ai besoin de sortir prendre l'air !

— Je pense que tu as besoin de te reposer.

— Ce n'est pas en restant ici que je vais découvrir l'identité de cette femme ! Elle est certainement quelque part dehors en train de rigoler du chaos qu'elle a provoqué dans ma vie !

— Madison, tu es en train de te rendre malade inutilement ! Personne n'a vu cette femme, à part toi.

— Oh, non ! Tu ne vas pas t'y mettre aussi, Mac ! J'avoue agir n'importe comment quand une situation me dépasse mais cette femme, je ne l'ai pas imaginée ! Et si tu ne me crois pas, je ne suis peut-être pas la femme qu'il te faut.

Mes mots ont dépassé ma pensée ! Je ne sais pas ce qui m'a pris de dire ça ! Il est trop tard pour faire marche arrière. Je viens de lancer un poignard dans le cœur de Mac.

— Comment tu peux penser ça après tout ce que j'ai…

— Tout ce que tu as enduré avec moi ?

— Ce n'est pas ce que j'ai dit, Madison ! Je t'ai toujours soutenue et tu le sais !

— Je reconnais avoir parfois mal interprété ou exagéré certaines situations, mais je n'ai jamais souffert d'hallucinations ! Cette femme me suit et je dois savoir pourquoi !

— Je ne cherche pas à t'en empêcher, Madison. Je te demande juste de prendre du recul. Nous devons nous marier dans quelques mois et tu es plus préoccupée par cette femme que par notre mariage !

— Je veux seulement en avoir le cœur net !

— Fais ce que tu veux ! De toute façon, quoi que je dise, c'est peine perdue ! Tu n'en fais toujours qu'à ta tête ! Moi aussi, j'ai besoin de prendre l'air !

— Mac, att…

Mac est parti en claquant la porte derrière lui. Je ne l'ai jamais vu dans une telle colère. Je ne cherche même pas à le rattraper. Je reste immobile, éberluée par sa réaction. Vous avez raison, je suis prête à courir après une inconnue en plein milieu d'un défilé sans peur du ridicule, mais je suis incapable de retenir mon fiancé. Isobel n'était peut-être pas si loin de la vérité. Je m'étais promis de ne plus lui donner de l'importance, mais ses paroles me reviennent en pleine figure. Notre vie sera tourmentée et ponctuée de conflits. À tel point que Mac finira par regretter sa demande en mariage et il m'abandonnera devant tous nos invités avant même d'avoir répondu le fameux « oui, je le veux ». Et ce ne sera rien à côté des humiliations que je lui fais subir depuis quelques années. Je le mérite amplement. Je suis tellement désolée ! C'est au-delà de mes forces. Je ne parviens pas à aller de l'avant tant qu'une histoire qui me turlupine n'est pas résolue. J'ai encore tout fichu en l'air ! Et comme si cela ne suffisait pas, je viens de recevoir un appel du bijoutier. La bague est prête ! Suis-je vraiment digne de la porter ? Je ne suis plus sûre de rien désormais. Depuis le début, ce bijou refuse de me laisser une chance et maintenant que tout dégénère, il me donne sa bénédiction ! Quelle ironie !

✳✳✳

Mac n'est toujours pas rentré. J'ai tenté de le joindre, mais il n'a pas décroché. Il a sûrement besoin de réfléchir à la raison qui l'a poussé à demander ma main et je ne le blâme pas. Je ne peux pas rester ici les bras ballants. Je dois prouver à Mac que cette histoire n'est pas le fruit de mon imagination.

Je fais route vers les bureaux de Scotland Yard pour rendre visite à mes deux agents préférés. Une demoiselle aux cheveux blonds peine à taper un rapport. Son esprit vagabonde entre ici et je ne sais où.

— Bonjour, je voudrais parler aux agents Mulder et Scully.

La jeune fille lève la tête de son ordinateur et me toise de haut en bas, la bouche en cœur. Son parfum entêtant me picote les narines.

— Vous êtes… Madison Nichols ? La fiancée de Carson Taylor ?

— Oui, c'est bien moi.

Elle en lâche son crayon.

— Je… je…

— Vous… ?

Son regard pesant en devient presque gênant. Elle tourne son écran d'ordinateur vers elle comme pour m'empêcher de regarder.

— Mademoiselle Nichols !

— Agent Scully ! Je suis contente de vous voir ! C'est bon, mademoiselle, j'ai trouvé la personne que je cherchais !

Elle acquiesce et se replonge dans son « travail ».

— Vous avez fait connaissance avec notre nouvelle recrue, Buffy Summers ?

— À vrai dire, je l'ai laissée sans voix…

— Ça ne m'étonne pas ! Vous avez jeté un œil à son fond d'écran ?

— Non, pourquoi ?

Sacrebleu ! Un pêle-mêle de photos de Mac torse nu occupe tout son écran !

— Je comprends mieux sa réaction… La tonalité de son parfum ne veut plus me quitter. Atchoum ! Pardon… Cette odeur me dit quelque chose. Quel est son nom ?

— C'est *Angel* ! Elle se vaporise la bouteille tous les matins !

— Ah oui, c'est ça… L'agent Mulder n'est pas là ?

— Il est parti à la recherche de sa sœur... Alors Mademoiselle Nichols, qu'est-ce qui vous amène ici ? Une affaire en cours ? Un besoin urgent d'aller boire un verre pour décompresser ?

— Un peu des deux...

— Je vous sers un gin ? J'ai une bouteille planquée sous mon bureau !

— Avec joie ! Une double dose, s'il vous plaît.

— Quelque chose ne va pas ?

— Disons que j'ai encore raté une occasion de me taire...

— Il y a de l'eau dans le gaz entre M. Allister et vous ?

— Il y a plutôt une Maggie.

— Vous voulez dire qu'il vous a...

— Oh non ! Rien de tout ça ! Juste une dame qui apparaît et disparaît sans arrêt ! Elle est en train de me rendre dingue ! Cette femme occupe toutes mes pensées depuis plusieurs jours !

— Est-ce qu'elle vous harcèle ? Se montre-t-elle envahissante ? Avez-vous reçu des menaces de mort ?

— Euh, non. Rien de tout ça.

J'avale mon gin comme du petit lait. Je suis encore en train de passer pour une déséquilibrée.

— Qu'a-t-elle fait de mal ?

— Elle me suit !

— Vous a-t-elle déjà parlé ?

Question piège. Je suis dans la mouise.

— Disons qu'elle... m'a aidée à choisir certains ingrédients pour une recette de cuisine et m'a conseillé une méthode pour enlever la bague qui était coincée à mon annulaire...

Ça y est, je suis cuite ! Scully fronce les sourcils, c'est mauvais signe.

— Mademoiselle Nichols, je vais être franche avec vous… Si je ne vous connaissais pas aussi bien, je vous aurais déjà jetée dehors, mais je sais aussi que vous ne seriez jamais venue me demander de l'aide sans une bonne raison. Alors je ne vais pas chercher à comprendre. D'ailleurs, je pense que personne ne devrait chercher à trouver une quelconque logique à vos actions. Je vais maintenant vous poser la question fatidique. Que puis-je faire pour vous ?

— J'ai besoin d'obtenir la liste des invités présents lors du dernier défilé de Jean-Paul Malfagoté. Son vrai nom, c'est…

— Inutile, je vois tout à fait de qui vous parlez. Ses légumes en tricot ont fait la une des journaux.

— Je n'étais pas en service ce soir-là, alors je ne suis pas autorisée à la voir. J'ai besoin de vérifier si cette Maggie se trouve sur cette liste. Je l'ai aperçue au milieu du public et je veux prouver à Mac que je ne suis pas cinglée ! Je reconnais avoir quelques réactions pour le moins étranges de temps à autre, mais je sais ce que j'ai vu !

— Même si je n'ai aucun doute sur ce que pense M. Allister de vous, je veux bien vous rendre ce service.

— Je vous remercie infiniment, agent Scully ! Vous êtes ma sauveuse, comme toujours ! Je savais que je pouvais compter sur vous !

— Ne le dites pas trop fort, s'il vous plaît. J'aime assez cette image autoritaire que je dégage ici.

En partant, je surprends Mlle Summers en train de regarder des vidéos de Mac sur son téléphone portable. C'est tout juste si elle n'est pas en train de baver ! Le fond d'écran a été remplacé par des angelots.

— Vous n'avez pas un rapport à taper ou des vampires à chasser, mademoiselle ?

Cette liste est ma dernière chance. Le prénom de cette femme sera forcément inscrit dessus. Maggie est un prénom assez commun, il se peut même qu'il y en ait plusieurs. En procédant par élimination, je finirai bien par lui mettre la main dessus. Personne n'a pu assister au défilé sans carton d'invitation. J'ai dû faire des pieds et des mains pour recevoir ce fameux sésame pour Susan. Quoi qu'on en dise, cette femme espère quelque chose de moi et je n'attendrai pas que Madame se décide à faire le premier pas ! Le mot « hésitation » n'a jamais fait partie de mon vocabulaire ! Je la poursuivrai sans relâche jusqu'à ce qu'elle craque !

Je ne rentre pas directement à la maison. J'ai envie de rendre visite à Kate. Elle qui était en manque de mes idées farfelues sera heureuse d'apprendre que *Madwoman* a mis le feu aux poudres hier soir. Elle va probablement me sermonner, mais je suis prête à prendre le risque. J'ai besoin d'extérioriser ma frustration. Je prends la direction de Covent Garden machinalement quand soudain, je réalise que Kate vit désormais chez Edgar ! Il va me falloir encore quelque temps pour m'y habituer.

Pablo, le jardinier d'Edgar, est parti en Espagne pour se rendre au chevet de sa mère souffrante. Les fleurs et les arbustes n'ont pas apprécié la nouvelle. Le jardin a pris une sacrée claque. Kate a de quoi faire pour s'occuper l'esprit. Jardiner n'est pas vraiment son fort, les taupes l'effrayent, mais c'est toujours mieux que de tourner en rond dans cette grande maison.

— Bonjour Mademoiselle Nichols !

— Bonjour Georgina, je viens voir Kate ! Elle est ici ?

— Mlle Bowman et M. Wilson ne sont pas encore rentrés de leur promenade à cheval.

— Leur promenade à cheval ?

Qu'est-ce qui lui arrive ? Elle s'est crue dans un ranch au beau milieu du Texas ?

— Madame ne devrait plus tarder. Vous pouvez l'attendre dans le petit salon si vous le souhaitez.

— Merci Georgina ! Inutile de m'accompagner, je connais le chemin. Je vais patienter.

Plus besoin d'escorte, je pars directement m'installer au petit salon. Tiens ! Une autre personne attend les maîtres des lieux. Kate et Edgar aiment se faire désirer. Ce petit salon fait office de salle d'attente. Quand je viens ici, j'ai l'impression d'avoir pris rendez-vous chez le médecin.

— Madison !

Oh non, pas lui ! J'avais oublié qu'Edgar était aussi son agent !

— Tom ! Tu es là aussi…

— Ton enthousiasme fait chaud au cœur !

— Je n'ai rien contre toi, mais là tout de suite, c'est de réconfort dont j'ai besoin…

Oh mon Dieu ! J'ai encore parlé trop vite ! Bâillonnez-moi ! Je n'aurais jamais dû dire ça !

— Eh bien, je pourrais…

— Stop ! Tais-toi ! Je ne souhaite pas connaître le fond de ta pensée… Ou d'autre chose, d'ailleurs…

— J'ai oublié de te féliciter pour ta prestation d'hier soir ! Tu as fait sensation au défilé de Jean-Paul !

— Je n'ai pas le cœur à écouter des moqueries, Tom.

— Tu te méprends ! Ce n'était pas du tout une critique ! J'adore quand tu pars en vrille ! Ces soirées sont tellement barbantes ! Tu décoinces un peu cette bande de pète-sec. Carson ne doit pas s'ennuyer avec toi. Tu es une perle rare.

Malheureusement, mes coups de folie ne sont pourtant pas du goût de tout le monde. Je crains fort que Mac ne rompe nos fiançailles après cela. Je réponds amèrement :

— Oui, sans doute…

— Je sens un mélange d'incertitude et de tristesse. Votre couple battrait-il de l'aile ?

— Notre couple se porte très bien ! Et ce qui se passe dans notre vie ne te regarde pas, Tom !

— OK, OK ! C'était une simple remarque !

Je me demande quand Kate et Edgar vont enfin rentrer de leur fichue balade à cheval. Je ne vais pas supporter ce gars encore longtemps. Tant pis, je reviendrai.

— Je dois m'en aller ! Je passerai voir Kate plus tard…

— Déjà ? Nous étions si bien, toi et moi ! Je ne te fais pas fuir, j'espère ?

— Pour être honnête, si. Je n'ai pas la tête à t'écouter.

— Dommage ! J'aurais tellement aimé discuter avec toi de la femme que tu poursuivais, mais comme tu n'as pas envie de m'écouter…

Je fais volte-face.

— Qu'est-ce que tu veux dire ?

— Rien qui t'intéresse apparemment, tu as mieux à faire ailleurs.

— C'est bon, Tom, arrête ce petit jeu maintenant ! Qu'est-ce que tu as à dire sur elle ?

— Eh bien… Je l'ai vue moi aussi. D'ailleurs, elle est arrivée quelques minutes après toi.

— Vraiment ? Mais il y avait énormément de monde à cette soirée ! Comment peux-tu être sûr qu'il s'agisse bien de la femme que je recherche ?

— Madison, tu oublies à qui tu t'adresses ! J'ai reluqué TOUTES les femmes présentes au défilé, même si une seule d'entre elles m'intéresse réellement…

— Mais cette femme doit avoir une soixantaine d'années !

— Tu sais ce qu'on dit, ce sont dans les vieux pots qu'on fait les meilleures soupes…

— Tom ! Tu me dégoûtes !

— Tu devrais plutôt être reconnaissante envers moi. Je suis peut-être ton unique chance de retrouver cette femme. Je l'ai vue quitter la salle précipitamment moi aussi.

— Et tu lui as parlé ? Je veux dire, avant qu'elle parte ?

— Très brièvement. J'ai vite compris qu'elle était préoccupée par autre chose qu'une partie de jambes en l'air.

— Est-ce qu'elle t'a dit son nom ?

— Quelque chose comme Macy ou Maggie, je crois. Je n'ai pas retenu son nom de famille.

Plus de doute, c'est bien elle ! Je savais que je n'étais pas en train de devenir cinglée ! Je suis tellement soulagée !

— Est-ce que cette femme avait des yeux bleus, des cheveux blancs très brillants et une robe bleu marine ?

— Oui, c'est bien ça.

Kate vient d'arriver.

— Madison ! Qu'est-ce que tu fais ici ?

— Kate ! Enfin, tu es rentrée ! Il faudra que tu m'expliques depuis quand tu te crois dans un épisode de Dallas ! Je suis désolée, je ne peux pas rester, je repasserai te voir plus tard…

— Mais tu viens à peine…

— À plus tard, Kate ! Merci Tom ! Tu viens d'illuminer ma journée !

— Avec plaisir, Madison. Si j'avais pu faire plus que ça…

Une idée me traverse l'esprit. Je reviens sur mes pas.

— Une dernière chose ! Peut-être qu'en passant en revue la liste des invités, son nom te reviendra en mémoire. Est-ce que tu accepterais de m'accompagner au commissariat pour y jeter un œil ?

Je n'arrive pas à croire que j'ai dit ça ! J'espère que Tom ne va pas prendre ça pour un rancard.

— Je m'en réjouis d'avance, Madison !

J'ai tellement hâte de raconter ça à Mac ! Je sais désormais que j'ai toute ma tête ! Maggie n'est ni un fantôme ni le fruit de mon imagination ! Elle est seulement très douée pour faire tourner les gens en bourrique. Tom est la dernière personne que j'aurais crue capable de m'aider, mais je dois reconnaître qu'il tombe à point nommé !

***

Je me gare devant la maison. La voiture de Mac est parquée dans le garage, il est enfin rentré ! Après lui avoir annoncé la nouvelle, il me pardonnera cet « écart de conduite ». Une fois que l'agent Scully m'aura confié cette liste, retrouver cette Maggie sera un jeu d'enfant. C'est seulement l'histoire de quelques jours.

— Mac ! Tu es là ? Mac ?

— Oui, je suis là.

Il masse ses sourcils en soupirant.

— Mac, j'ai quelque chose à te dire ! Après cela, tu ne pourras plus dire que je suis folle !

— Madison, ce n'est pas ce que j'ai dit…

— Attends, écoute-moi ! Je suis désolée d'avoir pété les plombs hier, mais cette femme…

— Madison, je n'ai plus envie de parler de ça. Laissons cette histoire derrière nous, s'il te plaît…

— Mac, je ne suis pas la seule à l'avoir vue ! Elle était bien là ! Tom lui a parlé et…

— Tom ? C'est cet abruti qui t'a dit ça ? Comment tu peux croire un seul mot de ce que raconte ce mec ?

— Je sais que cet homme est un frimeur à l'ego démesuré, mais il m'a même dit comment elle s'appelait !

— Parce qu'il t'a probablement entendue le dire à l'agent de sécurité ! Madison, je connais bien ce mec, il se fout de cette Maggie ! Tout ce qu'il veut, c'est t'ajouter à son palmarès !

— Alors c'est ça ? Tu as peur que je finisse par succomber à son charme ! Tu n'as pas confiance en moi ? Tu préfères croire que je suis dingo parce que tu es jaloux ?

— Ne raconte pas n'importe quoi ! J'essaye de t'ouvrir les yeux ! Je te demande juste de te méfier de ce type ! Je sais reconnaître les bonimenteurs, j'en ai côtoyé toute ma vie !

Les paroles de Mac ont l'effet d'une douche froide. Certes, je ne m'attendais pas à ce qu'il saute de joie, mais j'espérais profondément qu'il apporte un peu de crédit aux propos de Tom. Je suppose que je n'ai pas assez confiance en moi.

— Tu as peut-être raison, Mac, mais croire en ce qu'il m'a dit est la seule chance qu'il me reste de me convaincre que je ne suis pas folle. Laisse-moi la saisir, s'il te plaît.

— Madison…

— S'il te plaît !

Il se pince les lèvres et feint un sourire.

— Très bien… Fais attention à toi.

— Merci Mac !

Son regard se charge d'une tendresse inquiète.

J'ai reçu le coup de fil tant attendu ce matin. Scully a enfin récupéré la liste des invités. Une étrange sensation de peur me remue le cœur. Si le prénom de Maggie ne s'y trouve pas, je serai bonne pour l'asile. Mac et moi n'avons pas échangé un seul mot depuis hier soir. Ou seulement un ou deux pour nous donner l'illusion qu'il n'y a aucun malaise entre nous. Je ne veux rien lui cacher, quelles qu'en soient les conséquences. Je prends mon courage à deux mains et lui confie que je me rends au commissariat avec Tom. J'attends un sermon sur les mauvaises intentions du méchant garçon, mais à ma grande surprise, il n'en fait rien. Il lève un regard soucieux vers moi avant de me demander quelque chose de la façon la plus posée qui soit.

— Est-ce que tu veux que je t'accompagne ?

J'hésite quelques instants.

— Merci, mais ce n'est pas une bonne idée. Vous tirer dans les pattes ne m'aidera pas à boucler cette histoire. Plus vite j'en aurai fini, plus vite nous…

— Nous marierons ? s'empresse-t-il d'ajouter.

Cette question me fait pousser des ailes.

— Oui, Mac.

— Dans ce cas, dépêche-toi d'y aller.

Son sourire affectueux me redonne confiance. Je dépose un doux baiser sur ses lèvres avant de quitter la maison et de partir en direction de Scotland Yard, le cœur battant.

Chapitre 9
Au travail

Tom m'attend dans le hall des locaux de Scotland Yard. Il signe des autographes et distribue des sourires à toutes les jeunes (et moins jeunes) femmes qu'il croise. Contrairement à Mac qui aime se montrer discret, Tom n'hésite pas à s'exhiber en public. Il serait capable d'accoster les gens dans la rue rien que pour leur rappeler qu'il est célèbre ! Je n'ai jamais rencontré un homme aussi vaniteux. Il porte un costume de luxe italien comme s'il se rendait à la cérémonie des Oscars. Monsieur Tape à l'œil serait un parfait surnom pour les tabloïds ! Il vient de m'apercevoir devant la porte. Il lâche son stylo et abandonne une fan sans même la saluer pour venir me rejoindre. Cet homme n'a pas de cœur !

— Madison !

— Salut, Tom. Merci d'être venu.

— Avec plaisir, ma beauté ! J'espère que cette enquête va nous mener très loin, toi et moi.

— Pour l'instant, elle nous mène au premier étage. Essaye de ne pas te faire remarquer s'il te plaît, sinon je vais devoir te passer une de mes perruques et tu feras moins le fier, crois-moi.

Buffy Summers croule sous les dossiers. Une pile d'affaires non classées envahit son bureau. Si elle passait moins de temps à lorgner Mac sur son téléphone portable, son travail serait déjà terminé ! Elle est absorbée par son écran d'ordinateur. Je préfère ne pas savoir ce qu'elle est en train de regarder…

— Bonjour, Mademoiselle Summers. Nous venons parler à l'agent Scully.

Elle lève les yeux vers Tom. Sa mâchoire vient de se décrocher.

— Bonjour, jolie demoiselle !

— Vous… vous êtes…

Oh non, c'est reparti ? Buffy nous fait une crise de *fanattitude* ! Elle est en train de tourner de l'œil. Sapristi ! Elle s'est évanouie !

— Tom, qu'est-ce que tu as fait ?

— Je me suis seulement montré poli !

— Contente-toi de sourire, s'il te plaît ! Cette jeune fille est très sensible.

Pendant que d'autres agents tentent de remettre sur pied la jeune fille en lui faisant à tour de rôle du bouche-à-bouche, Tom et moi avons rejoint Scully dans son bureau. L'agent Mulder est encore absent. Retrouver sa sœur doit être très éprouvant. Je me demande pourquoi Scully ne l'accompagne pas pour lui prêter main-forte. Ce n'est pourtant pas dans ses habitudes de laisser son équipier enquêter tout seul…

— Bonjour, agent Scully !

— Mademoiselle Nichols ! Je suis heureuse de vous revoir. C'est qui, lui ?

Tom s'avance vers elle, le poitrail bombé, tel un coq dans une basse-cour.

— Bonjour charmante demoiselle, je suis…

— Laissez tomber ! Je m'en fiche ! J'ai réussi à obtenir la liste des invités.

Tom en reste désorienté. Je pense que c'est la première fois qu'une femme ose lui répondre de cette façon. Son sourire glisse telle la pluie sur un imperméable. J'étouffe un rire, mais je dois reprendre mon sérieux et me concentrer sur mon affaire.

— J'ai hâte de l'avoir entre les mains !

— Mademoiselle Nichols, cette liste ne doit pas circuler. Je compte sur votre discrétion !

— Faites-moi confiance, agent Scully ! Je ne vous mettrai pas dans l'embarras, c'est promis !

— Et lui, alors ?

— C'est un témoin. Il a parlé à la dame qui me suit partout.

Elle approuve sans grande conviction. Tom ne l'a définitivement pas séduite.

Je respire profondément. L'heure de vérité a enfin sonné. Le prénom de cette Maggie a intérêt à être écrit sur cette fichue liste ou je ne donne pas cher de ma peau ! Bon sang ! Il y a au moins trois cent cinquante noms ! L'organisateur aurait pu me faciliter la tâche en les classant par ordre alphabétique et en séparant les hommes et les femmes ! J'ai le cœur qui cogne à tous les étages ! La respiration oppressée et la main tremblante, je commence à passer en revue chaque prénom. Mon regard balaye la page de bas en haut, de gauche à droite. La vive inquiétude d'arriver bientôt au tout dernier prénom m'empêche de déglutir. Mes yeux se posent enfin sur une « Margareth Westfield ». Maggie est probablement un diminutif. Je continue ma recherche malgré tout, mais le reste n'est pas concluant.

— Tom, est-ce que le nom de Westfield te dit quelque chose ?

— Oui, il me semble que c'est ça. J'en suis sûr, même !

Bingo ! Je vais enfin découvrir qui est cette femme !

— C'est elle ! Je l'ai trouvée, agent Scully ! Je ne suis pas folle !

Je saute de joie comme une gamine ! Tom me prend dans ses bras.

— Bas les pattes, Tom !

— Pardon, je partageais ton enthousiasme.

— Mademoiselle Nichols, j'ai fait ma part du marché. Ce que vous ferez de ce nom ne me regarde plus. Je vous laisse vous débrouiller.

— Merci mille fois, agent Scully !

Je quitte les locaux de Scotland Yard plus légère. Trop légère. Je n'ai rien avalé depuis ce matin, j'étais bien trop troublée par ce que j'allais découvrir sur cette liste. Cette bonne nouvelle m'a ouvert l'appétit. Un salon de thé à l'angle de la rue propose de délicieuses pâtisseries. Je m'y rends d'un pas décidé en oubliant totalement l'énergumène qui me suit.

— Madison !

— T'es encore là ?

— Alors, qu'est-ce qu'on fait maintenant ?

— Toi, rien du tout ! Tu m'as confirmé le nom de cette femme, maintenant c'est à moi d'investiguer. Ta mission s'arrête ici.

— Mais tu auras besoin de moi comme témoin quand tu retrouveras cette femme !

— Je saurais la reconnaître, merci. À un de ces jours, Tom !

Je traverse la rue, Tom me court après.

— Madison, attends !

— Tu comptes me suivre toute la journée ?

— Est-ce que Carson te croira quand tu lui diras que tu lui as rendu visite ? Personne ne pourra le prouver !

— Il croit en moi. Je n'ai rien à lui prouver !

— Alors pourquoi il n'est pas avec toi ?

— C'est moi qui ai refusé qu'il m'accompagne.

— Parce que tu craignais au fond de toi qu'il mette ta parole en doute et t'empêche de continuer à chercher des réponses !

Tom a réussi pendant quelques secondes à semer le doute dans mon esprit. Il est très doué pour vous retourner le cerveau, mais je ne le laisserai pas m'embobiner. C'est un beau parleur et je connais son stratagème, ça ne fonctionnera pas.

— Tu racontes n'importe quoi ! Il m'a toujours soutenue ! Au revoir, Tom.

— J'étais présent hier soir, Madison ! Tout ce qu'il voulait, c'était que tu retournes t'asseoir et que tu la boucles ! Il n'a même pas cherché à comprendre !

— Il veut seulement me protéger !

— Te protéger de qui ? De toi-même ?

— Mac m'aime telle que je suis ! Il a seulement peur que… que je manque de discernement… et que je m'imagine…

— Moi, je te crois, Madison ! Et je suis prêt à te suivre sans jugement. Mon appui sera essentiel pour que cette affaire soit crédible ! Laisse-moi t'aider à retrouver cette femme !

Cela me tue de devoir l'admettre, mais Tom n'a pas tort. J'ai toujours parlé à cette femme quand j'étais seule. Un témoin ne serait pas de trop cette fois. Et Tom lui a déjà parlé, il pourra la reconnaître.

— Bon, c'est d'accord ! Mais après cela, je ne veux plus entendre parler de toi !

— Ce sera compliqué ! La presse m'adore ! Je fais la couverture de tous les magazines !

— Tu sais très bien où je voulais en venir !

Quel prétentieux, ce mec !

Nous nous installons dans le salon de thé. Les tables sont presque toutes inoccupées, c'est le moment idéal. Je ne suis pas d'humeur à supporter les fans hystériques de Tom. Elles sont deux fois plus coriaces que celles de Mac. Je commande un cappuccino avec un *carrot cake* nappé au chocolat. Tom demande seulement un jus de fruits. La serveuse l'accueille avec un sourire heureux. Elle s'humecte les lèvres et le dévore des yeux.

— Il vous faudra autre chose avec votre jus de fruits ?

— Votre numéro de téléphone…

Tom recommence avec son numéro de charme ! Sa méthode est vue et revue mais elles tombent toutes dans le panneau ! La serveuse pouffe de rire niaisement sans se douter une seconde qu'il sert cette phrase à toutes les femmes.

— Est-ce que je pourrais avoir de la poudre de noisette dans mon cappuccino, s'il vous plaît ?

La serveuse ne sait même pas que j'existe ! J'ai envie de la secouer à coup de gifles !

— Allô ?

Je rêve ! Elle a tourné les talons !

— Mais qu'est-ce que tu leur fais, Tom ?

— Eh bien…

— Non ! Mauvaise idée, je ne veux pas savoir en fait…

La serveuse revient quelques minutes plus tard avec notre commande. Je me jette sur mon *carrot cake*. Tom me regarde dévorer ma pâtisserie, amusé.

— Tu n'as pas mangé depuis quand ?

— Depuis hier soir…

Je le surprends à observer mon annulaire. Pour une raison que j'ignore, je cache machinalement ma main sous la table. Sans doute, pour éviter de parler d'un sujet que je n'ai pas envie d'aborder avec une personne telle que lui.

Son sourire en coin m'exaspère !

— Quoi ? Qu'est-ce qui te fait sourire ?

— Où est passée la belle bague que tu exhibais avec fierté le jour de l'émission consacrée à votre mariage ?

— Elle est chez le bijoutier, j'ai dû la faire retoucher, elle n'était pas à ma taille…

— Dommage, j'espérais secrètement que Carson et toi aviez changé d'avis…

Je lève les yeux au ciel.

— Tu me fatigues ! Laissons ma vie privée de côté pour parler du sujet qui nous intéresse ! Il faut définir une stratégie !

— Tu as parfaitement raison, Madison. Je suis curieux de découvrir tes stratégies. Je m'en frotte les mains ! Je t'écoute !

— Donc… j'ai bien réfléchi, et d'après le théorème d'impossibilité d'Arrow…

Tom se met à rire comme un bossu.

— Oh génial ! J'ai tellement entendu parler de tes théorèmes ! Est-ce qu'Oliver Queen[10] va nous aider dans notre enquête ? Faut-il que j'apporte un arc et des flèches ?

---

10. Personnage de comics appartenant à l'univers de DC Comics, créé par Mort Weisinger et George Papp en 1941.

Je fais un bond de ma chaise ! Il se fiche de moi ! Ce que je peux être stupide !

— C'en est trop ! Laisse tomber, Tom ! Je vais me débrouiller toute seule ! Je n'ai plus besoin de toi !

Je balance quelques pièces et sors de table. J'ai le sang qui bout ! Ce mec m'exaspère ! Si ses admiratrices le connaissaient aussi bien que moi, il pourrait dire adieu à son fan-club !

— Attends, Madison ! S'il te plaît, je plaisantais, rassieds-toi !

— Tu veux m'aider uniquement pour me ridiculiser !

— OK, OK, je te présente mes plus plates excuses !

— J'ai entraîné beaucoup de monde dans mes enquêtes, mais jamais on ne s'est moqué de moi comme tu l'as fait !

— Je suis désolé, ça m'a échappé ! Je suis un abruti ! Je te promets de t'écouter. Fais-moi confiance, Madison ! Je saurai me tenir.

Je tergiverse quelques secondes et finis par me rasseoir. Les quelques clients qui terminent de déjeuner m'observent avec insistance. J'ai envie de renverser mon cappuccino sur la tête de cet imbécile, mais ce n'est pas le moment de nous faire remarquer. Je ne serai jamais prise au sérieux si l'on fait la première page des tabloïds.

— Je te laisse une dernière chance. Si tu recommences, je file !

— Tu as ma parole, Madison.

— Je ne peux pas accéder aux fichiers de la police sans une bonne raison et j'en ai déjà demandé beaucoup à l'agent Scully. Je ne veux pas lui créer de problèmes.

— Alors, comment avoir l'adresse de cette Maggie dans ce cas ?

— Internet est plein de ressources. Je fais très rarement appel aux services de la police. Beaucoup de gens balancent des infos sur le net sans réfléchir un seul instant aux conséquences. Je suis sûre qu'en tapant son nom dans le moteur de recherche, nous trouverons quelque chose.

— Dans ce cas, allons-y !

J'ai le cœur qui tambourine. Je saisis mon téléphone portable et entre « Margareth Westfield » dans la barre de recherche. Je vais directement dans la section « images ». Beaucoup de portraits apparaissent, mais aucune de ces femmes ne ressemble à la Maggie en question. Tom ne la reconnaît pas non plus. Reste à espérer qu'elle a tout de même parsemé quelques indices sur sa vie privée ou sa profession. Je parcours le web à la recherche de nouvelles pistes. La plupart des résultats ne donnent rien, hormis cette page sur le site d'un magasin de prêt-à-porter dans le centre-ville de Londres, *NextWave Clothing*. La propriétaire des lieux, Margareth Westfield, nous propose de venir découvrir la dernière collection automne-hiver. Cette femme aurait très bien pu se rendre au défilé de Jean-Paul Malfagoté pour étoffer son stock. J'accepte son invitation avec plaisir !

— Cette Maggie est probablement la gérante de ce magasin ! C'est ici que nous devons nous rendre !

***

Je téléphone à Mac sur le chemin pour lui indiquer où nous allons. Je ne veux pas qu'il se sente exclu, mais surtout, je tiens à le rassurer. Mon imagination sans limites le préoccupe et il craint que je ne recommence à voir des choses qui ne sont pas. Il ne tente pas de m'en dissuader, mais je sens à l'intonation de sa voix qu'il n'est pas très enthousiaste à l'idée que je passe l'après-midi avec Tom. J'ai conscience de lui en demander beaucoup. Je n'ai pas tenu parole. Je lui ai promis de faire passer mes enquêtes après ma vie affective mais j'ai le sentiment que retrouver cette femme n'est pas une simple affaire de routine ou une lubie que je dois élucider. Cette dame me cache quelque chose et elle n'ose m'en parler. J'en suis convaincue.

La boutique indiquée sur le site se trouve sur Oxford Street, une rue commerçante et très animée. Nous avons pris ma voiture car contrairement à celle de Tom, les vitres sont teintées. Je ne veux pas qu'une horde de fans nous suive et nous empêche d'accéder au magasin. L'idée que l'on puisse ne pas le reconnaître le fait frémir. Malgré l'assurance qu'il affiche en permanence, je pense que Tom souffre d'un manque de confiance en lui évident. Il a besoin d'être adulé pour se sentir exister, et pour être honnête, je pensais qu'il me lâcherait en cours de route. Je commence à croire que Tom tient réellement à m'aider et je dois admettre que j'en suis flattée. C'est peut-être quelqu'un de bien finalement. Je me surprends moi-même à penser ça.

Je m'arrête devant la vitrine. Cette femme a presque réussi à me convaincre que j'avais perdu la boule, mais cette partie de cache-cache est bientôt terminée ! Je ne sais même pas ce que je vais lui dire. Lui demander d'emblée pourquoi elle me suit depuis plusieurs semaines risquerait de la braquer. Elle serait capable de nier en bloc et de me faire passer encore une fois pour une folle furieuse. Mac a raison. Je dois agir de manière pondérée et commencer par faire connaissance avec elle jusqu'à ce qu'elle prenne confiance et finisse par se livrer à moi. Plusieurs personnes flânent à l'intérieur du magasin. Nous patientons quelques instants à l'extérieur, le temps qu'il se vide. J'ai dit à Tom de porter ses lunettes de soleil et de baisser le regard, mais c'est plus fort que lui. Il faut qu'il salue une demoiselle qui passe par là !

— Vous êtes Tom…

— Oui, je…

— Non, ce n'est pas lui ! Il lui ressemble beaucoup, mais si vous le regardez de plus près, vous constaterez qu'il est beaucoup plus petit, que ses cheveux sont plus foncés et qu'il a le nez très épaté ! Au revoir, mademoiselle !

Elle lorgne Tom avec dédain et reprend sa route.

— Pourquoi tu as dit ça ? Et mon nez n'est pas épaté ! J'ai un nez parfait !

— On n'est pas là pour draguer, je te rappelle. Le dernier client vient de sortir. On y va !

— C'est pas trop tôt !

Nous entrons enfin dans la boutique. Le son mélodieux du carillon accroché à la porte signale notre présence. Une dame aux cheveux blancs de la même tranche d'âge que Maggie est en train de plier des pulls. Elle s'arrête pour venir nous saluer. Je n'ai pas le temps de souffler un mot que Tom s'adresse déjà à elle.

— Maggie ! Enfin, nous vous avons retrouvée !

La dame en reste interloquée.

— Je vous demande pardon ?

— Tom, qu'est-ce qui te prend ?

Comment Tom a pu prendre cette femme pour « notre » Maggie ? Il baisse les yeux et se gratte derrière de la tête, l'air gêné.

— Désolé, je vous avais pris pour quelqu'un d'autre !

Son téléphone se met à hurler.

— C'est Edgar, je reviens dans quelques minutes.

Il sort du magasin pour s'isoler le temps de répondre. La vendeuse continue de me regarder, médusée.

— Bonjour madame, nous cherchons Margareth Westfield. Est-ce qu'elle est ici ?

— C'est ma responsable. Elle est en réserve, je vais la chercher.

— Je vous remercie.

L'employée du magasin disparaît dans l'arrière-boutique. J'ai des maux d'estomac. Je suis rongée par l'anxiété. Ou alors, j'ai mangé un peu trop goulûment mon *carrot cake*. La vendeuse sort enfin de la réserve, suivie d'une dame qui ne ressemble en rien à la femme que je recherche. Tout s'effondre. Cette investigation ne m'a menée nulle part.

— Bonjour, je suis Margareth Westfield. Je peux vous aider ?

— Bonjour madame. Je suis désolée de vous avoir dérangée, je me suis trompée. Je cherchais une Margareth Westfield qui s'est rendue au défilé de Jean-Paul Malfagoté il y a deux jours. Excusez-moi, je voulais dire Jean-Paul…

Il faut vraiment que je commence à l'appeler par son véritable nom !

— Je sais très bien de qui vous parlez !

Jean-Paul tient sa réputation des vêtements horribles qu'il dessine. Ce surnom lui va comme un gant.

— C'est bien moi. J'étais présente à ce défilé !

— Vraiment ?

— Je cherchais de nouvelles tenues de grands couturiers à proposer dans mon magasin et j'ai reçu un carton d'invitation, alors j'y suis allée par curiosité. Mais entre vous et moi, qui pourrait porter des vêtements aussi affreux ?

Je souris amèrement.

— Vous allez bien, mademoiselle ? Vous avez l'air contrariée.

— Non, tout va bien. Il devait sans doute y avoir plusieurs Margareth Westfield à cette soirée.

Je sais pertinemment que c'est faux.

— Je suis désolée pour vous. J'espère que vous la retrouverez facilement !

— J'espère aussi. Au revoir, madame.

Je sors du magasin, le moral à plat. Tom vient de raccrocher.

— Déjà sortie ? Elle n'était pas là ? Je suis désolé, Edgar ne voulait plus me lâcher !

— Si si, elle était là.

— Bonne nouvelle ! Nous l'avons enfin retrouvée !

— Nous n'avons rien retrouvé du tout ! Cette femme n'est pas celle que je recherche !

— Ah. Eh bien, nous allons de nouveau chercher sur Internet ! La véritable Margareth Westfield ne doit pas être bien loin ! Ce n'est que partie remise !

— Cette femme était bien la Margareth de la liste, Tom ! Et il n'y en avait pas d'autres ! Tu m'as raconté des bobards ! Ce que je peux être stupide ! Tu t'es bien foutu de moi !

— Non, Madison, je t'assure, je lui ai parlé aussi !

— Tu as pris la vendeuse pour cette femme ! Tu ne sais même pas à quoi elle ressemble ! Je voulais tellement me convaincre que c'était elle que j'ai gobé tous tes mensonges ! Mac a raison, je ne vois que ce que je veux voir.

— Madison, je suis désolé…

— Ne m'adresse plus jamais la parole ! Tu me dégoûtes, Tom ! Tu dois bien te marrer !

— Madison, je t'assure que… Bon, je reconnais… Tout ce que je voulais, c'était passer du temps avec toi.

— Mac avait compris ton petit jeu et comme d'habitude, je ne l'ai pas écouté ! Il faut que j'aille le retrouver !

Ce goujat m'attrape le bras.

— Madison, attends s'il te plaît !

— Fous-moi la paix !

Mais qu'est-ce qu'il fait ? Il essaye de m'embrasser !

— Tom, lâche-moi !

Il insiste ! Je n'arrive plus à le décoller de moi. Ce mec est pire qu'une sangsue ! Sa bouche se dirige droit sur moi ! Il pose ses lèvres humides sur les miennes. Beurk ! Il m'a roulé une galoche ! J'essaye de me dégager de lui, mais il me tient fermement par la taille. Quelqu'un vient de l'attraper par le col de la chemise et de lui balancer un coup de poing dans le nez ! C'est Mac ! Tom s'écroule sur le bord du trottoir, du sang coule de ses narines. Des gens s'arrêtent pour assister au spectacle !

— T'es complètement malade ! Tu viens de me péter le nez, connard ! Vous avez vu ? Ce barjot de Carson Taylor vient de m'agresser !

— Ne t'avise plus de toucher ma fiancée ou la prochaine fois, c'est pas le nez que je te péterai !

— Tu peux te la garder ! Je m'en fous !

Tom prend ses jambes à son cou. Des fans lui courent après.

— Mac, je suis désolée, ce n'est pas moi qui l'ai embrassé ! Il s'est jeté sur moi…

— Je sais, Madison. Ne t'en fais pas. Je suis là, maintenant.

J'enlace Mac de toutes mes forces. Je me sens tellement humiliée. J'ai les larmes aux yeux.

— Tu avais raison. Je suis stupide et complètement cinglée.

Il prend mon visage entre ses mains et m'embrasse sur le front.

— Je n'ai jamais pensé ça de toi, Madison. Tu es la femme la plus extraordinaire que je connaisse.

Je le serre contre moi.

— Mais qu'est-ce que tu fais ici ?

— Je savais que Tom jouait un double jeu. Je le connais depuis des années. Je… je vous ai suivis. Je suis désolé, j'aurais dû…

— Non tu as bien fait, Mac. J'aurais dû t'écouter, mais une fois de plus j'ai fait ma tête de mule. Cette Maggie n'était même pas sur la liste des invités. Je l'ai certainement imaginée.

— N'en parlons plus. On rentre à la maison.

À l'instant où nous montons dans la voiture, je me fais une promesse. Laisser cette Maggie où elle est. Dans ma tête.

Chapitre 10
Au gré du vent

Ce matin, nous traînassons sous les draps. Je suis restée toute la nuit blottie dans les bras de Mac. C'est le seul endroit où je me sens rassurée. Un doux rayon de soleil illumine notre chambre, je n'ai plus envie de sortir du lit. Dans cet apaisement d'une nuit intense, nous profitons encore de ces quelques minutes d'insouciance.

— Que dirais-tu de partir quelques jours ?

Je lève un sourcil interrogateur.

— Où veux-tu qu'on aille ?

— Pourquoi pas en Écosse ? Nous avions déjà le projet d'y aller, c'est l'occasion de le réaliser. Oublions Londres et les gens qui s'y trouvent !

— Et nos prospections pour le mariage ? Nous devions encore visiter des lieux et…

— Nous ferons ça à notre retour ! Les Highlands nous attendent ! Rien que toi et moi !

— Mais je n'ai rien préparé pour notre départ… Je devais faire du shopping avec Kate demain. Si je la préviens au dernier moment, elle risque de me faire la tête ! Et ma mère…

— Madison ! Tu recommences à te chercher des excuses pour rester dans ta routine rassurante. Tout ceci peut bien attendre, Kate comprendra. Arrête de te pourrir la vie avec ces futilités !

Il me faut quelques secondes pour assimiler les propos de Mac. Je réalise soudain que la Madison sans cesse sur ses gardes essaye une fois de plus de me priver de quelques jours de bonheur en compagnie de l'homme que j'aime. Nous sommes notre propre ennemi et c'est à nous d'apprendre à nous donner des coups de patte de temps en temps pour nous réveiller. Malheureusement, j'ai tendance à laisser cette mauvaise partie de moi reprendre le dessus quand une situation me dépasse. J'ai, jusqu'ici, embourbé mon esprit de tourments inutiles qui m'empêchaient d'avancer. Je dois quitter ce navire rempli de doutes et laisser le bonheur entrer dans ma vie. Mon besoin viscéral d'explications et mon imagination romanesque m'ont enfermée dans une bulle. Je ferme les yeux pour visualiser cette Madison soucieuse et tourmentée et je l'envoie valdinguer d'un coup de pied aux fesses !

— Tu as parfaitement raison, Mac. J'adore cette idée ! Je file me préparer !

— Génial ! Je m'occupe de tout.

Je serre Mac dans mes bras avec tendresse puis m'engouffre dans mon dressing. Le courage ne me manque pas pour boucler ma valise. Mac passe quelques coups de fil avant de charger la voiture et nous fonçons vers l'aéroport. L'Écosse m'était passée sous le nez pour de mauvaises raisons, mais cette fois-ci, rien ne pourra nous empêcher de profiter pleinement de ce voyage ! Aucune enquête ne viendra entraver notre séjour. Je nous imagine déjà arpentant des paysages époustouflants, sillonnant des étendues de nature sauvage et admirer les châteaux en ruines se réfléchir dans les lochs telle une peinture de maître. Mais, ce qui me tient le plus à cœur, au-delà de toute cette foison de contrées pittoresques, c'est de pouvoir enfin réaliser mon rêve. Compléter ma cave des plus fameux whiskys écossais. Non, je vous assure, je ne suis pas devenue une ivrogne ! Mais cela fait un moment déjà que je côtoie du « beau » monde au cours de nos nombreuses soirées arrosées, et j'ai appris au fil du temps à habituer mon palais aux alcools les plus « goûtus ». Ces quelques jours de vacances promettent d'être mémorables !

***

J'ai questionné Mac durant le trajet pour lui soutirer des informations sur l'endroit où nous allions séjourner, mais il n'a pas lâché le morceau. J'espère seulement que les mots « camping » et « belle étoile » ne font pas partie du programme. J'ai déjà vécu une expérience assez similaire quand Mac se faisait passer pour un S.D.F. et je ne suis pas près de recommencer. Les mares infectes et les insectes rebutants, très peu pour moi ! Sans parler des conséquences désastreuses qu'a l'humidité sur mes cheveux ! Comparés aux miens, les cheveux de *Beetlejuice*[11] paraîtraient plus dociles.

Une fois débarqués à Édimbourg, la « porte d'entrée de l'Écosse », comme beaucoup de guides touristiques aiment la nommer, Mac demande à un chauffeur de taxi de s'arrêter quelques minutes dans la vieille ville pour profiter du magnifique panorama. Quand je mets le nez dehors, je reçois une bouffée d'oxygène pur ! Un vent mordant se mêle au parfum doux des primevères et de la bruyère environnantes. J'abandonne Londres et ses tourments dans un coin de ma tête et je me laisse totalement habiter par cette cité imprégnée d'histoire et de légendes

---

11. Personnage fictif issu du film homonyme *Bettlejuice* réalisé par Tim Burton.

moyenâgeuses, avec ses décors dignes d'un film de cape et d'épée. Le château perché sur son rocher qui s'élève dans le lointain au-dessus de la cité qui nous entoure semble nous donner une leçon. Mac et moi restons quelques instants, interdits, à l'admirer avec une profonde humilité. Nous nous sentons tellement petits et insignifiants face à ce magnifique paysage. Oh ! n'allez pas imaginer que je suis devenue férue des monuments historiques qui s'effritent, mais pour cette fois, je me laisse transporter hors du temps, vers une autre époque. J'ai enfin lâché prise !

— À combien de kilomètres se trouve notre hôtel ?

— Qui te dit que nous allons dormir à l'hôtel ?

— Oh non, Mac ! Ne me dis pas qu'on va planter une tente quelque part dans la forêt !

— Pas tout à fait… Tu verras bien. Tout ce que je peux te dire, c'est que tu seras totalement dépaysée.

Cette réponse ne me satisfait pas. Je remonte dans un taxi qui file tout droit vers une destination inconnue. Mon imagination sans limites nous amène dans une grotte marine d'une île inhabitée au large de l'Écosse, puis dans une cabane en bois perchée en haut d'un arbre au cœur de la forêt, et enfin dans une maisonnette au toit en chaume au beau milieu des chèvres.

Nous roulons depuis près de deux heures. Je vois disparaître progressivement toute trace de civilisation. Nous venons de traverser un village du nom de Crianlarich qui ne doit pas dépasser les deux cents habitants. Le paysage n'est plus qu'étendues de terre et de verdure parcourues d'infinis cours d'eau. Tout ceci est magnifique, mais peu rassurant pour une personne comme moi qui aime le confort et la sécurité. Mac aurait pu réserver une chambre dans un grand hôtel luxueux comme le font la plupart des célébrités, mais il semblerait qu'il ait décidé de nous faire passer un week-end folklorique.

— Mac, je ne vois pas d'hôtel dans les environs et les panneaux sont écrits en gaélique ! Qu'est-ce que tu mijotes ?

— Nous sommes en Écosse, Madison. Alors, vivons comme des Écossais !

— Tu comptes porter un kilt ?

— Pourquoi pas ?

Le taxi s'arrête au bord d'une route longée par des champs de bruyères en fleurs.

— Qu'est-ce qui se passe ? Notre chauffeur a besoin d'une pause pipi ?

Mon Dieu ! Le conducteur est en train de décharger nos valises !

— *Chan urrainn dhomh a dhol còmhla riut nas fhaide. Feumar an t-slighe a leantainn an sin.*

C'est quoi, ce charabia ?

— Mac, qu'est-ce qu'il raconte ?

— *Mòran taing, sir* !

Voilà que Mac se met à causer comme lui ! Le gars a déchargé toutes nos valises ! Il est en train de mettre les voiles !

— Mais vous ne pouvez pas nous larguer de cette façon comme de vulgaires paquets ! Mac, fais quelque chose, enfin ! Ce monsieur nous abandonne comme ça en pleine nature ! C'est scandaleux !

— Nous sommes arrivés à destination.

— Hein ? Mais il n'y a que de la broussaille ! C'est ça, ta super idée ? Du camping ? Je savais que tu manigançais un truc ! On va se faire dévorer par les coyotes !

— Des coyotes en Écosse ? Madison, calme-toi. Je te promets qu'on va s'amuser.

— Dans quelle valise as-tu caché la tente et les piquets ? Ça va prendre un temps fou de la monter ! On ferait mieux de la planter au plus vite.

— Je n'ai pas de tente, Madison.

— Quoi ? Tu veux dire qu'on va dormir comme ça, à même le sol ?

— Madison, attrape ta valise et suis-moi !

Je crapahute derrière Mac en tirant ma valise qui doit peser quinze kilos. Mac m'avait conseillé de ne prendre que le strict nécessaire, mais j'ai cru que c'était une façon de parler ! Je n'ai pas pris cette remarque au pied de la lettre et c'est pourtant ce que j'aurais dû faire. Quelle imbécile ! L'Écosse est réputée pour son temps pluvieux, mais elle a certainement eu vent de notre arrivée alors elle a décidé de nous assommer de coups de soleil ! Mon front luit comme des escarboucles et je peine à sortir mes talons de la gadoue. Pour quelle raison ai-je choisi ces chaussures, vous pouvez me le dire ?

— Pitié, Mac ! Dis-moi qu'il y a un autre village caché derrière cette clairière !

— Pas que je sache, non.

— Tu cherches à te venger de mes dernières frasques, c'est ça ?

— Absolument pas.

— Si on doit dormir au milieu des fougères, autant s'arrêter ici, tu ne crois pas ?

— Madison, tais-toi et avance !

— Laisse-moi au moins chercher ma paire de baskets !

— On n'a pas le temps !

— Comment ça, on n'a pas le temps ? C'est un endroit magique qui disparaît à partir d'une certaine heure ?

— Nous avons encore pas mal de chemin à faire et je voudrais qu'on arrive avant la tombée de la nuit.

— Tu plaisantes ?

Nous marchons à travers la broussaille (pardon, je rectifie : Mac marche, moi, je rampe), contournons des lacs qui n'ont rien à faire là, longeons des arbres, beaucoup d'arbres. Mon chignon vient de dégringoler d'un étage. J'ai la même allure que les touffes de fougères qui nous encerclent ! Elles et moi faisons partie du même clan désormais ! Tu parles d'un week-end romantique ! Des bestioles sont à mes trousses depuis près d'une demi-heure ! Si j'avais su, j'aurais apporté des bougies à la citronnelle !

— Mac, si tu ne me dis pas tout de suite où l'on va, je m'arrête ici ! J'ai les pieds en feu et mes bras servent de festin aux moustiques depuis que le taxi nous a parachutés au milieu de nulle part !

— Je suis désolé, Madison, mais il n'y a pas de route par ici. C'est pour ça qu'on a dû faire le reste du chemin à pied. Nous sommes presque arrivés. Regarde là-haut !

Une vétuste maison en pierres et au toit de chaume surplombe toute la vallée. Pour une fois, mon imagination a vu juste. Il manque juste les chèvres.

— Tu veux dire qu'on va passer trois jours dans cette cahute ?

— Madison, c'est une retraite idéale pour un lâcher-prise total ! Adieu, les tracas londoniens et les paparazzis ! Nous allons enfin profiter de quelques instants de tranquillité. Il faut apprendre à sortir des sentiers battus de temps en temps.

— Je te rassure, c'est un revirement complet cette fois ! Je préfère prévenir mes parents que nous sommes... Oh non ! Il n'y a aucun réseau ! Je ne vois aucun voisin ni aucun commerce ! Tu comptes sortir chasser ?

— Madison, détends-toi ! Je me suis occupé de tout. Nous n'aurons besoin de rien de plus que ce qui se trouve dans cette maison. Suis-moi !

Nous arpentons un long chemin escarpé. Je ne sens plus mon corps et je dégouline de sueur. J'espère au moins qu'il y a l'eau courante. Je viens d'apercevoir un cerf et un drôle de mouton à tête noire. Ils me lancent un regard abasourdi qui semble me demander ce que je fiche ici, et j'avoue que je me pose la même question. Mac sort une grande et vieille clef en ferraille. La porte est verrouillée par un gros cadenas. En entrant, je m'attends à trouver des chaises en osier et des paillasses en guise de lits, mais je suis surprise par l'opulence de cette maison. Au milieu du salon trône un imposant poêle à charbon qui semble avoir été utilisé récemment. La cuisine est spacieuse et suffisamment équipée pour qui aimerait mitonner des plats équilibrés et très longs à préparer. Elle ferait le bonheur de Susan. Il faut que je pense à lui communiquer l'adresse pour ses prochaines vacances : « Quelque part au milieu des fougères, entre le village de Crianlarich et la montagne ».

— Madison ! Écoute.

— Je n'entends rien. C'est le silence complet !

— Exactement ! Nous sommes dans un autre monde ! Tu sais que le grand James Matthew Barrie s'est inspiré de ce lieu pour créer *Neverland* ?

— Moi, j'aurais plutôt écrit *Le monde perdu*...

— Regarde par la fenêtre, respire cet air pur ! Tu vois le château abandonné sur l'îlot là-bas ?

— Vaguement… Je perçois sa silhouette… Mais ça pourrait tout aussi bien être un arbre ou un gros caillou.

— Madison, c'est maintenant que tu dois faire travailler ton imagination. Ici, tu es libre d'imaginer tout ce que tu veux. Il ne t'arrivera rien ! Il n'y aura aucune conséquence ! Fais vagabonder ton esprit. Laisse-le te mener n'importe où ! Personne ne se jouera de toi dans un lieu comme celui-ci. Ton imagination débordante est un cadeau, mais il faut apprendre à l'utiliser au bon moment et au bon endroit.

Je comprends seulement maintenant pourquoi Mac me mettait en garde. À Londres, tout n'est que mauvaises interprétations et sous-entendus. La vérité est sans cesse déformée et vos actions jugées. L'imagination peut devenir dangereuse si vous n'en faites pas bon usage, et c'est ce que j'ai fait jusqu'ici. Je l'ai laissée me manipuler. Je visualise ce qu'il reste de ce château et j'ouvre la porte à mon inventivité.

— Je vois un magnifique château à tourelles. Il est rempli d'œuvres d'art raffinées et de tapisseries intemporelles. Les tables débordent de victuailles, mais les hommes et les femmes qui jouent et dansent à l'extérieur s'amusent tellement qu'ils en ont oublié d'aller festoyer. J'entends les violons et les cornemuses entonner des airs gais et entraînants. Des grands costauds tirent sur des cordes ou lancent des troncs d'arbres pour époustoufler les jeunes demoiselles en âge de se marier.

— J'aime beaucoup ce que tu dépeins.

— Je vois également une jeune fille qui a beaucoup marché et qui meurt d'envie d'aller s'allonger pour se reposer.

— Cette jeune fille le mérite amplement. Quand elle se réveillera, le repas de la future Mme Allister sera servi sur cette table.

— Hum, fais attention à toi quand tu partiras chasser le chevreuil !

— Le chevreuil est déjà dans le frigo, ça devrait aller.

— Si tu savais à quel point j'ai hâte de devenir ta femme.

— Et moi, ton mari.

Il ne m'a pas fallu longtemps pour trouver le sommeil. Je me suis allongée sur le couvre-lit en patchwork et mes yeux se sont fermés sans difficulté pour laisser mon esprit naviguer en toute quiétude sur les eaux des lochs.

***

Je suis étendue sur le sable d'une plage déserte. Mes pieds et mes poings sont liés par de grosses chaînes. Deux petits leprechauns me chatouillent les orteils avec des pièces d'or. Je me débats de toutes mes forces, mais les leprechauns se multiplient. Il y en a une dizaine, peut-être même plus. Je n'arrive plus à les compter, ils sont trop nombreux. Mon corps et mon visage sont désormais totalement recouverts de ces immondes créatures. Je peine à respirer ! Je suffoque, je m'étouffe, je meurs !

— Laissez-moi tranquille, sales bestioles ! À l'aide ! Au secours ! Je ne veux pas mourir !

— Madison ! Madison ! Réveille-toi ! De quelles bestioles tu parles ?

— Hein ? Mac ? Mais où ils sont tous passés ? Ils sont cachés sous le lit, c'est ça ?

— De quoi tu parles ?

— Je me faisais agresser par des monstrueux leprechauns ! Je suis sûre qu'il y en a plein partout !

— Madison, le leprechaun fait partie du folklore irlandais, pas écossais.

— Peu importe, ils peuvent très bien voyager ! Ils sont petits et se faufilent n'importe où !

— Viens manger au lieu de raconter n'importe quoi !

Je dévore tout ce qui se trouve sur la table. Il y a du *stovies*, un ragoût à base de viande bouillie accompagné d'oignons et de pommes de terre, et du *cullen skink*, une soupe préparée avec du haddock fumé. Ce sont des plats typiquement écossais. Mac adore leurs spécialités (celles qui ne contiennent pas de viande, évidemment).

— Tu as réussi à te faire livrer tout ça dans ce patelin ?

— Tu as dormi trois heures. J'ai largement eu le temps de tout préparer.

— Trois heures ? Mais pourquoi tu ne m'as pas réveillée ?

— Tu avais besoin de te reposer. Et il faut que tu prennes des forces pour demain !

J'en lâche ma fourchette.

— Ne me dis pas qu'on va encore crapahuter partout ?

— Tu crois qu'on est venus jusqu'ici pour rester enfermés dans cette maison ?

— Eh bien, j'osais espérer que oui…

— Madison, ici on peut sortir sans craindre de croiser un appareil photo ou de tomber sur un article de presse qui nous mettrait en rogne ! Nous sommes libres de nos mouvements ! Il faut en profiter.

Mac n'a pas tort. Depuis son incartade avec Tom, j'ai bien peur que les journaux nous collent la mauvaise étiquette. Tom est le chouchou de la presse et Dieu seul sait ce qu'il a bien pu raconter pour faire bonne figure. Si je m'étais montrée moins crédule, Mac n'aurait pas eu à intervenir.

— Tu as raison ! Mais cette fois-ci, laisse-moi attraper une paire de baskets !

***

Le lendemain, nous nous levons au petit matin pour explorer les environs. Au fil de la journée, je me déleste de mon stress accumulé au cours de ces dernières semaines. J'ai souvent entendu dire que la nature était un excellent remède aux maux, mais je n'en prends réellement conscience que maintenant. Inspirer une grande bouffée d'air pur me donne l'impression de me régénérer de l'intérieur. Nous marchons depuis plusieurs heures à travers la bruyère et les herbes hautes. Je ne sais pas du tout où nous sommes. Je suis Mac en toute sérénité sans me poser de questions. C'est bien la première fois.

— On devrait rentrer, Mac. J'ai peur qu'il pleuve et on s'est beaucoup trop éloignés de la maison.

— Nous sommes juste à côté, Madison. Regarde ! La maison est de l'autre côté de la rive. Nous avons contourné le lac.

— Mais il va nous falloir un temps fou pour faire le chemin inverse !

— À moins de le traverser…

— Tu veux qu'on traverse à la nage ? Mais tu te crois dans un de tes films !

— Pas du tout ! Il y a une barque là-bas.

— Il nous faudrait un plus gros bateau !

— Ne t'inquiète pas, ce ne sont que quelques mètres. Ce sera très romantique, tu verras.

— Je t'en ficherais du romantisme !

— Et puis, tu sais nager de toute façon, n'est-ce pas ?

— Bien sûr que oui ! Mais… pourquoi tu me demandes ça ?

— On ne sait jamais, si le monstre du loch Ness nous faisait chavirer…

— Très drôle ! Je rentre à pied !

— Je plaisante, Madison ! Allez, grimpe !

Je monte bien malgré moi dans cette vieille chaloupe. J'ai un nœud à l'estomac. La barque tangue pour un oui ou pour un non, j'ai le cœur qui vacille. Heureusement, je n'ai pas trop mangé ce matin. Je savais inconsciemment que cet amour soudain pour la nature n'allait pas durer. Je suis une femme de la ville. Et je le serai toujours.

— Mac, je crois avoir vu un truc sous l'eau.

— Probablement un poisson.

— Non, c'était bien plus gros !

— Bah, ça devait être un gros poisson !

— Mac, je ne plaisante pas, cette créature a nagé sous notre bateau ! Juste avant que la barque se mette à tanguer !

— C'est normal, il y a du courant. Arrête de paniquer.

— Facile à dire !

— Un requin ! Il y a un requin dans l'estuaire !

— Hein ? Où ça ? Oh mon Dieu !

— Tu verrais ta tête !

Il se tord de rire.

— C'est pas drôle, Mac ! Et arrête de rigoler comme ça, tu vas mettre toute la faune aquatique en colère !

— Tu veux un bretzel ? Il doit en rester dans le sac.

— Je ne peux rien avaler.

— Détends-toi, on a fait la moitié du chemin.

Ce que je craignais le plus est en train de se produire. Il commence à pleuvoir ! Et pas du crachin, mais des grosses gouttes éparses !

— Je le sentais ! Je t'avais dit que ce n'était pas prudent mais tu n'en as fait qu'à ta tête !

— Ça ne te fait pas penser à quelqu'un ?

— Alors c'est ça ? Tu cherches à me prouver quelque chose ?

— Je n'ai rien à prouver du tout, Madison.

— Je suis peut-être têtue, mais toi, tu es inconscient !

— Au lieu de m'aboyer dessus, tu ferais mieux de vider l'eau de la barque pendant que j'essaye de ramer jusqu'à l'îlot !

— De quel îlot tu parles ?

— Celui qui est juste à notre gauche !

— Super ! Maintenant on va jouer à Robinson Crusoé !

— Tu as mieux à proposer ?

Je serre les dents pour garder mon sang-froid et ne pas jeter Mac par-dessus bord. Il pleut des cordes, le bateau est en train de se remplir d'eau et tout ce que j'ai pour le vider c'est une gourde et des timbales !

— Madison, à deux nous sommes trop lourds, la barque risque de couler. Je vais sauter et nager à côté. Ce n'est plus très loin. Il ne reste que quelques mètres.

— Mais tu es dingue ! Tu vas mourir d'épuisement !

— Ça va aller, je suis bon nageur.

— Mac, si tu sautes, je saute, pas vrai ?

— Pas cette fois, Madison.

— Je n'abandonnerai jamais, Mac.

Mac vient de plonger. Je me retrouve toute seule sur cette fichue barcasse !

— Mac ? Mac ?

Je ne le vois plus ! Vous pensez qu'il a trouvé un radeau suffisamment grand pour qu'on puisse s'y mettre à deux si le bateau coule ? Cela m'embêterait que l'un de nous deux doive se sacrifier pour sauver l'autre.

— C'est bon Madison, je suis là ! Regarde, j'ai trouvé un rondin de bois ! Allez, rame ! Ce n'est plus très loin !

Je suis trempée jusqu'aux os. Je vis mon pire cauchemar ! Manœuvrer de vraies rames n'a rien à voir avec le rameur de la salle de sport ! J'ai mal au bras, j'ai mal aux fesses, mes cheveux qui dégoulinent de flotte sont plaqués sur ma trombine, je n'y vois plus rien ! Je me noie de désespoir ! Mac avance plus vite que moi. Je maudis ce week-end ! La nature me fait payer mon amour pour la vie citadine. Heureusement que les paparazzis ne sont pas là pour voir ça ! Mon prochain surnom ne serait pas *Madwoman*, mais *Wetwoman* ! Allez encore un effort ! Je m'approche de la rive. Mac est déjà sur la terre ferme.

— C'est bon, Madison, descends ! Je m'occupe du reste !

— Je te hais, Mac Allister !

— Détends-toi ! C'était plutôt marrant.

— Marrant ? Je suis dégoulinante de crasse, je ne sens plus mes bras et mes jambes et… Atchoum ! Et j'ai attrapé froid à cause de ton imprudence !

— OK, je suis désolé ! Je pensais qu'on aurait le temps de traverser avant qu'il se mette à pleuvoir.

— Et on fait quoi maintenant ? La maison est sur l'autre rive, je te rappelle ! On est coincés ici pour je ne sais combien de temps !

— Regarde, il y a un château en ruines ! On va s'abriter le temps que ça se calme et on repartira après.

— Hors de question que je remette les pieds dans cette fichue barque !

— Alors tu devras repartir à la nage parce qu'il n'y a pas d'autre moyen pour repartir !

— Ce week-end est…

— Arrête de râler et suis-moi !

Je rêve d'un thé chaud accompagné de scones à la confiture de fraises. Les bretzels sont imbibés d'eau. Ils sont immangeables. Nous allons mourir de faim dans un château délabré au milieu de nulle part et dont tout le monde se fiche ! Comme scénario catastrophe, on ne pourrait pas trouver mieux.

— On va s'installer ici, on sera à l'abri.

— Mais pour combien de temps ?

— Il est déjà tard. Le mieux, c'est de passer la nuit ici et de repartir demain matin au lever du jour, quand il ne pleuvra plus.

— C'est un cauchemar !

— Je suis sincèrement désolé de t'avoir entraînée là-dedans, Madison. Je voulais qu'on passe un week-end différent de ce qu'on fait d'habitude…

— Eh bien, c'est réussi !

— Tu trembles, tu es trempée ! Retire tes fringues !

— Je te demande pardon ? Tu crois vraiment que c'est le lieu et le moment ?

— Rien de mieux pour se réchauffer que la chaleur corporelle. On va retirer nos tee-shirts et se blottir l'un contre l'autre pour se tenir chaud.

— Et si quelqu'un nous voyait ?

— Qui veux-tu qu'on rencontre ici et sous une pluie battante ? Fais ce que je te dis.

Mac ôte ses vêtements. Je me débarrasse de mon débardeur trempé et me réfugie contre son torse. Vous vous demandez sûrement si Mac et moi allons nous laisser emporter par ce moment d'intimité propice aux « chevauchées très animées » ? Ce genre de scène n'arrive généralement que dans les films à l'eau de rose où les protagonistes ont toujours très fière allure même en plein tsunami ! Il fait un froid de canard, je suis frigorifiée de la tête aux pieds, et nous sommes à moitié nus dans ce qui semblerait être les vestiges d'une chapelle, ce ne serait pas très respectueux. De plus, je suis affamée ! Voilà que maintenant ce sont les club-sandwichs œuf-cresson du *Park Room* qui me font de l'œil ! Rien que d'y songer, j'en ai l'eau à la bouche. Mon estomac est en train de me supplier.

— Ce lieu ne te rappelle rien ?

— La cave froide et humide où mon grand-père stockait ses bouteilles de vin ?

— Notre première nuit ensemble.

— Oh oui ! Cette fameuse boutique désaffectée remplie d'insectes immondes ! Il faisait un froid glacial. J'ai passé la nuit serrée tout contre toi.

— Cette nuit-là, j'ai réalisé que tu étais la personne la plus bizarre, mais aussi la plus étonnante que j'aie rencontrée. Je crois que c'est à ce moment-là que je suis tombé amoureux de toi.

— Je détestais cet endroit, mais je ne pouvais plus envisager de passer un jour loin de toi.

— L'histoire se répète, on dirait…

— Sauf que ce soir-là, nous portions tous nos vêtements…

— Madison, et si on…

— Se mariait ici ?

Il hoche la tête.

— Nous n'avons pas besoin d'un mariage en grande pompe mais d'un mariage qui nous ressemble ! Je sais que tu aimes le confort, la ville et …

— C'est une merveilleuse idée, Mac ! Ce lieu est parfait ! Après tout, c'est comme ça que tout a commencé entre nous. Ça fait partie de notre histoire à tous les deux.

Cette discussion ressemble en tout point à une scène qu'on pourrait voir dans une comédie romantique, je vous l'accorde. Mais, même si je meurs d'envie de me jeter sur Mac, d'arracher son pantalon et de le couvrir de baisers, je ne le ferai pas. Je sais me tenir. Ce n'est pas le lieu… En y réfléchissant, cette pièce était peut-être la chambre à coucher après tout… Oh ! Et puis zut ! Ne le prenez pas mal, mais ce qui va suivre doit rester entre Mac et moi !

***

Nous sommes enfin rentrés chez nous ! Ce court séjour en Écosse m'a remise dans les *starting-blocks*. Je suis plus décidée que jamais à m'investir complètement dans l'organisation de notre mariage. Cet îlot à des kilomètres de la civilisation risque de ne pas être au goût de tout le monde, mais il dissuadera les indésirables de venir jusqu'à nous. J'ai tellement hâte d'annoncer la nouvelle à Kate et Susan ! Je dois cependant tenir ma langue. Nous n'avons pas encore officialisé la nouvelle. Il nous faut entreprendre plusieurs démarches. Mac se sent confiant. Il pense pouvoir convaincre facilement l'agence écossaise des monuments historiques de nous laisser célébrer notre mariage dans ce château à l'abandon. Il voudrait contribuer à sauvegarder l'héritage de la nation écossaise.

Je m'affale littéralement sur le canapé. L'ambiance bucolique de ces derniers jours m'a secouée dans tous les sens. J'en ai plein les pattes ! À côté, mes séances de gym avec Jean-Claude ressemblent à de simples étirements. Mac est déjà sous la douche et je viens de réaliser que je n'ai pas récupéré le courrier. Je vais devoir traverser tout le jardin. Vous n'imaginez pas quels efforts surhumains je vais devoir déployer pour dégager mes fesses de là ! Je prends mon courage à deux mains et traverse d'un pas scabreux et nonchalant l'allée qui mène à notre boîte aux lettres. Hormis quelques voisins plutôt discrets, notre maison se trouve assez isolée. Elle se fond au milieu de hauts cyprès. J'ai pourtant déjà aperçu des fans grimper sur le toit d'une voiture pour regarder par-dessus notre portail ! J'étais affublée d'une robe de chambre, le visage déconfit et les cheveux en bataille ! Je me suis sentie tellement confuse et embarrassée que j'ai attrapé un râteau qui traînait là pour les repousser comme on ratisse des mauvaises herbes. Ils ont vite décampé en s'esclaffant à la façon d'un âne qui braie. Dorénavant, même dans mon propre jardin, je fais en sorte d'être toujours apprêtée et présentable.

La boîte aux lettres déborde de factures, de publicités, d'invitations, de remerciements, de contraventions (je reconnais, j'ai tendance à me garer n'importe où), de mots doux (les admiratrices de Mac). Tiens ! Un courrier d'Edgar ! Il voit Mac tous les deux jours, c'est complètement stupide ! Sans doute avait-il du temps à perdre... Une lettre est coincée dans le clapet, je vais devoir sortir pour tenter de la récupérer. J'ouvre le portail de quelques centimètres et balaye la rue d'un coup d'œil circulaire. Une silhouette me toise de l'autre côté du trottoir. Il me faut quelques secondes avant de comprendre ! Mes hallucinations reprennent de plus belle ! Maggie est là, à quelques mètres ! Cette fois-ci, elle ne cherche pas à fuir, elle s'avance vers moi. Frappée de stupeur, je recule d'un pas. Une fois encore, il n'y a personne à mes côtés pour me dire si je déraille ou non ! Elle s'approche de moi sans me quitter des yeux. Je reste pétrifiée. Un milliard de questions parcourent mon esprit. Est-elle réellement là ? La dame qui secoue un tapis à sa fenêtre la voit-elle également ? Qu'attend-elle de moi ? Cherche-t-elle à me faire du mal ? Dois-je partir en courant ? Suis-je malade ? Soudain, la voix tonnante de Mac s'échappe du jardin. Il me demande où je suis. Je n'ai pas le temps de lui répondre que Maggie s'arrête net au milieu de la chaussée.

— Je suis là !

Je me tourne vers Mac, le cœur plus palpitant que jamais.

— Qu'est-ce que tu fiches dehors ?

— Tu la vois, n'est-ce pas ? S'il te plaît, dis-moi que tu la vois aussi.

— Que je vois quoi ? De qui tu parles ?

— La femme derrière moi, sur la chaussée.

Mac bascule la tête sur le côté et lance un coup d'œil par-dessus mon épaule. Je prie de toutes mes forces pour qu'il réponde par l'affirmative.

— Je suis désolé, Madison, je ne vois personne.

— Mais c'est impossible ! Elle est juste là…

Je tourne sur moi-même. Maggie a disparu.

— Je ne comprends pas, Mac ! Maggie était juste là ! Elle était en train de traverser quand tu m'as appelée ! Comment a-t-elle pu se volatiliser aussi vite ! J'ai tout fait pour la laisser dans un coin de ma tête, mais elle refuse de me laisser tranquille !

— Madison, calme-toi… Elle est certainement partie…

— Mac, arrête ! Je suis la seule à la voir ! Cette femme n'est pas réelle ! Il n'y a aucune Maggie ! Je suis en train de perdre la boule, c'est la seule explication ! Il est temps que je prenne les choses en main !

Chapitre 11
Aux grands maux
les grands remèdes

La salle d'attente est pleine. J'étais loin d'imaginer qu'autant de gens étaient toqués du ciboulot. Je me sens moins seule tout à coup. Heureusement, il reste encore une chaise de libre. C'est à croire qu'elle attendait mon arrivée. Je ne suis là que depuis quelques minutes et je m'ennuie comme sur un rameur. J'espère que la séance sera plus captivante. Des magazines sont à disposition, des tabloïds pour la plupart. Je préfère ne pas les feuilleter. Je risquerais de rentrer dans le cabinet encore plus soucieuse que je ne le suis déjà. Les patients affichent tous une mine de déterré, c'est affligeant.

— Excusez-moi ! Depuis combien de temps consultez-vous dans ce cabinet ?

— Vingt-quatre ans environ.

— Vingt-quatre ans ! Et vous ne vous sentez pas mieux après tout ce temps ?

— Il y a des hauts et des bas.

Ce n'est pas fait pour me rassurer. Vingt-quatre ans à me coltiner cette Maggie imaginaire et je finis à l'asile !

— Mademoiselle Nichols ?

— Agent Mulder ? Mais qu'est-ce que vous venez faire ici ? Vous êtes en mission ? Quelque chose de pas clair se trame dans ce cabinet ?

Il se rapproche pour chuchoter.

— Ma sœur a été kidnappée par des extraterrestres il y a plusieurs mois. Mon chef pense que consulter un psychiatre m'aidera à la retrouver.

À retrouver la raison, il veut dire. Je comprends pourquoi Scully n'a pas accompagné son coéquipier sur ce coup-là. Je préfère de loin vivre avec mes hallucinations.

— Oh. Vous devez avoir peur pour elle…

— Je devrais, mais je n'ai pas peur.

— Vous savez pourquoi ?

— À cause de la voix.

— La voix ?

— La voix dans ma tête. Elle me dit qu'il ne lui arrivera jamais rien de mal et qu'un jour, elle reviendra.

— Ah. Et vous croyez cette voix ?

— Je veux y croire.

Ce pauvre Mulder a dû recevoir un coup sur la tête au cours d'une mission. Quel dommage ! Lui qui était si compétent.

— Et vous Mademoiselle Nichols ? Qu'est-ce que vous faites ici ?

— Moi ? Eh bien… je viens voir le docteur afin d'en découvrir davantage sur une femme qui me suit depuis un moment…

— Dans le cadre d'une enquête ?

Dans ma tête.

— Oui, c'est ça.

— Dr Quinn est merveilleuse ! Elle m'a beaucoup aidé. Grâce à elle, je sais sur quelle planète ma sœur a été emmenée. Nous sommes en train d'établir une stratégie pour que je puisse la rejoindre au plus vite.

— Quelle bonne nouvelle !

Ce médecin m'a l'air encore plus tamponné que ses patients ! Je commence à regretter d'être venue.

— Madison Nichols !

Oups ! C'est mon tour ! J'espère que son cabinet est plus accueillant que sa salle d'attente.

— J'ai été ravie de vous revoir, agent Mulder ! Je vous souhaite de retrouver votre sœur au plus vite !

Et votre bon sens.

— Je vous remercie, Mademoiselle Nichols. Bonne chance dans votre enquête ! Transmettez mes amitiés à M. Allister !

— Je n'y manquerai pas ! Passez nous rendre visite quand vous voulez !

— Oui avec plaisir, je passerai après avoir retrouvé ma sœur.

Nous ne sommes pas près de le revoir...

— Madison Nichols ! Je n'ai pas toute la journée !

— Oui, oui, j'arrive !

Sympa ce cabinet ! Il y a même une banquette pour les patients qui sont fatigués ! C'est exactement ce dont j'ai besoin.

— Alors, ça se passe comment ? Je m'allonge sur la banquette et je vous raconte tout ce qui me tracasse ?

— Nous allons commencer par le début. Vous allez me parler de votre enfance, de votre famille…

— J'aimerais assez qu'on en vienne à l'essentiel, s'il vous plaît. Une dame se prénommant Maggie en a après moi…

— Non, non, non ! Vous devez me parler d'abord de votre enfance !

— Mais quel est le rapport avec mon enfance ?

— On ne peut pas comprendre son présent sans démêler son passé au préalable.

— Et la séance dure combien de temps ?

— Trente minutes.

— Pardon ? Vous voulez que je vous fasse une séquence nostalgie de mon enfance jusqu'à maintenant en seulement trente minutes ?

— Ne vous en faites pas, nous avons tout notre temps ! Et nous nous retrouverons chaque semaine pour en discuter. Installez-vous sur le fauteuil en face de moi.

Ça promet de durer une éternité ! Je ne vais pas attendre vingt-quatre ans pour découvrir ce que signifient ces apparitions !

— Je préfère m'allonger sur votre banquette alors. J'ai plein de choses à raconter !

— Faites comme il vous plaira. Je suis à votre écoute.

— Vous me garantissez que rien de ce qui sera dit dans ce bureau ne sortira de cette pièce ?

— Je vous en fais la promesse.

— Je vous remercie. Est-ce que vous préférez que je retire mes chaussures ?

— Ce ne sera pas nécessaire.

— Dois-je fermer les yeux pour visualiser mon enfance dans ma tête ?

— Ce n'est pas une séance d'hypnose, mais si cela peut vous aider, ça ne me dérange pas.

— Ce coussin est un peu mou. Vous n'en auriez pas un plus ferme ?

— Non, je suis désolée.

— Est-ce que…

— Mademoiselle Nichols ! Les séances durent trente minutes et vous venez déjà d'en perdre dix avec toutes vos questions !

— Oups ! Excusez-moi. Je me lance.

« J'essaye de remonter aussi loin que possible dans mon esprit. J'ai besoin de réponses rapides. Je vais tenter de faire un condensé et d'aller à l'essentiel. Je commence par parler de tous ces gamins qui me raillaient pour une mèche de travers ou un tee-shirt à l'effigie de mon dessin animé préféré. Tous les matins, j'étais pointée du doigt par une bande de grognasses qui se valorisaient en rabaissant les enfants différents. Alors, j'ai pris une grande décision. Celle de leur ressembler. J'ai porté des vêtements que tout le monde portait, arrêté de me coiffer n'importe comment, écouté la musique tendance… J'ai appris à me montrer discrète. Tout était parfaitement maîtrisé. En contrepartie, je suis devenue la jeune fille la plus inintéressante qui soit ! Celle qui se fond dans le décor, celle qui passe inaperçue, celle que l'on oublie peu à peu, pour finir par disparaître complètement. Ce « moule » a absorbé mon essence et ma personnalité. Quand j'ai pris conscience de ce qui était en train de m'arriver, j'ai fait appel à mon imagination. J'ai observé les membres de mon entourage et interprété chacun de leurs faits et gestes. Derrière leurs masques se cachait forcément une histoire. Chaque personne est devenue unique à mes yeux. Les gens ordinaires n'existent pas. Il suffit de gratter un peu pour découvrir la fêlure qu'ils tentent vainement de dissimuler.

— Vous me suivez ? »

— Poursuivez, poursuivez…

Dr Quinn prend énormément de notes. Elle est captivée par mon récit. Je devrais songer à rédiger une autobiographie. Qui aurait cru que la vie de Madison Nichols susciterait un tel engouement ? Son enthousiasme me pousse à continuer. Je parcours ma vie en long, en large et en travers. Tout y passe ! Les affreux cadeaux de Susan, les amours contrariées de Kate, même les nains de jardin de ma grand-tante Dorothy sont de la partie ! Entre vous et moi, je ne vois pas en quoi cela va m'aider à comprendre pourquoi cette Maggie est apparue dans ma vie du jour au lendemain mais ça fait un bien fou ! Il n'y a plus de filtre ! Je lui ai même révélé mon quatrième prénom, c'est vous dire ! Et elle n'a même pas tiqué en m'entendant le prononcer ! D'ordinaire, les gens ont comme un air ahuri, gêné, outré, mais Dr Quinn a souri ! Son visage s'est éclairé, elle paraissait tellement heureuse pour moi.

— Nous allons nous arrêter là pour aujourd'hui.

— Déjà ? Mais ça ne fait que vingt-sept minutes ! Il manque trois minutes !

— Le temps de vous dire au revoir et elles seront déjà évaporées. D'ailleurs, une minute vient de s'écouler.

— Mais ça ne compte pas ! J'étais en train de vous dire qu'il restait du temps ! Vous me devez trois minutes de plus la prochaine fois…

— Nous venons de passer à vingt-neuf minutes, je ne vous en devrai plus qu'une.

— Mais…

— Fin de la discussion ! Je pars chercher mon ordonnancier, vous avez besoin d'un traitement.

— Un traitement ? Mais…

— Je reviens tout de suite.

Cette séance est une gigantesque mascarade ! En quoi le fait d'avoir relaté ma vie nécessite-t-il un traitement ? Je ne lui ai même pas encore parlé du sujet qui me préoccupe ! D'ailleurs, elle a laissé traîner ses notes sur son bureau. C'est un manque total de professionnalisme ! Ces informations relèvent du secret médical. N'importe qui pourrait tomber dessus ! Moi, en l'occurrence ! Je me demande bien ce qu'elle a pu écrire… Je ferais mieux de vérifier. Elle pourrait avoir mal interprété mes paroles. Voyons cela de plus près… Qu'est-ce que cette chère Dr Quinn pense de moi ? C'est une plaisanterie ? Il n'y a aucune note sur ce carnet ! Cette mystificatrice était en train de faire une partie de sudoku ! Elle n'a probablement rien écouté de ce que je lui ai raconté ! C'était pourtant très intéressant. Quelle perte de temps ! Je ne suis pas plus avancée ! Je devrais prévenir Mulder. Allez savoir à quel jeu elle joue pendant qu'il cause d'aliens et de soucoupes volantes !

— Voici votre ordonnance ! Vous en prenez bien deux par jour surtout. C'est à base de plantes, cela vous fera le plus grand bien.

Si j'étais venue pour qu'on me prescrive des plantes, je serais passée chez un herboriste !

— Oui, comptez sur moi.

Dans vos rêves !

Je la remercie entre mes dents et sors en claquant la porte de son cabinet. L'agent Mulder est le prochain sur sa liste. Il patiente sagement en attendant son tour.

— Ne vous fatiguez pas, agent Mulder ! Ne faites confiance à personne !

***

En quittant le cabinet du Dr Quinn, je ressens un besoin quasi vital d'aller m'oxygéner au parc de Hampstead Heath. Je pense vous avoir déjà parlé de cet endroit au cours de mes précédentes aventures. Les bonnes ondes de ce lieu me remettent toujours les idées en place. Il y a quelques heures, je ne pensais pas qu'un monologue sur canapé me ferait un tel effet. J'ai raconté sans me rendre compte les péripéties de mes jeunes années. Moi qui ai toujours émis des réserves à me confier, j'ai tout simplement vidé mon sac. Son absence totale de commentaires ne m'a pas plus avancée, mais j'en ai appris un peu plus sur moi-même aujourd'hui... Je me suis remémoré des moments plutôt douloureux c'est vrai, mais fort heureusement, j'en ai également gardé de très bons comme ceux passés avec ma professeure de littérature, Mlle Aguilar. Cette jeune femme timide au grand cœur nous faisait écrire et monter des pièces de théâtre. C'est en partie grâce à ses cours que j'ai pris confiance en moi. Il me semble qu'elle s'appelait Magdalena, mais nous l'appelions... Oh mon Dieu ! Je viens d'avoir une révélation ! Nous l'appelions Maggie ! Serait-ce cette femme qui me suit depuis plusieurs semaines ? Mais pourquoi maintenant ? Serait-elle passée de vie à trépas récemment ?

— Madison ?

Ma respiration vient de s'arrêter ! Maggie s'est matérialisée devant moi ! Elle m'interpelle ! Mes visions sont de plus en plus nettes. Je la distingue parfaitement ! Il me faut les plantes que le Dr Quinn m'a prescrites ! J'espère qu'elles ont un effet immédiat. Je n'aimerais pas avoir à subir ça la nuit. Imaginez qu'elle apparaisse au pied du lit comme ça, d'un coup ? Je risque de mourir d'une crise cardiaque.

— Que me voulez-vous ? Vous cherchez à passer de l'autre côté, n'est-ce pas ? Vous vous êtes fait assassiner ? Il faut que j'arrête votre meurtrier pour que vous puissiez suivre la lumière ? Mais pourquoi moi ? Il y avait un tas d'élèves dans l'école et c'est à moi de faire le plus gros du boulot ?

— Je vous demande pardon ?

— Pourquoi votre ombre se réfléchit-elle dans l'herbe ? Je pensais que les morts n'avaient pas de reflet ! Ah non, ça, c'est pour les vampires…

— Mais je ne suis pas morte !

La pauvre ne sait pas qu'elle a passé l'arme à gauche. C'est une réaction assez fréquente, paraît-il. Surtout si le défunt est décédé dans des circonstances atroces.

— Maggie, je suis désolée de vous l'apprendre de cette façon, mais vous n'êtes plus de ce monde et je suis la seule à pouvoir vous voir. Sans doute un don que j'ai occulté pendant des années… Je vais vous le prouver.

Un couple de jeunes damoiseaux se bécote sur un banc. Cette fois-ci, je ne vais pas hurler à qui veut l'entendre que je ne suis pas cinglée, mais prouver à cette femme qu'elle est bien décédée. Quelle ironie ! Nous vivons dans un monde rempli de fous et j'en fais carrément partie !

— Excusez-moi ! Pouvez-vous me dire si une femme se trouve en ce moment à côté de moi ?

À l'expression éberluée sur leurs visages, je suis en train de passer pour une déséquilibrée, mais si c'est nécessaire à l'évolution spirituelle de cette âme perdue, je suis prête à prendre le risque.

— Vous voulez parler de la dame qui se tient derrière vous ?

— Oui, celle-là même.

Une minute ! Comment sait-il de qui je parle ?

— Vous êtes médium, vous aussi ?

— Madison, je ne suis pas morte ! Je suis venue vous parler !

J'ose lui pincer le bras. Effectivement, cette femme n'a rien d'un spectre. Elle est même plutôt dodue.

— Aïe ! Mais vous êtes folle !

— Moi, je suis folle ? C'est vous qui devriez être internée ! Vous avez mis en péril mon futur mariage ! Mon fiancé et moi avons failli rompre à cause de vous !

— Je suis sincèrement désolée, ce n'était pas mon intention ! J'aimerais me faire pardonner !

— C'est inutile ! Vous en avez déjà assez fait.

— Laissez-moi vous aider à organiser votre mariage !

Mais qu'ont-ils tous à vouloir organiser mon mariage ?

— Non, merci ! La dernière fois que j'ai fait ça, je me suis retrouvée avec des statuettes horribles et mon fiancé m'en a voulu.

— Je n'interférerai pas ! Faites-moi confiance, j'ai travaillé dans l'événementiel il fut un temps, mes clients étaient très contents de moi.

— Mais vous n'êtes pas mon ancienne professeure de littérature, Magdalena Aguilar ?

— Pas du tout, je m'appelle Maggie Attenborough.

— Je n'ai pas vu ce nom dans la liste des invités au défilé de Jean-Paul Malfagoté… Je veux dire…

— Je vois tout à fait de qui vous parlez… Une amie qui travaillait là-bas a réussi à me faire entrer sans invitation…

Toute cette mascarade avec Tom pour rien du tout ! Je me serais bien passée de cette pseudo-enquête en sa compagnie.

— Et vous faites une partie de cache-cache depuis plusieurs semaines dans quel but exactement ?

— Pour tout vous dire…

Elle prend un ton grave.

— … vous me faites penser à ma fille. Je l'ai confiée à l'adoption quand elle n'avait que quelques mois. Quand je vous ai croisée pour la première fois au supermarché, j'ai eu comme un flash… Je me suis sentie si proche de vous, comme si nous nous connaissions depuis des années… Excusez-moi, je ne voulais pas vous effrayer.

Je reconnais avoir ressenti cela, moi aussi. Son visage m'était si familier. Mais elle ne peut pas être ma mère, c'est évident.

— Comment m'avez-vous retrouvée ?

— Quelques jours plus tard, j'ai vu votre photo dans le journal et j'ai appris que vous alliez participer à l'émission spéciale *Un acteur sur le point d'épouser une détective*. Je ne sais pas ce qui m'a pris, j'ai décidé de me rendre sur le tournage dans l'espoir de vous y croiser et comme par miracle, vous vous êtes retrouvée dans les toilettes avec moi !

— Je ne comprends pas Maggie, pourquoi m'avoir caché tout cela ?

— J'avais peur que vous me rejetiez et que vous me preniez pour une farfelue. Je n'ai pas osé vous en parler…

— C'est à moi que vous dites ça ? Je suis *Madwoman* ! La plus grande cinglée de Grande-Bretagne ! Vous auriez dû me raconter votre histoire dès le début, cela m'aurait évité une séance chez le psychiatre…

Même si cette séance était un bel exutoire.

— J'ai vraiment honte de moi. Je vous suivais tout en guettant le bon moment, mais j'étais terrorisée. Votre réaction au défilé m'a fait prendre conscience qu'il était grand temps que je vous parle. J'ai tenté de le faire devant chez vous, mais quand j'ai vu que vous n'étiez pas seule, je me suis ravisée. Ce parc m'a semblé être le lieu idéal…

Je reste pantoise quelques secondes. Cette femme n'a pas l'air dangereuse. Un peu échevelée certes, mais qui ne serait pas perturbé dans de telles circonstances ?

— Vous êtes pardonnée… En revanche, je ne cherche pas à vous faire de la peine, Maggie, mais je ne suis pas votre fille. Je n'ai pas été adoptée. Regardez, j'ai une photo de ma mère dans mon portefeuille. Je suis son portrait craché.

— C'est vrai que vous vous ressemblez énormément.

Ses yeux pâlissent. Maggie parle avec une tristesse légèrement indolente. Cette femme a dû essuyer énormément d'échecs. Elle devait s'attendre à une telle réponse. Une fois de plus.

— Je suis désolée.

— Ne le soyez pas. C'était il y a tellement longtemps. J'ai pris une décision stupide et je ne peux pas revenir en arrière.

— Je suis sûre que vous aviez de très bonnes raisons.

— Votre bague est somptueuse !

Elle saisit ma main pour admirer ma bague de plus près.

— Merci beaucoup. Elle a failli me faire la peau mais grâce à vos conseils, j'ai pu l'enlever très facilement et la faire agrandir.

— Votre fiancé doit tenir énormément à vous pour vous offrir un tel bijou.

— Oh oui ! Mac est merveilleux.

— Mac ? Je pensais que vous étiez fiancée à Carson Taylor…

— Carson est son nom de scène. En réalité, il s'appelle Mac Alli…

Qu'est-ce que je fiche ? Je suis en train de raconter ma vie à une parfaite inconnue !

— Peu importe.

— Quand je travaillais dans l'événementiel, j'ai côtoyé un tas de célébrités. Et ce milieu ne me fait pas du tout envie ! Tout est si superficiel.

— Oh oui ! J'ai eu tellement de mal à m'intégrer au début.

— Cela ne m'étonne pas ! Vous êtes critiquée pour un oui ou pour un non. Aucune reconnaissance ! Vous n'êtes qu'un chiffre d'affaires. Peu de personnes en sortent indemnes.

— Oui, notre couple a été mis à rude épreuve mais tout va bien désormais.

— Je suis heureuse pour vous. Encore une fois, veuillez me pardonner pour ce que je vous ai fait subir ces dernières semaines. Je vous souhaite d'avoir le plus beau des mariages !

— J'espère que vous retrouverez votre fille.

Elle esquisse un sourire.

— Au revoir, Madison.

— Au revoir, Maggie.

Maggie me tourne le dos. Elle est prête à partir et pour une raison qui m'échappe, je la retiens.

— Maggie !

— Oui ?

— Nous pourrions échanger nos numéros de téléphone... Je ne suis pas votre fille, mais rien ne nous empêche de devenir amies.

Son visage rayonne.

— J'en serais ravie, Madison !

Une joie extravagante fait bondir mon cœur ! Quelque chose me dit que cette nouvelle amitié nous réserve de belles surprises...

***

Sur le chemin du retour, je ressens le besoin irrépressible de téléphoner à Mac.

— Mac ! Faut que je te raconte un truc !

— Qu'est-ce qui t'arrive ?

— En sortant de ma consultation avec le Dr Quinn, je suis allée me promener dans le parc de Hampstead Heath et Maggie est venue me parler ! Au départ, je pensais que c'était un fantôme. J'ai même demandé à un couple qui s'embrassait si elle était réellement là. Mais comme ils la voyaient eux aussi, j'ai fini par la pincer ! Elle était bien réelle ! En chair et en os !

— Une minute, Madison ! Ralentis, je n'arrive plus à te suivre.

— Je ne souffre pas d'hallucinations, Mac ! Maggie était bien là ! Elle a cru que j'étais sa fille qu'elle a confiée à l'adoption il y a plusieurs années ! C'est pour ça qu'elle me suivait !

— Mais comment elle a pu penser ça ?

— Une intuition…

— Elle ne devrait pas suivre ses intuitions, elle n'est pas très douée.

— Oui bon, elle s'est complètement plantée, mais j'ai ressenti de la pitié pour elle. Elle cherche désespérément sa fille, je n'avais pas le cœur à lui faire mes adieux.

— Tu veux devenir sa fille de substitution ? Je ne pense pas que ça l'aide vraiment…

— Je veux seulement l'aider ! Je pourrais effectuer quelques recherches, je suis détective après tout !

— Elle te l'a demandé ?

— Non, pas vraiment…

— Elle sait que c'est ton métier ?

— Je suppose que oui. Elle l'a lu dans le journal.

— Et tu ne trouves pas cela étrange ? Elle recherche sa fille, elle sait que tu es détective, mais elle ne fait pas appel à tes services pour l'aider à la retrouver ?

— Elle ne voulait sans doute pas me déranger.

— Madison, tu devrais…

— J'en ai assez de devoir me méfier de tout le monde ! OK, j'ai fait une erreur pour Tom, mais cette fois-ci, j'ai envie de lui faire confiance. Depuis qu'on est ensemble, je suis tout le temps sur mes gardes. Je n'arrive même pas à choisir une femme de ménage ! Tu me rabâches sans cesse que je devrais lâcher prise !

— Je veux juste t'éviter une nouvelle déception.

— Mac, s'il te plaît, arrête de t'inquiéter pour moi !

— Excuse-moi, Madison. J'ai tendance à te surprotéger, mais c'est parce que je ne supporterais pas de te voir souffrir.

— Tout ira bien, Mac. Je te le promets.

— Je t'aime comme un fou. Tu en as conscience au moins ?

— La folle que je suis t'aime encore plus !

Chapitre 12
Aux essayages

Cette après-midi, j'ai proposé à Maggie de nous rejoindre Kate, Susan et moi au *London Edition*, un hôtel très chic à la décoration raffinée où je suis censée essayer de somptueuses robes de mariée sous l'œil approbateur de mes amies. Ce qu'elles ne savent pas, c'est que la robe vieillotte de ma mère est toujours dans le lot, je n'ai pas osé la remettre au placard ! Le directeur de l'hôtel a fait livrer plusieurs tenues et accessoires dans la petite pièce jouxtant la suite nuptiale. Un pêle-mêle de boîtes aux couleurs pastel sont superposées sur la table. Je dépose, le cœur lourd, les boîtes jaunies contenant la robe à froufrous de ma mère et le chapeau à large bord en haut de la pile. Elles sont comme deux grosses taches sur un tissu délicat. Une aberration ! Un magnifique gâteau tout doré et une double série de macarons attendent d'être dévorés.

Susan est la première à faire son entrée. À la vue de tous ces paquets et de ces mets délicieux, elle sautille comme une gamine devant un sapin de Noël scintillant et bien garni.

— Il y a tellement de paquets, Madison ! Comment vas-tu pouvoir choisir entre toutes ces robes ?

— C'est déjà tout vu, Susan. C'est celle de ma mère qui l'emporte.

— C'est quelle boîte ?

— Celle qui est tachetée de moisissures.

— …

— Désolée pour mon retard, les filles ! J'ai eu le malheur d'aller faire un tour au fumoir pour récupérer mes lunettes et je n'arrivais plus à sortir de la maison !

— Kate ! Ne t'en fais pas, Susan vient seulement d'arriver.

— Nous attendons une quatrième personne ? Il y a quatre coupes sur la table.

— Oui, j'ai invité Maggie.

— Maggie ? Le fantôme qui te hante depuis plusieurs semaines ? Est-ce que je dois m'attendre à une nouvelle séance de spiritisme ?

— Pas du tout ! Maggie est une vraie personne. Je vous promets de tout vous expliquer.

— Quelqu'un toque à la porte.

— C'est sûrement elle !

Un énorme paquet entouré d'un ruban blanc cache en partie le visage de mon invitée.

— Maggie ! Je suis tellement heureuse que vous ayez pu venir !

— Bonjour Madison ! Merci à vous de m'avoir invitée. Où puis-je poser ça ?

— Sur la table, avec les autres. Mais il ne fallait pas !

— Ne vous inquiétez pas ! C'est juste ma maigre contribution pour tout ce que je vous ai fait subir ces derniers temps.

— Je vous présente mes deux meilleures amies, Kate et Susan !

— Bonjour madame ! C'est donc vous que Madison voit partout depuis plusieurs semaines ?

Lorsqu'il s'agit de mettre les pieds dans le plat, Susan est une pro !

— Effectivement, je suis la frappadingue qui suivait Madison partout !

Cette réplique a le mérite de nous faire rire.

Je débouche une bonne bouteille de champagne et nous trinquons à nos nouvelles vies. Nous sommes toutes enfin comblées. Seule Maggie a le cœur brisé, mais je compte bien y remédier.

— Alors Madison ! Tu attends quoi pour déballer toutes ces boîtes ? Elles proviennent des boutiques les plus luxueuses de Londres !

— C'est inutile. J'ai promis à ma mère que je porterai sa robe. Je préfère laisser ces boîtes où elles sont. Si l'une d'elles correspond à celle que j'imaginais porter le jour de mon mariage, je n'en serai que plus déçue.

— C'est la robe qu'elle porte sur la photo qui se trouve sur son buffet ? Elle n'est pas si laide…

— C'est parce que tu ne l'as pas vue en vrai, Susan. C'est comme si je portais la nappe en broderie anglaise de ma grand-mère !

— Madison, je suis sûre que ta mère comprendrait.

— Elle attend ce jour avec impatience. Je ne veux pas lui faire de la peine.

Maggie se lève pour attraper le paquet qu'elle a apporté.

— Vous pouvez ouvrir le mien. Je vous garantis que vous ne décevrez personne.

— Oh, merci Maggie !

Je tire, impatiente, le ruban blanc. La boîte est large mais plutôt légère. J'ôte le couvercle et découvre, non pas une robe, mais à mon grand étonnement, des carrés de tissus.

— Maggie, je ne comprends pas…

— Madison, chaque personne sur cette Terre est unique. Votre mariage est un jour spécial qu'il ne faut pas négliger !

— J'ai l'impression d'entendre Mac…

— Votre fiancé est plein de bon sens ! Je voudrais que vous choisissiez les tissus et les matières qui vous ressemblent. Ce sera votre robe !

— Mais ma mère…

— Je ne vous demande pas de renoncer à la robe de votre mère, mais peut-être qu'une petite amélioration mettrait tout le monde d'accord.

— Vous voulez que je crée ma propre robe à partir de la sienne ?

— Vous avez parfaitement compris ! Les robes que vous trouvez dans les boutiques sont tellement impersonnelles !

— C'est une super idée, Madison ! Tu auras à la fois quelque chose de vieux et de neuf !

— Je ne sais pas trop quoi répondre… Qui va me la confectionner ?

— Moi ! Quelle question !

— Vous sauriez faire ça ?

— Je possède de nombreux talents cachés, vous savez !

— Vous êtes une belle personne, Maggie !

Elle me regarde dans les yeux et remet une mèche de mes cheveux derrière mon oreille de façon maternelle. Je l'étreins avec bienveillance. Je ne suis pas sa fille, mais un lien particulier nous unit.

— Madison, maintenant que ces robes sont là, autant leur faire honneur, tu ne crois pas ?

— Tu as complètement raison, Kate ! Lâchez-vous !

— Merci Madison ! Tu ne nous le diras pas deux fois !

Elles se précipitent sur les paquets. Les robes sont toutes déballées en moins de deux secondes. Je lance la musique du film *Pretty Woman* sur mon téléphone et à nous quatre, nous rejouons la scène où Julia Roberts défile sous les yeux ébahis de Richard Gere. Je m'arrête quelques secondes pour considérer mes amies. Je ne veux rien rater de ce magnifique tableau.

— Vous avez l'air soucieuse, Madison.

— Au contraire, Maggie. J'aimerais que ce moment ne s'efface jamais. Je l'admire pour qu'il reste gravé dans mon esprit.

— Je suis persuadée que vous en vivrez encore beaucoup d'autres comme celui-ci. Mac est un homme tellement prévenant. Il vous rendra heureuse.

— Vous l'avez déjà rencontré ?

— Je ne le connais qu'à travers ses films et ses interviews, mais vous parlez de lui avec tellement d'amour.

— Rencontrer Mac est la meilleure chose qui me soit arrivée. Il a changé ma vie.

— Je n'en doute pas.

— J'aimerais beaucoup vous le présenter !

— J'en serais ravie ! Mais avant cela, nous avons du pain sur la planche ! Il faut que je confectionne votre robe.

— Madison ! Il y a deux boîtes à nos noms ! Est-ce que c'est ce que je crois ?

— Oui, Kate ! Ce sont vos robes de demoiselles d'honneur ! J'espère qu'elles vous plairont !

— Ahhhh ! Merci ! Merci !

Nous laissons Kate et Susan à leur séance d'essayages pour nous isoler dans la pièce voisine. Je choisis les tissus qui me représentent le mieux. Du satin de soie pour la douceur et de l'organza pour mon côté rêche et impétueux. Maggie fait une première esquisse de la robe de ma mère. Je lui décris le style de robe que j'aimerais porter et en seulement deux coups de crayon, elle réussit à la transformer en une magnifique robe sans la dénaturer.

Je profite de cette complicité pour questionner Maggie au sujet de sa fille, mais elle se défile, prétextant que c'est ma journée et non la sienne. Je ne veux pas insister. C'est un souvenir trop douloureux qu'elle ne souhaite sans doute pas aborder au risque de « gâcher » ce moment. Je vais patienter et lui reposerai la question au moment opportun.

***

Le lendemain, Mac et moi partageons un repas avec mes parents à la maison. Je suis tellement préoccupée d'avoir à annoncer à ma mère que sa robe va finir en « macédoine de tissus » que je n'écoute plus ses atermoiements sur le repas du mariage. Je me ronge les sangs tandis qu'elle s'exalte devant les photos de pièces montées.

— Madison, ce modèle est magnifique, tu ne trouves pas ? Madison ?

— Hein ? Oh, il y a trop de jaune.

— Et toi, Mac, il ne te plaît pas ?

— Je le trouve un peu tape-à-l'œil. Tout ce jaune m'éblouit.

— Eh bien, mes enfants ! Il serait temps de vous décider ! Le mariage est dans quelques mois et vous n'avez même pas choisi le menu ! Heureusement, vous avez déjà vos tenues. Madison sera tellement belle ! Toi aussi, Mac, mais le lien qui unit une mère à sa fille est si précieux ! Cette robe est symbolique.

Cette remarque me retourne l'estomac. Qu'est-ce qui m'a pris ? Je vais lui arracher le cœur !

— Emma, tu devrais laisser les enfants respirer un peu ! Ils sont grands, ils savent ce qu'ils font.

— Norman, un mariage n'est pas un acte anodin ! C'est un jour particulier, il faut que tout soit parfait !

— Emma, c'est leur journée ! Laisse-les faire comme bon leur semble et arrête d'interférer !

— Je veux seulement les aider, je n'interfère pas du tout ! N'est-ce pas, Madison ?

— Eh bien…

— Tu vois, Norman ! Madison est d'accord avec moi !

— Pas du tout ! Elle n'a même pas répondu ! Même là, tu ne la laisses pas rétorquer !

— Tu as toujours quelque chose à redire ! Tu m'exaspères !

Misère ! Mes parents sont en train de se prendre le bec ! Nous assistons, impuissants, à un règlement de comptes. Mac les regarde, dubitatif. Il n'a pas l'habitude de ce genre d'altercation entre un mari et sa femme, il a vécu seul bien trop longtemps. Vous pensez que c'est ce qui nous attend ? Nous chamailler pour une broutille comme celle-ci ?

— Bon, je vais aller chercher le dessert !

— Attends, Madison ! Je vais t'aider !

Mes parents continuent de s'envoyer des piques. Mac et moi nous réfugions dans la cuisine. Ils n'ont même pas remarqué qu'on s'était levés de table. Même la porte fermée, leurs répliques cinglantes font écho jusqu'à nous.

— Madison, ça ne peut pas continuer comme ça ! Il faut que tu lui dises !

— Ce n'est vraiment pas le moment ! Si je lui dis que sa robe ne me plaît pas, mon père dira qu'il avait raison et elle va s'offusquer ! Tu ne connais pas ma mère ! Elle est capable de bouder pendant des semaines !

— Il n'y aura jamais de bon moment ! Elle sera triste de toute façon ! Tu ne fais que reculer l'échéance. Si tu attends, ce sera pire ! Elle t'en voudra de ne pas lui avoir dit plus tôt.

— Je sais que tu as raison, Mac, mais je suis tétanisée !

— Tu es prête à traverser un podium en plein défilé de mode pour attraper quelqu'un, mais tu ne peux pas affronter ta mère ?

— Je sais, c'est assez paradoxal.

— Tu vas sortir de cette cuisine et dire à ta mère que sa robe va être… quelque peu modifiée.

— OK, laisse-moi une seconde pour réfléchir à la façon de lui annoncer. Mon Dieu ! C'est pas du verre brisé qu'on vient d'entendre ?

— Il faut que tu interviennes, Madison !

Je respire profondément et pousse la porte de la cuisine. La bouteille de vin est explosée sur le tapis de la salle à manger et ma mère est à genoux en train de ramasser les morceaux.

— Maman ! Qu'est-ce qui s'est passé ? Arrête, tu vas te couper !

— Je suis désolée, j'ai renversé la bouteille de vin.

— Si tu arrêtais de faire des grands gestes dignes d'une actrice de théâtre, la bouteille ne serait pas tombée !

— Papa, n'en rajoute pas.

— C'est parce que tu m'as contrariée, Norman ! Je suis la mieux placée pour savoir ce qui est bon pour Madison ! Nous allons inviter tante Augusta, ça fait si longtemps qu'on ne l'a pas vue.

— Madison ne la supporte pas !

C'en est trop ! Cette bagarre de récréation commence à me taper sur les nerfs !

— Ça suffit tous les deux ! Taisez-vous !

Mes parents mettent fin à leur représentation pour m'écouter.

— Madison…

— Stop ! Je ne veux plus rien entendre ! Vous voir vous déchirer comme ça me rend malade !

— Nous chahutions, rien de plus.

— Maman, je t'aime très fort, mais c'est à Mac et moi de prendre les décisions et non à toi !

— Alors tu es d'accord avec ton père ?

— Ce n'est pas le sujet ! Mac et moi choisirons nous-mêmes le gâteau, les invités et tout le reste !

— Je veux seulement t'aider…

— Je n'ai pas besoin d'aide, maman !

— Tu es têtue comme ton père ! Heureusement, nous sommes au moins d'accord sur la robe.

Je ne peux pas laisser passer cette occasion de lui dire. Je me lance !

— À propos de ça…

Elle fait les yeux ronds.

— Je vais porter ta robe…

— J'en suis très heureuse !

— C'est pas tout ! Laisse-moi finir !

— Très bien, je t'écoute.

— Elle va subir quelques modifications.

— Qu'est-ce que tu veux dire ?

— Maggie a…

— Qui est Maggie ?

— C'est une amie. Elle m'a proposé de modifier ta robe pour la rendre plus à mon image.

— Quelle idée stupide ! Elle est parfaite ma robe !

— Maman, ta robe ne me correspond pas.

— J'avais payé cette robe une fortune ! Et elle avait fait sensation à l'époque !

— C'était il y a trente-cinq ans ! Maggie va la remettre au goût du jour pour qu'elle soit exactement comme je l'ai rêvée.

— Ce ne sera plus ma robe.

— Maman, une partie de toi subsistera dans cette robe. Elle sera la tienne et la mienne à la fois.

— Emma, ta robe a fait son temps. Laisse Madison…

— Norman, s'il te plaît, ne te mêle pas ça.

— Emma, cette robe aura une double signification pour Madison. Ne rejetez pas cette idée sans y réfléchir, s'il vous plaît.

— J'entends ce que tu dis, Mac, mais il me faut du temps pour assimiler cette nouvelle. Nous allons rentrer, je me sens fatiguée.

— Maman, attends s'il te plaît !

— Puisque cette Maggie a de meilleures idées que moi, je ne voudrais pas interférer non plus là-dedans.

— Maman, ce n'est pas ce que j'ai dit !

— Au revoir mes enfants.

J'ai l'impression d'avoir trahi ma mère. Elle m'enlace et je sens deux larmes silencieuses rouler le long de ses joues. En fermant la porte derrière elle, mon cœur s'emplit de tristesse. Je ne pensais pas la décevoir autant un jour.

— Je suis une fille monstrueuse !

— Madison, ne dis pas ça. Elle est déçue mais ça lui passera. Elle doit comprendre que c'est notre mariage et que c'est à nous de prendre les décisions. Laisse-lui un peu de temps, je suis sûr qu'elle finira par accepter.

— J'espère que tu as raison.

Mac a beau me serrer dans ses bras de toutes ses forces pour me réconforter, mon cœur ne s'en trouve pas plus adouci.

Chapitre 13
Aux explications

Maggie m'a donné rendez-vous dans un salon de thé du quartier de Saint James pendant le rush du midi. Elle a oublié qu'à peu près tout le monde à Londres connaissait ma trombine. Plusieurs clients viennent me demander de leur signer des autographes. Une jeune fille me remet une lettre pour Mac. La dernière fois qu'il a ouvert le courrier d'une fan, son admiratrice avait pris soin de glisser dans l'enveloppe une photo d'elle en tenue d'Ève avec son numéro de téléphone écrit au marqueur noir sur sa paire de … ! Bref, vous m'avez comprise ! Alors cette fois, je demande à la jeune fille d'ouvrir la lettre devant moi. Ses joues prennent tout de suite une couleur rouge pivoine et elle commence à cafouiller. Je pensais découvrir une autre photo de fan en tenue légère et finalement, je découvre un poème. Un poème brûlant et sensuel qui invite Mac à la rejoindre dans ses songes. Je lui réplique que Mac a déjà rendez-vous avec moi toutes les nuits dans notre lit et qu'il n'a pas le temps de la rejoindre où que ce soit ! Elle reprend son poème, toute penaude. Maggie me regarde, amusée.

— Vous vivez ça au quotidien ?

— Assez souvent, oui.

— Vivre aux côtés d'une célébrité n'est pas de tout repos.

— C'est vrai, mais Mac en vaut la peine.

— C'est un gentil garçon.

— Il est bien plus que ça. Je ne me vois plus vivre sans lui.

— Quand la personne que vous chérissez le plus disparaît subitement, c'est un morceau de vous-même qui vous quitte pour toujours.

Le regard étincelant de Maggie s'éteint après avoir prononcé ces quelques mots.

— Maggie, je me disais justement… Je suis détective privée. J'ai de nombreux contacts et de bons amis chez Scotland Yard…

Enfin, il ne vaut mieux pas faire appel à l'agent Mulder en ce moment…

— Je vois où vous voulez en venir, Madison, mais je ne veux pas vous déranger.

— Mais ça ne me dérange pas ! Au contraire, je voudrais tellement vous aider ! J'ai déjà mené ce genre d'enquête…

— Madison, nous sommes ici pour parler de vous et non de moi !

— Mais cela me ferait…

— Madison ! Ce ne sera pas nécessaire ! Je vous remercie sincèrement mais le sujet est clos.

Je m'y perds ! Cette femme m'a suivie pendant des semaines pensant que j'étais sa fille et du jour au lendemain, elle décide de faire une croix sur son enfant alors que je lui offre mes services de détective sur un plateau ! Ça n'a pas de sens !

— Très bien… Comme vous voudrez.

— Bien ! Nous allons enfin pouvoir discuter de votre mariage ! J'ai apporté le croquis définitif. Je n'attends plus que votre bénédiction pour me lancer dans la confection de votre robe !

Elle pose le croquis sur la table. La robe est magnifique ! La taille est soulignée et les bouts de tissus superflus qui agrémentaient la robe de ma mère ont complètement disparu.

— Maggie, elle est splendide, mais…

— Quelque chose ne vous plaît pas ? Je peux encore la modifier.

— Non, pas du tout ! Ce n'est pas ça, elle est parfaite ! Mais j'ai brisé le cœur de ma mère, hier. Je ne peux pas lui faire ça.

— Madison, les mères sont des âmes sensibles. Pour nous, vous êtes toujours nos bébés, et nous avons tendance à vouloir ce qu'il y a mieux pour nos enfants. Enfin, ce que nous pensons être le mieux… Sa réaction est légitime, mais je suis sûre qu'elle comprendra. Laissez-moi lui parler. J'arriverai à la convaincre, faites-moi confiance.

Maggie aurait-elle eu d'autres enfants ?

— Je ne sais pas si c'est une bonne idée. Ma mère est très bornée. Et elle n'a pas apprécié que quelqu'un veuille retoucher sa robe. Elle risquerait de vous réserver un mauvais accueil…

— Ne vous inquiétez pas pour ça, Madison.

Le déclic d'un appareil photo nous immortalisant met fin à notre discussion. Nos frimousses ébahies se retrouvent emprisonnées sur la carte mémoire. L'homme barbu derrière l'objectif s'esclaffe comme s'il venait de gagner le jackpot. Contre toute attente, Maggie bondit de sa chaise pour essayer de lui arracher l'appareil des mains !

— J'exige que vous effaciez cette photo sur-le-champ !

— C'est mon gagne-pain ! J'effacerai rien du tout !

— Donnez-moi cet appareil !

— Lâchez-moi ! Espèce de folle !

Je ne reconnais plus Maggie, elle s'est métamorphosée en une bête féroce. Elle s'agrippe à l'appareil photo du paparazzi comme si sa vie en dépendait. *Madwoman* s'est trouvé une concurrente. À tel point que tous les regards sont désormais focalisés sur elle. Plus personne ne me prête attention. Il faudrait quand même que j'essaye de calmer le jeu. Cette lubie risque de me retomber dessus ! « Les copines de *Madwoman* sont aussi hallucinées qu'elle ! »

— Maggie, calmez-vous ! Je sais que cette insertion dans notre vie privée est insupportable, mais c'est juste une photo de nous en train de déjeuner ! Il ne va pas faire grand-chose avec ça ! En revanche, votre manque de discernement risque de leur donner matière à écrire un « super » article ! Croyez-moi, je connais leurs techniques et je suis tombée dans le panneau plus d'une fois.

— Je ne veux pas voir ma photo étalée dans tous les journaux !

— Ne vous inquiétez pas, peu de journaux vont accepter de payer pour un cliché aussi inintéressant !

Enfin, je l'espère.

J'attrape le bras de Maggie de façon amicale pour la rassurer. Elle me pousse en arrière et mes talons se prennent dans les pieds de la chaise. Je tombe à la renverse, le popotin sur le carrelage ! Le paparazzi saute sur l'occasion pour me mitrailler ! Grâce à Maggie, il a enfin réussi à dégoter un cliché *bankable* !

— Madison ! Je suis vraiment désolée ! Je vais vous aider !

— C'est pas la peine. Vous avez fait assez de dégâts comme ça.

— Je ne sais pas ce qui m'a pris. Ce photographe m'a rendue nerveuse. Je ne veux pas apparaître dans ce genre de torchon. Ce ne serait pas bon pour mon image…

— Si vous ne voulez pas tomber sur ce genre d'individu, il ne faut pas fréquenter de personnes célèbres ! Mes amies se retrouvent sans cesse dans les journaux et elles ne m'en ont jamais tenu rigueur. Elles ont parfaitement conscience de ce qui les attend en restant à mes côtés, mais elles prennent le risque parce qu'elles tiennent à moi !

— Vous avez parfaitement raison, je suis sincèrement désolée.

Le gérant du restaurant jette le paparazzi dehors et demande aux autres clients de retourner à leurs tables. Malheureusement, il est trop tard pour revenir en arrière. Je vais encore une fois paraître ridicule aux yeux de la presse.

— J'étais comme vous au début. Je m'emportais pour un rien, puis j'ai compris que c'est exactement ce qu'ils attendent de nous. Vous venez de lui offrir un des plus beaux moments de sa carrière !

— Je n'en avais pas conscience. Je ne suis pas habituée à tant d'attention. Vous ne vous êtes pas fait mal ?

— Je ne sens plus mon coccyx. Je ferais mieux de rentrer à la maison.

— Laissez-moi vous déposer à l'hôpital !

— Ça ira, merci. On pourrait tomber sur un autre paparazzi et je ne suis pas prête pour une seconde prise !

— S'il vous plaît ! Cela n'arrivera plus, je vous le promets. Je voudrais me faire pardonner !

J'avoue avoir tellement mal à l'arrière-train que je ne me vois pas conduire. Je n'ai qu'une seule envie, m'allonger sur mon lit et ne plus bouger.

— Puisque vous insistez, raccompagnez-moi plutôt à la maison.

— Chez vous ? Est-ce que c'est vraiment prudent ?

— Ça ira, j'ai seulement besoin de me reposer. On prend ma voiture, les vitres sont teintées.

***

Maggie conduit sobrement dans l'allée qui mène à notre villa. Son regard se promène partout comme si elle cherchait quelque chose du regard.

— Vous pouvez vous garer devant le garage. Mac est déjà sorti.

— Encore toutes mes excuses pour tout à l'heure, Madison. Mon intention n'était pas de vous mettre dans l'embarras. Je ne voudrais pas que ma fille retrouve sa mère biologique dans la presse à scandale, vous comprenez. Elle doit déjà avoir une piètre image de moi après ce que je lui ai fait.

La souffrance qui émane des yeux de Maggie résonne à travers moi. Comment lui en vouloir ?

— Oublions ce qui s'est passé, Maggie. Rentrez à la maison avec moi.

— Je ne veux pas vous importuner. Votre fiancé ne devrait pas tarder à revenir…

— Mac ne va pas rentrer avant un long moment. Nous n'avons pas fini de discuter de ma future robe.

— Je vous remercie, Madison. Vous êtes une jeune fille absolument merveilleuse. Mac a beaucoup de chance de se marier avec une femme telle que vous.

— Mac est quelqu'un de très compréhensif et de très humain. Il a tellement souffert.

— Vraiment ?

— Je vous propose d'en discuter à la maison. J'ai très mal au bas des reins !

— Oh oui, bien entendu !

Je me prélasse sous la couverture que Mac utilisait lorsqu'il campait le rôle d'un S.D.F. Je l'ai gardée en souvenir. Je la trouve si symbolique. Elle me réconforte quand il n'est pas là. Elle me rappelle la jeune fille que j'étais avant et celle que je suis devenue depuis qu'il est entré dans ma vie. Maggie m'a préparé du thé et un antalgique. Pour l'heure, le paracétamol est mon plus grand soutien. J'ai le dos en compote.

— Je devrais téléphoner au médecin, vous êtes vraiment mal en point par ma faute.

— Ça va passer, Maggie, je suis une dure à cuire, ne vous inquiétez pas.

— Votre maison est si jolie. Elle est très accueillante.

— Accueillante, mais pas très bien rangée, hélas ! Je n'ai engagé personne d'autre depuis que notre femme de ménage a essayé de m'assassiner l'année dernière.

— Oh mon Dieu, mais c'est affreux !

— La vie est loin d'être un long fleuve tranquille.

Je lance une grimace. Mes douleurs lombaires viennent de me rappeler à elles.

— Je vais vous chercher un autre coussin !

Les yeux de Maggie s'arrêtent sur une photo de Mac et moi prise sur la plage de Porthcurno dans les Cornouailles. Ce jour-là, un vent furieux nous fouettait le visage et nous avions du mal à garder notre sérieux pour la photo. Mac était assis derrière moi et mes cheveux lâchés venaient lui chatouiller le visage. Nous avons explosé de rire et c'est à ce moment-là que Mac a pris la photo. Elle nous représente tellement bien. Nous étions nous-mêmes, insouciants et hors du temps. Un sourire mélancolique se dessine sur le visage de Maggie.

— Vous allez bien, Maggie ?

— Oui, je trouve cette photo magnifique. Elle est si naturelle, prise sur le vif. Sans faux-semblant.

— Mac dit souvent ça. Il dit qu'on peut voir à travers nous sur cette photo.

— Il a parfaitement raison. Vous semblez tellement amoureux. Mac est un bel homme. Aussi beau dehors que dedans. Il a souffert, me disiez-vous ?

— Oui, avant d'être la personne qu'il est devenu, Mac a subi beaucoup d'épreuves. Ses parents ont profité de lui, de son argent et de sa notoriété. Son père le faisait travailler sans relâche jusqu'à épuisement. Mac n'avait pas d'amis, personne avec qui jouer. Seul le travail comptait. Son père n'hésitait pas à le corriger s'il ne lui obéissait pas…

— C'est si triste ! Et sa mère ?

— Mac me parle très peu de sa mère. Il dit juste qu'elle n'a rien fait pour l'aider.

— Quelquefois, les choses ne sont pas aussi simples qu'il n'y paraît. Il y a toujours la face cachée de l'iceberg. Plonger dans son passé peut se révéler nécessaire pour démêler le vrai du faux.

— Oui, sans doute. Maggie, que savez-vous de votre fille ?

— Elle était si belle. Quand elle est née, elle avait déjà énormément de cheveux. Des cheveux blonds comme le soleil, exactement comme les miens ! Son regard était tellement expressif ! J'avais l'impression de percevoir son âme à travers ses yeux. Je suis sûre qu'elle a accompli de grandes et belles choses. Mais je l'ai abandonnée lâchement à la moindre difficulté. Elle doit me détester à l'heure qu'il est. La rechercher était une très mauvaise idée. Elle est sûrement très heureuse désormais. Je ne peux pas entrer dans sa vie du jour au lendemain et tout chambouler.

— Peut-être qu'elle vous recherche depuis toujours. Vous ne devez pas baisser les bras. Je pourrais vous aider. Si vous me donnez plus de précisions, comme sa date et son lieu de naissance, je pourrais…

Maggie me tourne le dos. Elle réprime un sanglot.

— Oh, je suis désolée, Maggie ! Je ne voulais pas vous rendre triste.

Épuisée par trop d'émotions, elle essuie ses larmes du bout des doigts avant de prendre une grande inspiration.

— Je préfère qu'on n'en parle plus, Madison. Ma décision est prise. C'est du passé. Je vais confectionner votre robe comme convenu, et ensuite…

Elle s'interrompt.

— Ensuite ?

— Je… rien d'important.

Le mugissement de la sonnette suspend notre conversation. Maggie récupère toutes ses affaires à la hâte et se presse vers la porte située à l'arrière de la maison.

— Maggie, qu'est-ce que vous faites ? Vous n'allez pas partir maintenant ?

— Je ne veux pas vous déranger, vous et votre fiancé n'avez pas besoin de moi dans vos pattes !

— Mac a ses clefs, ça ne peut pas être lui ! Et même si c'est le cas, vous pouvez rester. Je suis sûre que Mac serait ravi de vous rencontrer.

Je me hisse du mieux que je peux du canapé. Mon dos n'a pas dit son dernier mot, il tente de me dissuader d'aller jeter un œil au visiophone. Ma vue se brouille ! C'est ma mère ! Elle ne pouvait pas plus mal tomber ! Après la scène qu'elle a faite à mon père hier soir, je vous laisse imaginer sa réaction quand elle rencontrera la femme qui a réussi à me convaincre de morceler sa robe.

— Oh non !

— Qu'est-ce qu'il y a, Madison ? Ça ne va pas ?

— C'est ma mère ! Après le dîner d'hier, elle est certainement revenue pour me balancer ce qu'elle a sur le cœur !

— Eh bien, je pourrais essayer de la convaincre…

— Vous ne la connaissez pas ! Elle va jouer sa victime pour nous faire culpabiliser ! Si elle vous voit ici, j'ai peur qu'elle se braque. Vous devriez attendre à l'étage ! Je préfère tâter le terrain avant.

— Mais…

— Ne perdez pas de temps ! Vite ! Montez !

— Très bien…

Je déglutis et réponds à ma mère d'un ton jovial, histoire de détendre l'atmosphère d'entrée de jeu.

— C'est toi, maman ! Quelle bonne surprise ! Qu'est-ce qui t'amène ?

— J'ai besoin de te parler.

— Tu vas bien ?

— Tu comptes me laisser dehors longtemps ? Ouvre-moi, enfin !

— Oh oui, pardon !

Le portail s'ouvre. J'aperçois ma mère arpentant l'allée d'un pas résolu. Misère ! Elle porte un paquet ! Ne me dites pas que ce sont des accessoires pour « embellir » sa robe ! Elle a son air des mauvais jours. La poisse ! Je l'attends sur le perron. Mon sourire figé jusqu'aux oreilles la laisse de marbre.

— Maman ! Je suis contente de te voir ! Tu as l'air…

De mauvaise humeur.

— Mais pourquoi tu es pliée en deux ? Tu t'es fait mal ?

— Rien de méchant, je suis tombée tout à l'heure et je me suis fait mal au bas du dos.

— Tu devrais t'allonger sur le canapé, je vais te faire chauffer du thé…

Son regard se pose sur la table basse.

— Ah ! Je vois que c'est déjà fait.

— Oui, j'ai bu un thé tout à l'heure.

— Il te faut une bouillotte, est-ce que tu as ça chez toi ? Je peux aller la chercher.

Ma bouillotte se trouve à l'étage. Si ma mère monte la récupérer, la guerre sera déclarée !

— Maman, assieds-toi. Ça ira très bien !

— Tu as encore couru derrière un suspect ?

— Pas vraiment, juste une étourderie.

— …

Un silence pesant m'oblige à mettre les pieds dans le plat. La pauvre Maggie est coincée à l'étage depuis vingt bonnes minutes, il faut rentrer dans le vif du sujet sans plus tarder.

— Tu voulais me parler ?

— Effectivement… J'ai retrouvé les chaussures qui vont avec la robe…

Oh non !

— Maman…

— Attends ! Laisse-moi parler ! J'allais les jeter, mais je tenais à te les montrer avant. Tu les trouveras sans doute affreuses, mais je ne voudrais pas avoir de regrets.

— Maman, je sais très bien où tu veux en venir ! Tu cherches à me faire culpabiliser ! Rien ne t'oblige à les jeter.

— Tu as raison, je vais les vendre sur Internet. Elles feront sûrement le bonheur de quelqu'un, puisque ma propre fille n'en veut pas !

— Maman, tu pourrais au moins essayer de comprendre !

— Je comprends que ma fille…

— Votre fille est une personne formidable !

Juste ciel ! Maggie nous a rejointes dans le salon ! Ma mère la fusille du regard, ça sent le roussi. J'aurais préféré que Mac soit là, je ne me vois pas livrer bataille toute seule cette fois. Ces deux femmes vont finir par m'achever !

— Qui êtes-vous ?

— Je suis Maggie, une amie de Madison.

— Ah ! Vous êtes la personne qui a eu la merveilleuse idée de proposer à ma fille de découper ma robe !

— Ce n'est pas tout à fait ça. Je lui propose de lui confectionner une robe à partir de la vôtre. Une robe qui correspondra davantage à sa personnalité.

— Et que savez-vous de la personnalité de ma fille ? Je suis sa mère, je la connais depuis toujours, contrairement à vous !

— Il ne m'a pas fallu longtemps pour comprendre que votre fille fait passer le bonheur des autres avant le sien, alors qu'il s'agit de son mariage !

— Ma fille n'a pas toujours les idées claires et refuse systématiquement d'écouter nos conseils !

— Votre fille n'a pas besoin d'être conseillée, mais d'être entendue !

— Je suis là, je vous rappelle ! Maman, laisse une chance à Maggie, s'il te plaît. Tu es ma mère, personne ne te remplacera !

— Quand tu étais petite, tu montais au grenier pour essayer ma robe et je te voyais t'admirer dans le miroir, fière de toi. J'ai toujours cru que tu voudrais la porter pour ton mariage. Tu aimais tellement cette robe.

— Ce n'est pas de moi que j'étais fière maman, c'était de toi ! Je voulais tellement te ressembler ! Tu es la personne que j'admire le plus au monde. Tu m'as inspiré ta force et ta détermination. Je suis si chanceuse de t'avoir dans ma vie. Mais te ressembler ne signifie pas être toi ! Cette nouvelle robe aura un peu de nous deux.

— Madame Nichols, laissez-moi au moins vous montrer le croquis de sa robe, vous constaterez par vous-même que je ne l'ai en rien dénaturée. Je ne cherche absolument pas à prendre votre rôle de mère !

Ma mère garde le silence et les yeux baissés. Elle se pince les lèvres. Maggie et moi nous regardons d'un œil inquiet. Nous avons joué toutes nos cartes. Si ma mère refuse de laisser une chance à cette robe, je devrai m'attendre à des représailles jusqu'à la fin de mes jours. Se marier n'a rien de simple. Je comprends pourquoi de plus en plus de personnes passent outre cette institution.

— Maman ? Tu vas bien ?

Ma mère sort enfin de son mutisme. Elle acquiesce avec un léger sourire.

— Faites-moi voir cette robe.

Je relâche mes épaules de soulagement. J'aime ces petits moments de calme avant la tempête. Croisons les doigts pour qu'elle trouve la robe à son goût, même si je suis légitimement la seule personne à qui elle devrait plaire. Mais je n'ai plus la force de me battre. Je dépose les armes. Ou plutôt le croquis. J'attends sa réaction avec impatience et appréhension. Je retiens mon souffle. Le verdict est sur le point de tomber et pour cette fois, je suis moins sûre de moi. Je vais perdre cette affaire, je le sens ! Nous n'avons pas douze hommes en colère mais une femme qui les vaut tous ! Son visage reste impassible. Mon pouls s'accélère. Elle fronce les sourcils, c'est mauvais signe. J'ouvre bêtement la bouche comme un poisson rouge pour l'inciter à parler, mais elle reste sans voix. Soudain, au moment où l'on s'y attend le moins, la sentence est énoncée.

— Je reconnais qu'elle est plutôt jolie…

Je saute de joie ! Littéralement. Au point d'en oublier mes douleurs lombaires ! La chute a été fatale ! Je réprime une grimace. Aïe !

— C'est vrai ? Elle te plaît ?

— Tu as très bon goût, ma chérie ! Comme ta mère !

— Tu ne m'en veux plus ?

— Si quelqu'un m'avait proposé cette robe il y a trente-cinq ans, c'est celle-ci que j'aurais choisie… Tu avais raison, Madison. Ma robe a fait son temps. J'ai voulu revivre mon mariage à travers le tien. Je suis désolée. Maggie, vous avez fait un merveilleux travail ! Votre création correspond tout à fait à ma fille ! Vous offrez une seconde vie à ma robe. Le grenier l'a assez vue ! Veuillez excuser mon attitude. Je suis quelqu'un de borné.

Telle mère telle fille.

∗∗∗

Cette journée m'a éreintée. Maggie a quitté la maison en même temps que ma mère. J'espère qu'elles ne se sont pas crêpé le chignon une fois le nez dehors. Je me suis calée au fond de mon lit avec mon ami. Pas d'inquiétude ! Je veux parler de Monsieur Paracétamol.

— Coucou, chérie !

— Mac, si tu savais la journée de folie que j'ai passée !

— Qu'est-ce que tu fais avec cette bouillotte sous tes fesses ? Et c'est quoi ces cachets sur la table de chevet ? Tu t'es fait mal ?

— Maggie est sortie de ses gonds quand un paparazzi nous a prises en photo au restaurant ! Elle m'a poussée sans le vouloir et je me suis affalée sur le carrelage ! Elle m'a raccompagnée à la maison pour se faire pardonner, mais ma mère a débarqué à l'improviste !

— Cette rencontre a dû faire des étincelles.

— C'est le moins qu'on puisse dire ! Mais finalement, tout s'est arrangé. Ma mère a enfin accepté le sort réservé à sa robe. Et toi, ta journée ?

— Moins palpitante que la tienne, je suis déçu d'avoir raté ça ! Je file sous la douche et je te rejoins. Tu m'as manqué. Tiens ! Qu'est-ce que c'est ?

Mac se baisse pour ramasser quelque chose sur le pas de la porte.

— Tu as perdu une boucle d'oreille ?

Je secoue la tête.

— Ce n'est pas la mienne. Je ne porte pas de perles.

— C'est étrange. Qu'est-ce qu'elle fait là, alors ?

— Maggie est restée seule à l'étage quelques minutes le temps que j'accueille ma mère. Elle l'a probablement perdue à ce moment-là. Je la lui rendrai la prochaine fois.

— Ma grand-mère avait des boucles d'oreille comme celle-ci…

Chapitre 14
Au diable !

J'ai bien cru que l'organisation de ce mariage me donnerait des cheveux blancs, mais finalement, tout s'est arrangé. L'agence écossaise des monuments historiques a accepté que notre mariage soit célébré dans les ruines du château. Maggie et ma mère s'entendent comme larrons en foire, et Mac et moi avons enfin trouvé le temps de choisir le menu. Susan a décidé de suivre des cours pour devenir organisatrice de mariages professionnelle et, entre vous et moi, cette formation ne sera pas de trop. Nous avons décidé de lui laisser une chance. Ne vous affolez pas ! Nous prenons toutes les décisions ensemble. Susan se contente de passer les commandes.

Je sors rejoindre Mac au *Sushi Samba*, un restaurant à deux pas de Liverpool Street Station. Mac avait rendez-vous ce matin avec un producteur dans le quartier. Quant à moi, j'ai finalisé les derniers préparatifs. Il me restait quelques invitations à envoyer, dont celle de tante Augusta. J'ai longuement hésité avant de la glisser dans la fente de la boîte aux lettres. C'est une vieille femme aigrie qui prend plaisir à critiquer tout le monde, et elle ne fera pas exception à notre mariage. Vous pensez qu'elle pourrait décliner l'invitation ? Aucune chance ! Vous ne connaissez pas ma tante. Conférer des critiques est sa raison de vivre. Elle ne va pas rater cette occasion. Je l'installerai à la même table que ma grand-tante Dorothy. Elle l'assommera à coup d'histoires de nains de jardin !

Le serveur me conduit jusqu'à notre table. Mac n'est pas encore arrivé, il ne devrait plus tarder. Je parcours rapidement la carte, le temps de patienter. Le nez plongé dans la liste des menus, je ne vois pas tout de suite la personne qui vient de passer les portes du restaurant. Je jette un œil vers l'entrée, quand mon regard croise celui de Tom ! Il est accompagné d'une femme blonde refaite de haut en bas. Je baisse les yeux, espérant qu'il m'ignore, mais il n'en fait rien. Il se dirige droit vers moi ! Je suis à deux doigts de me lever pour sortir du restaurant, mais après réflexion, je n'ai rien à me reprocher, ce n'est pas à moi de quitter les lieux.

— Madison ! Je suis surpris de te voir ici, mais pas étonné de te trouver seule à table. Carson se fait encore désirer ?

— Tom, quelle mauvaise surprise ! Comment va ton nez ?

— Tu as raison, le sarcasme est la meilleure des défenses.

— Fiche-moi la paix ! Retourne voir ta blondasse peroxydée !

— C'est bien ce que je compte faire, mais avant cela, je tenais à te donner un conseil.

— Tu peux te le garder !

— Écoute-moi bien ! Je vais détruire la carrière de Carson Taylor ! Les plus beaux rôles vont lui passer sous le nez et son nom disparaîtra des affiches pour se retrouver dans la presse à scandale ! Edgar ne pourra plus rien faire pour son petit protégé. Alors si j'étais toi, je prendrais vite le large avant de tomber avec lui !

— Tu pourras tenter ce que tu veux, Tom, il y a une qualité que tu ne lui enlèveras jamais. Le talent ! Tu sais, cette chose que tu aimerais tant avoir mais dont tu es totalement dépourvu ? Ta belle gueule t'a bien aidé jusqu'ici, mais la beauté n'est pas éternelle. Il suffit de voir la blonde qui t'accompagne.

— Continue de jouer l'autruche, Madison. Je t'aurai prévenue.

Tom rebrousse chemin, mais en partant, il balance au sol les couverts de Mac. Cet abruti m'a coupé l'appétit. Mac vient d'entrer dans le restaurant. J'ai le cœur au bord des lèvres.

— Désolé, chérie ! Il y avait du monde sur la route. Ça fait longtemps que tu attends ?

— Seulement quelques minutes.

— Je meurs de faim ! Tu as commandé ?

— Non, j'ai préféré t'attendre.

— Ça va ? Tu parais contrariée.

— Tom est venu me parler…

— Tom ? Il t'a fait du mal ? Il est ici ? Mon poing sur la gueule ne lui a pas suffi ? Il va voir…

— Mac ! Rassieds-toi ! S'il te plaît, je ne tiens pas à envenimer la situation !

— Qu'est-ce qu'il t'a dit ?

— Il veut faire couler ta carrière ! Je suis désolée, tout est ma faute ! Si je n'avais pas fait appel à lui, rien de tout cela ne serait arrivé. Je ne t'ai pas écouté alors que tu m'avais prévenue.

— Oublie ça, Madison ! Tom est un grand baratineur. Il cherche seulement à se relever dignement de l'humiliation qu'il a subie. Ne t'inquiète pas pour ça.

— J'espère que tu as raison. Je m'en veux tellement.

— Madison, pense uniquement que je t'aime et que nous allons nous marier, OK ?

— Oui, Mac.

Pour être honnête avec vous, le repas a du mal à passer. Je ressasse les paroles de Tom et j'ai très peur pour Mac. Tom est vil, il ferait n'importe quoi pour le démolir. Quelques mensonges à la presse, une photo sortie de son contexte et tout peut s'écrouler. J'aimerais croire que le talent suffit, mais ce n'est pas toujours vrai, malheureusement. Le serveur nous apporte une bouteille d'un de ses meilleurs champagnes.

— Tu as commandé du champagne avant mon arrivée ?

— Désolée de te décevoir, mais ce n'est pas moi.

— C'est une erreur, monsieur, nous n'avons rien commandé.

— C'est offert par le jeune homme là-bas.

Tom nous salue à l'autre bout de la salle. J'ai envie de l'étriper ! Mac bondit de sa chaise !

— Je vais aller lui dire deux mots !

— Mac, rassieds-toi ! Ça ne sert à rien ! Il cherche à te provoquer ! Ne rentre pas dans son jeu. Tu as dit toi-même qu'il était trop fier pour rester sur une défaite.

— Je ne le laisserai pas gâcher notre repas !

— Ignore-le, Mac ! S'il te plaît !

Le visage de Mac s'enflamme. Il serre les poings. La dernière fois que je l'ai vu dans cet état, c'est quand un chauffeur avait refusé qu'il monte dans son taxi parce qu'il avait l'allure d'un S.D.F. Nous n'étions pas encore en couple à l'époque.

— Dites à ce jeune homme qu'il peut s'étouffer avec !

Le serveur nous regarde, les yeux écarquillés, avant de repartir en direction des cuisines. J'étouffe un rire.

— Tu crois vraiment qu'il va lui dire ça ?

— Non ! Et c'est bien dommage !

Mon téléphone se met à vibrer, c'est un message de Maggie.

— Tout va bien, Madison ?

— Maggie a fini de confectionner ma robe ! Tout se concrétise, Mac ! Dans quelques mois, nous serons enfin mariés. J'ai tellement hâte de l'essayer !

— Eh bien, fonce ! Qu'est-ce que tu attends ?

— Je ne vais tout de même pas t'abandonner ici ! Nous n'avons même pas encore commandé le dessert !

— J'apporterai des gâteaux de chez *Harrods*. Je te retrouverai à la maison après.

— Tu es sûr ?

— Ne perds pas de temps ! J'ai tellement hâte de te voir dans cette robe !

— Merci, merci, mon amour !

J'embrasse Mac avec fougue. Les clients nous regardent, amusés. Je viens même d'en voir un pointer son téléphone portable vers nous pour nous prendre en photo. Je ne vois aucun inconvénient à ce que ce cliché apparaisse dans la presse ou sur les réseaux. Ce client a mon approbation ! Tout le monde doit savoir que Madison Nichols est folle amoureuse de son futur époux !

— N'en profite pas pour aller casser la gueule à Tom, hein ?

— Tom ? Je ne vois pas de qui tu veux parler.

— Je préfère ça ! Je file ! Je t'aime, Mac.

— Je t'aime aussi !

***

Je retrouve Maggie au *London Edition*. Elle m'attend dans le hall de l'hôtel avec une énorme boîte dans les mains. Je suis impatiente et angoissée à la fois. Cette robe était splendide sur le croquis, mais sur ma silhouette, je n'en dirais pas autant.

— Madison ! Merci d'être venue aussi vite.

— J'étais si impatiente que j'ai abandonné Mac à son propre sort ! Je suis une femme cruelle.

— Quand Mac vous verra dans cette robe, il vous remerciera de m'avoir rejointe si vite, croyez-moi ! Le directeur de l'hôtel m'a dit que nous pouvions nous installer dans la même pièce que la dernière fois…

— Attendez ! Nous pourrions aller chez moi. Que diriez-vous de venir boire le thé ? Ce serait enfin l'occasion de vous présenter Mac. Ne vous inquiétez pas, il ne mord pas !

— C'est très gentil à vous, mais je ne pense pas que ce soit une bonne idée. Il pourrait voir la robe et vous savez ce qu'on dit…

— Je ne crois pas à toutes ces sornettes ! Il finira bien par me voir la porter de toute façon.

— C'est avant tout une tradition ! Votre futur époux découvrira votre robe le jour de votre mariage, c'est ainsi que cela doit se dérouler.

— Très bien ! Dans ce cas, allons chez vous. Ce sera moins impersonnel que dans cet hôtel ! Vous habitez loin ?

— Je suis gênée, mon appartement est très mal rangé…

Mais pourquoi diable me sert-on systématiquement cette excuse pour m'empêcher de mettre les pieds quelque part ?

— Peu m'importe, Maggie ! Vous avez vu dans quel état se trouve ma maison ? On dirait une reconstitution de Fort Alamo ! Mac pourrait y tourner un film de guerre !

— Dans ce cas… laissez-moi passer un coup de balai avant d'entrer. Votre villa est tellement somptueuse… Je me sens un peu honteuse de vous accueillir dans un appartement aussi modeste que le mien…

— Vous n'avez pas à vous en faire pour ça, Maggie. Jamais je ne vous jugerai sur l'apparence de votre foyer, ou de quoi que ce soit d'autre d'ailleurs.

— Très bien. Allons-y.

***

Maggie habite à Canning Town, un quartier peu accueillant et très éloigné de Hampstead. Les rues sont désertiques et les quelques boutiques environnantes ne sont guère attractives. Une myriade d'antennes paraboliques agrémentent la façade d'un immeuble en briques rouges. Son appartement se trouve au premier étage, juste au-dessus d'un restaurant *KFC*. Des effluves de poulet frit nous suivent jusque dans les escaliers. Quelque chose me turlupine. Pourquoi Maggie faisait-elle ses courses aussi loin de chez elle ? Un supermarché deux fois plus grand que la supérette de M. Ghadavi se trouve à quelques pas de son appartement.

— Patientez quelques minutes, je vais ranger rapidement mon appartement !

— Mais je…

Maggie vient de me claquer la porte au nez. Les murs s'effritent et nous entendons distinctement les voisins se quereller (ou s'extasier, j'hésite encore).

— Tout va bien, Maggie ? Je commence à me sentir un peu seule.

— Encore un instant !

Une dizaine de minutes plus tard, la porte s'ouvre enfin. Maggie se décale pour me laisser entrer.

— Pardon ! Il y avait plus de désordre que je ne le pensais.

— Je vous remercie ! Dis donc, c'est très…

Vide ! Que pouvait-elle bien avoir à ranger ? Hormis un canapé, une table et une minuscule étagère, le salon ressemble au désert de Gobi.

— Je peux vous offrir à boire ?

— Je veux bien un verre de jus de fruits, s'il vous plaît.

— Je suis désolée, je n'ai que de l'eau.

— De l'eau ira parfaitement.

— J'ai peut-être de quoi vous faire un thé… Je vais regarder.

Maggie part dans la cuisine en quête du sachet perdu. Pendant ce temps, j'admire les quatre murs éplorés d'être dépourvus de cadres et de tableaux. Les voisins continuent de se quereller, ils ont l'air d'apprécier. Leur dispute est ponctuée de soupirs, de cris et de pleurnicheries. Ce serait moi, il y a fort longtemps que j'aurais été leur dire deux mots !

— J'ai trouvé un sachet derrière ma gazinière !

— Génial ! Vous voulez qu'on se le partage ?

— Non, je n'ai pas très soif, ne vous en faites pas pour moi.

— Merci Maggie. Je suis désolée de m'être imposée comme ça chez vous…

— Ne vous excusez pas, vous avez bien fait. Je vis seule depuis trop longtemps. Cela me fait du bien d'avoir de la visite.

— Si je peux me permettre, je connais une décoratrice d'intérieur qui pourrait réaliser des merveilles ! Laissez-moi vous offrir ses services. Je vous dois bien ça après tout ce que vous avez fait pour moi. Notre rencontre est une véritable bénédiction !

— Vous étiez tellement éblouissante quand Mac vous a demandée en mariage à l'avant-première de *Jack l'Éventreur*. Je vous regardais du fond de la salle, les larmes aux yeux. J'étais si heureuse pour vous deux.

Je souris machinalement, quand un détail me fait tiquer.

— Je pensais que la première fois que vous m'aviez croisée, c'était à la supérette ?

— Oh… oui, bien sûr ! Je voulais dire que c'était la première fois que je vous parlais…

— …

— Et si nous passions aux choses sérieuses ? Que diriez-vous de découvrir enfin votre robe ?

— Oui, j'ai tellement hâte !

Maggie dépose la boîte sur la table basse. Des papillons me chatouillent le ventre. Cette sensation s'intensifie quand je commence à détacher le ruban qui entoure le paquet. Mes mains tremblent et mon cœur tambourine d'impatience. J'ôte enfin le couvercle puis déplie soigneusement le papier mousseline protégeant ma robe. J'ai tellement peur de la salir que je n'ose la sortir de son emballage.

— Eh bien, Madison ! Qu'attendez-vous ? Essayez-la ! La salle de bains se trouve sur votre droite.

La vieille robe de ma mère s'est métamorphosée ! Je reconnais le brocart et la dentelle de Calais mais les froufrous qui me faisaient ressembler à une énorme plante herbacée ont tous disparu ! Elle est fluide, sobre et élégante. Sa coupe Empire affine ma silhouette et la traîne est assez courte pour ne pas faire trébucher quelqu'un. La fine dentelle sur les bras ne me démange plus. Le décolleté en V et le dos nu plairont certainement beaucoup à Mac. Elle est encore plus belle que dans mes songes.

— Elle est magnifique, Maggie !

— Vous êtes tellement belle Madison, je suis ravie qu'elle vous plaise !

— Maggie, je tiens à vous payer. Vous avez fait un travail remarquable, c'est le moins que je puisse faire pour vous remercier.

— Il en est hors de question. C'est un cadeau !

— Mais, ça me gêne… vous…

— Madison, c'était convenu comme ça depuis le début. Votre sourire est le plus beau remerciement que vous puissiez me donner.

— Dans ce cas, venez à notre mariage ! Ça me ferait tellement plaisir de vous avoir à notre table !

— C'est très gentil à vous, mais je ne suis pas très à l'aise quand il y a du monde…

— S'il vous plaît, Maggie ! J'insiste !

— Eh bien, je vous promets d'y réfléchir.

— Super ! Je vais prévenir Mac !

En quittant l'appartement de Maggie, je réalise que je ne lui ai pas donné d'invitation en bonne et due forme. J'attrape dans mon sac à main une invitation que j'ai fait imprimer en plus par erreur pour la déposer dans sa boîte aux lettres. Seulement, à ma grande surprise, aucune d'elle ne porte le nom de Maggie Attenborough.

De retour à la maison, je confie mon étonnement à Mac.

— C'est très étrange, je n'ai pas vu son nom sur les boîtes aux lettres, dis-je tout en avalant les gâteaux qu'il m'a rapportés de chez *Harrods*.

— Elle a peut-être un autre nom d'usage, comme son nom d'épouse.

— Je ne connais pratiquement rien d'elle. Quand j'essaye d'en apprendre davantage sur sa vie, elle dévie le sujet, comme si elle cachait un grand secret. Arrête avec ce regard !

— Quel regard ?

— Ton regard qui signifie « je te l'avais bien dit » !

— C'est seulement mon regard étonné !

— Elle est tellement gentille avec moi. Ma robe est magnifique, je ne comprends pas sa démarche. Elle vit très modestement et elle a refusé que je la paye.

— Peut-être qu'une conversation avec elle s'impose.

— Tu as raison, Mac. Il faut que je tire cette histoire au clair.

Chapitre 15
Au vu et au su de tous

Je prends comme excuse l'invitation que je n'ai pu remettre à Maggie, pour retourner en direction de Canning Town. J'ai toujours détesté les visites impromptues, mais cette méthode est miraculeuse pour coincer un suspect. Pris sur le vif, il n'a d'autre choix que de s'expliquer. Gabardine sur le dos et lunettes de soleil sur le nez, j'attends en bas de l'immeuble qu'une âme charitable veuille bien ouvrir la porte pour que je puisse entrer. Douze minutes que je fais le pied de grue, je commence à avoir mal aux chevilles. Personne ne sort de ce fichu bâtiment ! Les effluves de poulets prenant un bain d'huile me donnent la nausée et les autochtones me regardent de côté, il me faut agir ! Je décide d'appuyer sur un interphone au hasard. Mon doigt fait route sur l'appartement numéro 43. Un vieux monsieur à la voix fébrile me répond.

— Qui est-ce ?

— Bonjour, je suis Madison Nichols, détective privée, pouvez-vous m'ouvrir s'il vous plaît ? Je mène une enquête de la plus haute importance !

— Hortense est morte il y a quinze ans !

— Non, je dis que je mène une enquête TRÈS IM-POR-TAAANTE !

— Désolé, je n'ai pas de tante.

— Je suis détective privée, je dois absolument ENNN-TREEER !

— Je ne m'appelle pas André ! Vous faites erreur !

— Je veux…

Je rêve, il vient de me raccrocher au nez ! Par chance, une dame est en train de secouer une couverture par la fenêtre ! Je mets les mains en entonnoir autour de ma bouche.

— Excusez-moi ! Je suis détective, j'ai besoin d'entrer, pouvez-vous m'ouvrir ?

La dame tourne la tête et fait mine de n'avoir rien entendu. C'en est trop ! Je n'aime pas jouer cette carte, mais il est vital de la sortir si je veux avancer dans cette affaire ! Je retire mes lunettes et plaque mes cheveux derrière mes oreilles pour dégager mon visage.

— Je suis Madison Nichols, la fiancée de Carson Taylor !

Elle se tourne enfin vers moi. Ces quelques mots sont magiques ! Je vois d'en bas son visage rayonner de bonheur, j'ai réussi à lui décrocher un sourire. Heureusement que Mac est adulé un peu partout.

— Madison Nichols ! Je n'en reviens pas ! Si vous saviez à quel point j'adore Carson ! J'ai tous ses films en DVD ! Oh, il faut que je prévienne ma sœur !

— Je vous promets de vous envoyer un autographe, mais s'il vous plaît, ouvrez-moi !

— Oh oui, pardon ! Je vous ouvre tout de suite !

Le grésillement m'annonce que je peux pousser la porte. L'admiratrice de Mac m'attend dans les escaliers.

— Bonjour Mademoiselle Nichols, je m'appelle Berthe !

Mes oreilles saignent. Je rencontre enfin une personne qui souffre du même mal que moi.

— Berthe ! Et vous le vivez bien ?

— Oui, pourquoi ?

— Pour rien. C'est sans importance.

— Voulez-vous entrer quelques minutes ? Je peux vous offrir quelque chose à boire ou à manger ?

— C'est très gentil à vous, mais je suis ici pour une enquête. Pouvez-vous me renseigner ?

— Oui, bien entendu !

— Connaissez-vous le nom de la personne qui habite l'appartement au bout du couloir ?

— C'est une personne très discrète qui ne sort quasiment jamais de chez elle. Son nom est Caitlin Jensen. Elle baisse le regard chaque fois qu'elle croise quelqu'un dans les escaliers.

— Caitlin Jensen ? Vous en êtes certaine ? Son nom n'est pas Maggie Attenborough ?

Elle secoue la tête. Un flot d'émotions m'envahit. Déception, tristesse, colère, confusion. J'ai le sentiment d'avoir été abusée, trahie. Cette femme s'est servie de moi, mais dans quel but ? Se rapprocher de Mac et toucher du doigt la célébrité ? Elle n'a même pas cherché à le rencontrer ! Pourquoi avoir caché sa réelle identité ? C'est un non-sens ! Je me suis laissée aveugler par les bons sentiments, une fois de plus.

— Est-ce que je peux faire un selfie avec vous ? Ma sœur va être jalouse !

— Euh…

— Cette femme n'est pas ton amie, Madison !

— Mac ! Qu'est-ce que tu fais ici ? Comment tu as fait pour entrer ? J'ai dû attendre une demi-heure devant la porte !

Ma question est-elle si importante que ça ? Non, vous avez raison.

— Mon Dieu ! Carson Taylor !

Berthe vient de tomber dans les pommes.

— C'est ma mère, Madison !

Et moi, je tombe des nues !

— Ta mère ?

— En passant devant un kiosque tout à l'heure, j'ai vu votre photo en première page d'un tabloïd ! Tu comprends maintenant pourquoi elle est devenue folle quand ce photographe l'a prise en photo ? Elle ne voulait pas que je tombe dessus ! Elle n'a pas changé, elle se sert des gens !

— Mais pourquoi elle aurait fait ça ?

— Bonjour, Mac.

Maggie, je veux dire Caitlin, vient d'apparaître sur le palier. Maintenant que je la vois à côté de Mac, je comprends pourquoi le visage de cette femme m'était si familier. Ils se ressemblent trait pour trait. Mac possède le même regard que sa mère. Un regard profond qui semble lire à travers vous. Mère et fils se regardent fixement, impassibles, tels deux cowboys en duel dans un western. Qui va dégainer le premier ?

— Je suis tellement heureuse de te revoir, Mac.

— Arrête ! Qu'est-ce que tu nous veux ? Tu pensais pouvoir cacher ton petit jeu encore longtemps ? Caitlin Jensen ! Tu as cru qu'avec ton nom de jeune fille, ton plan passerait inaperçu ?

— Mac, s'il te plaît. Ne restez pas dans le couloir. Nous pourrions en discuter à l'intérieur !

Heureusement que Berthe pique un somme.

— Il n'y a rien à dire ! Je vous ai sortis de ma vie il y a longtemps et ça s'arrête là !

— S'il te plaît, écoute ce que j'ai à te dire !

— Pourquoi ? Pour que vous m'embobiniez encore une fois ? Vous n'utiliserez pas la femme que j'aime pour servir vos intérêts, tu entends ? Viens, Madison, on rentre !

— Non, Mac, ce n'est pas ce que je voulais, je t'assure ! Madison, écoutez-moi ! Je me suis sincèrement attachée à vous, je suis tellement heureuse pour Mac ! Vous êtes une belle personne !

— C'est du baratin, Madison !

— Vous m'avez menti depuis le début, Caitlin. Je vous ai fait confiance.

— Tout ce que je voulais, c'était vous aider !

— Et mon géniteur dans cette histoire, il fait quoi ? Il attend sagement que la situation s'arrange ? C'est lui qui t'a demandé de faire ce petit numéro ?

Mac traverse le couloir en trombe pour entrer dans l'appartement. Caitlin lui emboîte le pas.

— Mac, calme-toi !

Il pousse la porte d'un violent coup de pied.

— Viens plutôt t'expliquer avec moi !

— Mac, ton père n'est pas ici !

— Eh bien, on va l'attendre !

— Roger est mort, Mac !

Roger ? Pourquoi ce nom me dit quelque chose ?

Mac se montre indifférent, mais ce n'est qu'une façade. Je sens à l'intonation de sa voix qu'il lutte pour ne pas s'effondrer.

— Et ça fait longtemps ?

— Presque deux ans.

Je crois que Berthe est en train de reprendre connaissance. Il me semble l'avoir vue bouger. Je ferme rapidement la porte derrière moi. Avec un peu de chance, elle pensera avoir rêvé. Oui, je sais c'est ignoble, mais tout de suite, j'ai une affaire plus importante à régler ! Je lui ferai boire un verre de brandy pour la requinquer plus tard.

Des photos de Mac qui n'étaient pas là hier sont exposées sur les étagères. Sur certaines, il est très jeune. Un bébé blond avec plein de cheveux et de magnifiques yeux bleus. J'ai vu Mac jeter un œil vers elles, mais il a vite détourné le regard.

— Et c'est pour ça que tu es revenue ? Tu as besoin de fric ?

— Non, pas du tout ! Je vais t'expliquer…

— Je me fiche de tes explications. On s'en va !

— Mac, attends, je pense que tu devrais écouter ce que ta mère a à te dire.

— Madison, elle s'est fichue de toi ! Elle n'en a rien à faire de nous, elle veut juste profiter de ma notoriété ! Regarde dans quel endroit elle vit !

— Ce n'est pas ce que tu crois, Mac ! J'ai toujours suivi ta carrière. J'ai regardé tous tes films, assisté à chaque cérémonie ! J'ai même découpé tous les articles qui parlaient de toi ! Je suis toujours restée dans l'ombre mais je n'ai jamais cessé de penser à toi !

Si elle a aussi découpé les articles de ces torchons de tabloïds, elle doit en avoir un sacré paquet ! Pardon, je m'égare…

— Et qu'est-ce que ça prouve ?

— Roger m'a brimée durant toute ma vie ! Quand tu es parti, il m'a interdit de te voir ! Je n'ai rien fait pour l'empêcher de te faire du mal et je m'en veux tous les jours de l'avoir laissé t'éloigner de moi !

— C'est un peu tard pour avoir des regrets. Je n'ai plus besoin de toi.

— Caitlin, qu'attendiez-vous de moi exactement ?

— Madison, mon but n'était pas de vous tourmenter ! J'étais tellement émue quand j'ai appris que vous alliez vous marier. En vous faisant ce cadeau, je voulais contribuer un peu à votre bonheur et participer à cet événement. Je vous ai observée un long moment avant de me décider à vous parler, mais je craignais que Mac me voie alors je fuyais bêtement. Si je vous avais dit la vérité, jamais vous ne m'auriez laissée entrer dans votre vie, alors j'ai inventé cette histoire d'adoption. Je suis désolée.

Mac reste muré dans le silence. Il se frotte les tempes du bout des doigts comme pour apaiser un mal de tête. Je ne veux pas m'attendrir et larmoyer devant lui. C'est à lui de décider s'il souhaite renouer des liens avec sa mère. Après quelques minutes de réflexion, il se lève brusquement.

— On s'en va !

Caitlin baigne dans la tristesse. Elle retient Mac par le bras, mais finit par nous laisser quitter son appartement. Mac sort sans se retourner. Après tout ce qu'elle a fait pour moi, je ne peux me résoudre à tourner la page aussi sèchement. Je la regarde avec un sourire affligé et amer en témoignage de ma compassion, avant de refermer la porte derrière moi.

Chapitre 16
Au commencement

Peut-être vous demandez-vous ce qui est arrivé à la pauvre Berthe après que Mac et moi avons quitté l'appartement de Caitlin ? Ou peut-être pas… Tant pis, je vous explique quand même ! Je n'ai pas abandonné Berthe sur le palier comme un vulgaire paillasson. Mac m'a aidée à la transporter jusque dans son salon, ensuite il est parti m'attendre dans la voiture. Il n'avait pas le cœur à distribuer des sourires, faire des selfies et prétendre que tout allait bien. J'ai cherché partout une petite goutte d'alcool qui pourrait rétablir Berthe, mais tout ce que j'ai trouvé, c'est une canette de panaché dans le fond du frigo. Alors j'ai tapoté ses joues et versé un grand verre d'eau glacé sur son visage encore souriant. Elle a fait un bond de vingt centimètres ! Toujours sous le choc de sa rencontre avec Carson Taylor, elle m'a demandé s'il était encore là. Je lui ai répondu qu'elle avait probablement eu des hallucinations avant de faire son malaise. Elle était déçue mais a cru à mon baratin. C'est en sortant de chez elle que j'ai entendu Caitlin pleurer comme jamais je n'ai entendu quelqu'un pleurer. Les murs sont aussi épais qu'une feuille de papier. Ses sanglots tonitruants résonnaient jusqu'à moi. Comment ne pas croire aux bonnes intentions d'une mère envers son fils après cela ? J'ai hésité quelques secondes à aller la réconforter. Je suis restée devant sa porte à me demander de quelle façon agir sans blesser personne, puis je suis partie rejoindre Mac dans la voiture.

— Elle a bien joué son jeu ! Ta robe est aussi celle de ta mère ! Tu ne peux pas la refuser maintenant !

— Je ne pense pas que c'était voulu, Mac. Elle désirait seulement contribuer de près ou de loin à notre mariage et l'occasion s'est présentée avec cette robe.

— Tu crois vraiment à son histoire ?

— Je ne veux pas t'influencer. Ce n'est pas à moi de prendre cette décision, mais à aucun moment elle ne m'a demandé un service ou de l'argent. Elle cherchait plutôt à t'éviter.

— Tout ce qu'elle veut, c'est qu'on la plaigne.

— Cette histoire d'abandon et d'adoption n'était qu'une métaphore. Elle culpabilise, Mac.

Mac n'a pas rétorqué. Il a conduit tout le trajet sans dire un mot, le regard éteint.

***

Notre mariage se tiendra dans quelques jours. Nous sommes enfin arrivés à bout de tous ces préparatifs. Le plan de table n'a pas été une mince affaire, mais j'ai agi de façon stratégique. J'ai rassemblé tous les célibataires autour d'une même table et j'ai installé les couples potentiels les mieux assortis les uns à côté des autres. Un mariage est toujours un événement propice aux rencontres. Nous avons également dû faire face au terrible dilemme des « obligés ». Autrement dit, les personnes qu'on invite parce qu'on n'a pas vraiment le choix si l'on ne veut pas faire exploser une polémique au sein de la famille. Nous avons disposé les personnes concernées par cette instruction cruelle, mais néanmoins réaliste, à côté de l'orchestre.

Fine stratégie ! Ils auront tellement mal aux oreilles qu'ils quitteront la fête bien avant tout le monde !

Ce soir, nous fêtons notre « enterrement ». Vous savez, ce tralala où l'on s'amuse une dernière fois comme des zinzins, parce qu'une fois marié(e), c'est une vie pépère et ennuyeuse qui vous attend ! Mac et moi trouvons ce concept ridicule, mais Kate et Edgar tenaient absolument à organiser une fête chez eux. Les garçons festoieront quelque part entre le fumoir et la bibliothèque tandis que nous nous amuserons entre le grand et le petit salon. La maison est tellement grande que les chances que nous nous croisions restent très infimes. J'espère que strip-teaseurs et gogo danseuses ne seront pas de la partie !

Mac est toujours très troublé d'avoir revu sa mère et je sais qu'il se contraint à y aller. Il se focalise sur notre mariage pour ne pas y penser, mais depuis ce fameux jour, il n'est plus lui-même. Il a souvent l'air distrait et s'irrite facilement. Peut-être regrette-t-il son choix ? J'aimerais tellement comprendre. C'est un sujet qu'il n'a jamais aimé aborder, mais à présent, il est devenu complètement tabou.

Nous arrivons ensemble chez Kate et Edgar. J'ai tout juste le temps d'embrasser Mac que Kate me prend par les épaules pour m'emmener dans la pièce réservée aux filles.

— Madison ! Je t'ai préparé une soirée aux petits oignons !

— Pitié Kate, ne me dis pas que je vais devoir m'habiller en lapin et distribuer des *free hugs*[12] à des inconnus !

— On va s'amuser, tu verras !

— Je t'en fais tellement voir avec mes enquêtes… Tu ne vas pas te venger, hein ?

— Mais qu'est-ce que tu racontes ? Fais-moi confiance !

---

12. « Câlins gratuits », en anglais.

Kate ouvre la porte et des millions de paillettes me tombent dessus ! La moitié d'entre elles atterrissent directement dans ma bouche ! Mes voies respiratoires sont obstruées ! Ma gorge me gratte ! Je tousse ! Je m'étouffe ! À l'aide !

— Ça va, Madison ?

Ça va, je suis en train de crever !

— Vite ! Apportez-lui de l'eau ! Elle s'étrangle !

Ma vue se trouble. Je crois que Susan me tend un verre d'eau mais je suis trop concentrée à tenter de rester en vie. Je crache mes poumons !

— Tiens, Madison ! Bois ça !

J'attrape le verre et le siffle d'un trait ! Merci mon Dieu, je respire enfin ! Je tire la langue de soulagement comme un chien assoiffé. J'ai des paillettes plein le portrait ! Je brille de mille feux. La soirée commence à fond les ballons ! C'est quoi la suite ? M'assommer à coups de serpentins ? Je pensais qu'un enterrement de vie de jeune fille était une expression à prendre au sens figuré ! J'espère que Mac s'en sort mieux que moi.

— Tu te sens mieux ?

— Vous vouliez ma mort ?

— Nous sommes désolées, Madison, nous voulions t'accueillir comme une reine !

Pauvres reines ! Je comprends pourquoi la plupart d'entre elles mouraient en pleine fleur de l'âge.

L'esprit moins étourdi qu'à mon arrivée, je réalise seulement maintenant que toutes nos amies sont là. Rappelez-vous : Phoebe, Gina, Charlotte ! Elles étaient présentes à l'anniversaire de Susan il y a quelques années. Heureusement, cette peste d'Emily n'a pas été conviée.

— Les filles, je suis contente de vous revoir !

Je tiens à apporter un petit éclaircissement. Si je les ai très peu vues depuis que je suis en couple avec Mac, c'est parce que contrairement à mes deux meilleures amies, les profils que je vous ai dépeints lors de l'anniversaire de Susan n'ont pas vraiment changé. Charlotte est toujours aussi défaitiste, Gina une commère invétérée et Phoebe… Phoebe avait craqué sur mon futur époux ! Qui a eu la brillante idée de l'inviter ?

Du côté de Mac...

— Faites place à la star de la soirée : Carson Taylor !

— Merci Edgar, mais pour ce soir, je préfère être simplement Mac.

— Désolé, c'est l'habitude !

Shit ! Qu'est-ce que je fous là ?

— Bonsoir Mac !

— Salut Kenneth ! Tu as réussi à semer la famille royale ? Oh ! Vous êtes là aussi, les gars !

Je distribue des accolades aux membres de l'équipe de mon dernier tournage. J'ai l'impression d'être au boulot. Hormis Kenneth et Brian, un chef-opérateur avec qui j'adore bosser et boire des verres en fin de journée, Edgar a cru que c'était une avant-première. Je ne lui en veux pas, je suis un loup solitaire. Je ne laisse entrer que très peu de personnes dans mon cercle privé alors il s'est débrouillé comme il a pu. Désolé, je n'aime pas être médisant, mais j'ai vraiment envie de rentrer retrouver la seule personne qui compte vraiment à mes yeux, ma future femme.

— Alors, vous avez prévu quoi ? Un *laser game* dans la bibliothèque, un saut à l'élastique sur le toit ?

— D'abord, assieds-toi ! Je vais te servir un verre ! J'ai sorti le plus vieux whisky que j'avais dans ma cave.

— Waouh ! C'est pas trop tôt ! Il faut que je me marie pour que tu sortes de l'oubli tes bouteilles ? Après ce soir, je n'en boirai plus jamais, alors j'ai intérêt à en profiter !

Scott, un accessoiriste que j'ai côtoyé deux fois tout au plus, me tapote l'épaule comme si j'étais son meilleur pote.

— Méfie-toi, Carson ! Dans la vie, rien ne dure vraiment !

— Tu veux sûrement parler de tes trois mariages ratés, Scott ?

— Les femmes ne sont jamais contentes de ce qu'elles ont ! Elle finira par te plumer comme elles le font toutes, si tu ne prends pas garde !

— Merci du conseil, mais en ce qui me concerne, ça devrait aller.

— Susan et moi nous entendons à merveille ! Je ne suis pas d'accord avec ça ! Toutes les femmes ne sont pas des profiteuses !

— Merci Kenneth ! Enfin une personne sensée !

Edgar lève son verre.

— Eh bien, trinquons aux perles rares !

— Aux perles rares !

Je me demande ce que subit Madison de son côté ?

Du côté de Madison...

Ce buffet est à tomber ! Il y en a pour tous les goûts, je me régale ! Je me goinfre comme un porc ! Je devrais me retenir, je risque de ne plus pouvoir entrer dans ma robe de mariée. Maggie, je veux dire Caitlin, se serait donné tout ce mal pour rien. Mon cœur se serre en pensant à elle. Oh, je viens de trouver les canapés au saumon !

— Charlotte, tu veux un petit-four ?

— C'est sans gluten ?

— Aucune idée ! Goûte et tu verras bien.

— Mais je suis allergique, je pourrais en mourir !

— Eh bien, n'en mange pas alors. Je te sers un verre ?

— Je ne peux pas boire le ventre vide, je risque d'être malade.

Mais pour quelle raison est-elle venue au juste ?

— Kate, aurais-tu un fruit pour Charlotte ?

— Je suis aussi allergique aux fruits.

Sans blague !

— Kate, est-ce que tu as des compléments alimentaires ?

— Je suis…

— Laisse tomber !

La table déborde de victuailles et Charlotte doit faire face à un terrible dilemme. Se nourrir et mourir ou mourir d'ennui.

— Madison, tu es resplendissante !

— Merci, Phoebe ! C'est vrai que la vie de couple me réussit.

— Le bonheur rayonne sur ton visage.

— Et toi, tu es…

Je n'ose lui demander si elle est toujours célibataire. La dernière fois que je l'ai vue, elle était tellement dépitée que Mac ait repoussé ses avances qu'elle s'était jetée à corps perdu dans les bras d'un homme marié.

— Moi, je suis entrée dans les ordres. Je n'ai pas supporté de vivre sans Mac.

Je manque de m'étouffer avec un petit-four !

— Vraiment ?

— Je plaisante, Madison ! Tu verrais ta tête !

Elle rit comme une baleine. Sa réaction a le mérite de détendre l'ambiance.

— Je suis toujours à la recherche de la perle rare, mais je pense que tu as volé la dernière.

J'explose de rire mais bizarrement, elle ne rigole plus du tout.

— Euh, tu ne plaisantais pas, là ?

Tout à coup, la porte s'ouvre en grand et un mec avec un caméscope dans les bras apparaît dans l'encadrement de la porte. Oh non ! J'ai cru pendant un instant pouvoir échapper au strip-teaseur, mais c'est loupé ! On va me filmer, en plus ! Beurk ! Il n'a pas intérêt à poser ses sales pattes sur moi ! Bon au moins, il n'est pas fringué comme un membre des Village People.

J'espère que Mac n'a pas droit à une strip-teaseuse.

Du côté de Mac...

Brian est monté à l'étage depuis plusieurs minutes. Il avait quelque chose à récupérer, mais je crois surtout qu'il s'est perdu dans la baraque. Edgar dégaine la bouteille de whisky dès que nos verres se vident. Kenneth nous raconte depuis près d'une demi-heure comment son cheval s'est braqué alors qu'il accompagnait la reine lors d'une cérémonie officielle. Je n'arrive plus à faire semblant de m'éclater. Les blagues lourdaudes de Scott ne font rire que lui mais il continue ses bouffonneries.

— En attendant Brian, je propose qu'on passe au fumoir ! lance Edgar.

— Si on part maintenant, Brian ne nous retrouvera jamais !

— On pourrait partir à sa recherche et former deux équipes ? Ce serait une sorte d'*escape game* !

— Bonne idée, Scott ! On te laisse partir le premier !

Avec un peu de chance, il se paumera lui aussi et on sera tranquilles pour toute la soirée.

— Tu as peur de perdre, Carson ?

— Oh oui ! Je suis terrorisé !

Du côté de Madison...

Ce strip-teaseur a l'air complètement paumé ! Je pense qu'il débute dans le métier. Pas facile !

— Pardon, je…

— Posez le matériel ici, mais je vous préviens, bas les pattes ! Vous faites votre petit numéro, mais sans me toucher, sinon je crie à l'agression !

— En fait, je cherchais…

— Kate et Susan sont parties chercher des boissons ! J'ai vidé la bouteille de brandy alors je suis un peu pompette mais ce n'est pas pour autant qu'il faudra en profiter, hein !

— Je crois que vous vous trompez…

— Oui, oui, c'est ce qu'on dit ! « C'était une erreur, j'ai dérapé et mes mains se sont retrouvées comme par miracle sur votre poitrine ! » Vous étiez au courant, les filles ?

— Non, Kate ne nous a rien dit !

Gina pose son verre pour reluquer le jeune homme de plus près.

— Elle est vraiment gonflée ! Je lui avais dit que j'en connaissais de très bien bâtis et elle m'a dit qu'elle ne voulait pas de ce genre de « numéro » ! Ça va, elle a quand même bien choisi !

Gina approche son visage du jeune homme pour humer son parfum. Phoebe s'humecte les lèvres et le déshabille du regard.

— Oui, c'est vrai, il est pas mal !

Leurs sourires malicieux semblent effrayer « l'animal ». Il recule, craintif. Elles s'avancent vers lui telles deux panthères en chasse. Aucune échappatoire possible, le pauvre homme est pris au piège, plaqué contre le mur.

Charlotte n'a pas bougé d'un pouce. Je suppose qu'elle est aussi allergique aux mecs.

— Brian ! Qu'est-ce que tu fais ici ?

Kate a l'air de très bien connaître ce strip-teaseur. Curieux.

— Mais enfin, les filles, qu'est-ce qui vous prend ?

— Nous voulions tâter le gibier !

Elles ricanent sans s'arrêter.

— Mais de quoi vous parlez ? C'est Brian ! Nous l'avons invité pour la petite fête de Mac !

— Désolé, Kate, je voulais retourner dans la bibliothèque mais je me suis trompé.

Oups ! Je crois qu'on vient de faire une bourde ! Je réprime un fou rire. Gina met sa main devant la bouche et Phoebe rougit de honte. Et Charlotte… bah, c'est Charlotte !

— Je vais te raccompagner.

Du côté de Mac…

Brian est enfin de retour ! Il était temps, Kenneth était sur le point de m'endormir.

— Bah où t'étais passé ?

— J'ai pris la mauvaise route ! Je me suis retrouvé chez les filles !

— Tu as fait bonne chasse ?

— C'est plutôt elles qui m'ont pris en chasse ! Des vraies tigresses ! Elles ont cru que j'étais là pour me foutre à poil et me dandiner !

— Tu en as profité au moins ?

— J'ai pas eu le temps !

— Madison était d'accord avec ça ?

— Elle était un peu pompette, mais elle m'a mis en garde sur mes intentions ! Pas question de la toucher ! Tu n'as aucun mouron à te faire, Mac, tu épouses la bonne personne !

— Ça, je l'ai toujours su !

— Bon, tu as le matos ?

Brian est revenu avec un caméscope. Je suis devant les objectifs du matin au soir. Très original…

— Vous comptez faire quoi avec ça, les gars ?

— Assieds-toi ! Tu vas voir !

On s'installe tous dans le canapé. Edgar relie le caméscope à un vieux téléviseur. Je sens venir le bêtisier de tous les films dans lesquels j'ai joué. Ça risque de me plaire. Un peu de rigolade me ferait du bien. Cette cassette ne date pas d'hier. L'image est neigeuse et saute par moments. Des traits horizontaux traversent la bobine. Un enfant de sept ou huit ans, tout blond, avec une coupe au bol, nous parle des céréales qu'il s'apprête à avaler. Il me faut quelques secondes pour comprendre qu'il s'agit de moi en train de passer un casting. J'ai refoulé cette période durant tellement d'années que je l'avais totalement effacée de ma mémoire. Mon cœur se comprime. Le souvenir de mon père me lançant son regard cinglant si j'avais le malheur d'oublier mon texte me revient de front. Et ces coups de pied au cul qui me tombaient dessus sans prévenir quand je n'étais pas assez motivé. Je vomissais mes tripes après avoir récité mon texte. Un frisson me parcourt l'échine. Je suis tellement crispé que mon dos se raidit en regardant ces images. Tout le monde se marre, mais ce qu'ils ne savent pas, c'est qu'ils assistent à une véritable scène de torture morale. Je jouais tellement bien le jeu que personne ne voyait la souffrance enfouie en moi. Même aujourd'hui, ils n'y voient que du feu. Dans la vie aussi, je sais bien jouer la comédie. L'essai est terminé mais la caméra continue de tourner. Je n'ai pas été retenu pour le rôle. Je me souviens à présent. Mon père est hors champ. Il ne va pas me foutre une trempe devant les caméras. J'ai encore un peu de répit avant « la correction ». Ma mère vient me prendre dans ses bras. Je me blottis contre elle. Le son est à peine audible mais je l'entends me murmurer que ma prestation était extraordinaire quoiqu'on en dise et que j'ai fait de mon mieux. Elle essayait sans doute de me passer de la pommade pour que les coups qui allaient suivre soient plus faciles à encaisser. L'attention qu'elle porte à mon égard me laisse perplexe. Elle m'embrasse avec beaucoup de tendresse. Jusqu'ici, je l'ai toujours associée à l'agressivité de mon père sans réellement faire la distinction. Malheureusement, en dehors des plateaux, elle n'avait plus son mot à dire et les câlins se faisaient rares. « Tu vas en faire une fillette ramollie », lui balançait mon père. Après cela, elle se prenait une claque.

— Merci les gars, mais on va s'arrêter là !

— Qu'est-ce que tu racontes ? Le meilleur reste à venir !

— C'est sympa de votre part, mais je n'ai pas envie d'en voir plus. Je vais rentrer.

— Déjà ?

— Ne le prenez pas mal, vous avez été géniaux ce soir, mais il faut vraiment que je parte.

Du côté de Madison...

J'ai le mal qui fait la tête. Ou plutôt, j'ai mal à la tête. Je parle à l'envers, c'est mauvais signe. Je crois que j'ai trop bu. Ou alors je fais un AVC ! Faut que je fasse les tests !

— Susan ! Viens par-là, s'il te plaît.

— Oui, Madison.

— Parle moins fort, j'ai des acouphènes !

— Mais je parle normalement, pourtant.

— Je vais sourire et tu vas me dire si le coin de ma bouche pend vers le bas, OK ?

— Euh... oui, d'accord.

J'étire ma bouche pour esquisser un sourire qui n'a rien de naturel.

— Alors ?

— Je ne vois rien d'anormal...

— Maintenant je vais tendre les deux bras vers l'avant et tu me dis s'ils s'élèvent en même temps !

— D'accord.

Je lève mes bras.

— Madison !

— Mac ? Qu'est-ce que tu fais là ? Tu n'es pas censé rester de « ton côté » ?

— Et toi, qu'est-ce que tu fiches les bras en l'air ?

— Oh, euh... Je faisais juste un test. C'est bon Susan. Je ne fais pas d'AVC, je suis juste pétée comme un coing.

— Je rentre. Est-ce que tu pars avec moi ? Tu peux encore rester si tu veux.

— Non, attends ! Je te suis.

J'attrape le portemanteau suspendu à ma veste et mon sac à main. Ouh là, il est vraiment temps d'aller me coucher !

— Je file, les filles ! Encore merci pour tout !

— Déjà ?

— Je me sens un peu nauséeuse. Je ne voudrais pas ficher en l'air ton canapé.

— Laissez-en un peu pour la nuit de noces !

— T'en fais pas, Gina ! Ça devrait aller ! Bye, les filles !

— Rentrez bien, les amoureux !

Mac conduit sans dire un mot. Enfin, je crois. Les paroles de la chanson qui passe à la radio sont comme gravées au marteau piqueur dans ma tête. J'entends en boucle *Tell me lies, tell me sweet little lies*[13]. Je ne sais plus qui me parle. Je descends le carreau et sors ma tête pour avaler l'air qui me fouette le visage. Mes joues flasques jouent avec le vent.

— Ça va, Madison ? Tu veux que je m'arrête ?

— Non, roule ! Plus vite on sera allongés, plus vite je pourrais rentrer. Enfin, c'est plutôt le contraire, mais tu as compris…

***

Nous sommes enfin parqués dans l'allée. Pas le temps d'attendre que Mac gare la voiture au garage, je chancelle jusqu'à la porte d'entrée. J'ai envoyé valser mes talons depuis belle lurette. Les gravillons sous mes voûtes plantaires me font un mal de chien ! Pourquoi n'avons-nous pas plutôt posé des dalles en béton ? Pensez-y quand vous referez votre allée ! Gravillons et état d'ébriété ne font pas bon ménage.

Je cours jusqu'à la salle de bains. Il faut que je plonge mon visage sous l'eau froide pour me remettre les idées en place. Bon sang, ça réveille ! Le pyjama m'enfile. Pardon,

---

13. Chanson du groupe Fleetwood Mac.

j'enfile mon pyjama, les yeux à demi ouverts. J'ai besoin de m'allonger, je ne tiens plus debout. Je me hisse jusqu'au lit. Quelqu'un remonte la couette sur mes épaules. J'entends la douce voix de Mac me souhaiter une bonne nuit. *Je t'aime Mac, mais je suis trop épuisée pour articuler ces trois mots.*

Chapitre 17
Au bout du tunnel

J'entrouvre mes paupières. La lumière du jour me brûle les yeux. La nuit a été courte. Je me sens encore vaseuse. Ma gorge est sèche comme du bois. J'ai dû jouer le poisson rouge toute la nuit. La place à côté de moi est vacante, les draps sont frais. Mac est sûrement debout depuis un moment. J'attrape mon portable sur la table de chevet, mes sourcils font un bond ! Il est midi passé ! Je saute du lit et dévale les escaliers pour me rendre dans la cuisine. Mac est assis à table, en train de lire une lettre. Un petit paquet est posé devant lui. Plongé dans sa lecture, il ne remarque pas ma présence.

— Bonjour Mac.

— Madison ! Ça va ? Tu as bien dormi ?

— Je me sens encore un peu nauséeuse. Qu'est-ce que c'est ?

— Un coursier est passé me déposer ce paquet ce matin avec une lettre de ma mère.

— Et qu'est-ce qu'il contient ?

— Une partie des bijoux de ma grand-mère.

— Je croyais que ton père les avait vendus ?

— Je le pensais aussi...

— Je peux lire la lettre ?

— Oui, bien entendu.

Il me tend la lettre d'une main nerveuse.

« *Cher Mac,*

J'ai bien réfléchi depuis notre rencontre. Je me sens tellement honteuse d'avoir osé revenir dans ta vie après tout ce que tu as subi. Je n'ai pas su te protéger et je t'ai lâchement abandonné alors que tu avais cruellement besoin de moi. Revenir vers toi de cette façon était très maladroit et j'en suis sincèrement désolée. Quand ta grand-mère a demandé ta garde il y a si longtemps, je n'ai pas lutté car je savais qu'elle serait une bien meilleure mère pour toi que je ne l'ai été. Malheureusement, son décès prématuré a mis fin à mon rêve de te voir enfin heureux. Pour ton père, ce fut au contraire une nouvelle occasion de s'enrichir. Il a vendu quelques-uns de ses plus beaux bijoux, hormis ceux qui se trouvent dans cette boîte. Si ces quelques bijoux lui ont échappé, c'est parce que nous nous sommes fait cambrioler avant qu'il ait eu le temps de les vendre. Bien entendu, tout cela n'était qu'une mise en scène. J'ai simulé un cambriolage pour sauver ce qu'il me restait de ma mère. J'ai été heureuse d'apprendre que tu avais réussi à racheter sa bague. Ces bijoux te reviennent. Ils font partie de ton héritage familial. Le seul côté dont tu peux être fier. Je sais que ta grand-mère aurait été folle de joie de voir Madison les porter.

Ton talent et ta réussite, tu ne les dois qu'à toi-même, Mac. N'en doute jamais. Je suis tellement fière de ce que tu as accompli. Je vous souhaite une vie merveilleuse remplie d'amour et de sincérité.

Bien affectueusement,
Ta maman, Caitlin »

— Tu te souviens de ce cambriolage ?

— J'en ai de vagues souvenirs. Ma mère était bonne actrice. Mon père ne s'est aperçu de rien.

— Qu'est-ce que tu comptes faire ?

— Je ne sais plus, Madison. Hier, chez Kate et Edgar, ils m'ont montré une vidéo de moi quand j'avais sept ou huit ans. J'étais terrorisé et ma mère me réconfortait. J'avais complètement occulté ces souvenirs.

— Mac, elle vit depuis des années dans un appartement sordide et elle n'a même pas vendu ces bijoux pour se faire un peu d'argent ! Je l'ai entendue sangloter toute seule dans son appartement. Elle n'avait plus aucune raison de faire semblant. Ses larmes étaient sincères, j'en suis convaincue ! Je sais que j'ai dit ne pas vouloir t'influencer, mais je pense que tu devrais lui laisser une chance de s'expliquer. Nous pourrions former une belle famille ! Celle que tu n'as jamais eue !

— …

J'enlace Mac avec tendresse et l'embrasse au-dessus de la tête. Cette fois-ci, c'est lui qui a besoin d'être rassuré.

***

Nous nous garons en bas de l'immeuble où vit Caitlin. Mon cœur cogne à tous les étages. Mac respire un grand coup avant de couper le moteur. Nous y sommes. Cette visite sera décisive. Elle peut aussi bien l'apaiser que le détruire. Mac descend de la voiture et va sonner à l'interphone. Il me jette un regard inquiet. Personne ne répond. Je le vois appuyer sur le bouton une seconde fois. Toujours rien.

— Elle n'est peut-être pas chez elle ?

Mac recule et lève le menton pour regarder à sa fenêtre. Les volets sont fermés.

— C'est bizarre, il est deux heures de l'après-midi ! Tu penses qu'elle dort encore ?

— Attends, laisse-moi faire.

Je descends de la voiture pour héler Berthe de toutes mes forces. Plusieurs têtes dépassent des fenêtres. Je réitère plus fort.

— Beeerthe ! C'est Maaaadiiisoon !

— *On s'en tape !*

— Oh ! Je vous ai pas sonné, vous ! Beeeeeeeeeeerthe !

— Madison, arrête, tu vas rameuter tout le quartier !

— Tu veux voir ta mère ou pas ? Fais-moi confiance !

— Beeeeeeeerthe !

La fenêtre de Berthe s'ouvre enfin !

— Madison ! Oh mon Dieu ! Carson est là aussi ! Je sens que je vais défaillir…

— Non, Berthe, s'il vous plaît ! Reprenez vos esprits ! Nous avons besoin de vous ! Ouvrez-nous et je vous assure que vous pourrez le voir en chair et en os cette fois !

— *Oui, ouvrez-lui, ça fait une heure qu'elle beugle !*

— Oh ! La ferme, vous !

— Je vous ouvre !

— Merci Berthe !

Berthe nous rejoint dans le hall d'entrée. En voyant Mac, ses joues deviennent rouge écarlate. Elle sourit niaisement. Mac s'avance vers elle pour lui tendre la main mais elle manque de faire un malaise. Elle commence à tourner de l'œil.

— Mac, ne t'approche pas d'elle ! Tu vas faire foirer notre plan !

— Je voulais seulement la saluer.

— Tu sais très bien qu'un simple salut peut coûter la vie à de nombreux fans ! Reste à bonne distance, s'il te plaît !

— OK, OK.

Elle revient à elle.

— Tout va bien, Berthe ?

— Euh oui, je crois. Carson est bien là ?

— Oui, cette fois-ci vous ne rêvez pas, Berthe. Carson est bien là.

— Bonjour Berthe.

Elle ouvre grand la bouche.

— Carson ! Je vous adore ! Vous êtes tellement beau ! Enfin, vous êtes un très bon acteur aussi… Vous jouiez tellement bien Jack l'Éventreur ! J'aurais aimé me faire éventrer par vous ! Enfin, pas vraiment, parce qu'être éventré c'est pas très agréable, mais je veux dire si… Oh là là ! Je raconte n'importe quoi ! Quand je vais dire à ma sœur que je vous ai vu, elle ne va pas en croire ses oreilles ! Elle habite dans un trou perdu du Hampshire, aucune chance de croiser une célébrité là-bas ! À moins d'y tourner un film…

Berthe est un vrai moulin à paroles. J'en ai mal à la racine des cheveux.

— Berthe, s'il vous plaît, je reviens dans quelques minutes pour discuter avec vous, mais j'ai absolument besoin de parler à Caitlin Jensen avant. Vous savez, la dame qui habite au bout du couloir ?

— Je suis désolée, Monsieur Taylor, mais cette dame a déménagé il y a plusieurs jours.

Les bras m'en tombent ! Je peux lire la déception dans les yeux de Mac.

— Comment ça se fait ?

— Elle avait plusieurs mois de loyers en retard et le propriétaire l'a mise à la porte, d'après ce que j'ai entendu.

— Et vous savez où elle est allée ?

— Aucune idée ! Elle n'était pas très bavarde. Je peux avoir un selfie avec vous maintenant ?

— Euh… oui, bien sûr, avec plaisir.

Mac fait mine d'être content pour la photo, mais je sais combien cela lui coûte.

Sur le trajet du retour, nous essayons de joindre sa mère sur son portable, mais une voix féminine et monocorde nous coupe l'herbe sous le pied. Le numéro n'est plus attribué.

***

Mac balance sa veste sur le canapé, résigné à tourner la page. Je ne baisserai pas les bras si rapidement ! Sans argent, sa mère n'a pas pu partir bien loin.

— Mac, ne t'en fais pas, je suis détective privée, je vais la retrouver !

— C'est sûrement mieux ainsi, Madison. Hier, j'ai réalisé que je ne connaissais même pas ma mère ! Il est trop tard pour rattraper le temps perdu de toute façon. Le mal est fait.

— Il n'est jamais trop tard ! Tout le monde change ! Les gens évoluent. Ne laisse pas passer cette occasion de découvrir enfin qui elle est réellement ! Ton père t'a privé de ton enfance, ne le laisse pas te priver de ta mère ! Ne bouge surtout pas d'ici !

Je dévale les escaliers qui mènent à mon bureau. Enfin, une enquête qui ne me fera pas perdre mon temps ! J'ai besoin de me concentrer. Je lance mes escarpins et commence par faire les cent pas sur le tapis design gris et blanc. La sensation de la laine sous mes pieds me remet toujours les idées en ordre. Les théories fusent dans mon esprit. Je repasse dans ma tête le petit film de ces derniers mois. Je visualise la mère de Mac. Réfléchissons. Elle m'est apparue pour la première fois « par hasard » dans le supermarché, puis dans le studio de Trickbox TV Ltd où elle m'a aidée à décoincer la bague... Je l'ai croisée ensuite brièvement devant la bijouterie et sur le plateau de tournage du dernier film de Mac... Elle m'a avoué avoir été invitée au défilé de Jean-Paul Malfagoté... Donc, si je rassemble tous ces éléments, selon le théorème du prolongement analytique, une personne aurait... Mais oui, bien sûr ! Je viens enfin de comprendre ! Pourquoi n'y ai-je pas pensé plus tôt ? Je remonte les escaliers à tout berzingue pour rejoindre Mac ! Il est allongé sur le lit, le regard mélancolique.

— Mac ! Je viens enfin de comprendre !

Il se redresse d'un coup.

— De comprendre quoi ?

— Je pense savoir où ta mère est partie !

— Tu as fait des recherches ?

— Mieux que ça ! J'ai tout bonnement réfléchi ! Elle t'a toujours observé, tapie dans l'ombre. Rappelle-toi, elle a assisté à toutes tes avant-premières, remises de prix, elle était présente sur les plateaux télé, dans les coulisses de l'émission...

— Où tu veux en venir, Madison ? Elle nous suivait, tout simplement ! Et il suffit d'ouvrir les journaux pour savoir où nous sommes.

— Je suis d'accord pour le supermarché et la bijouterie. Elle cherchait l'occasion de se rapprocher de moi... Mais comment a-t-elle pu se rendre à tous ces événements et sur le tournage de ton dernier film sans badge et sans invitation ?

— Eh bien... Je ne sais pas... Peut-être que quelqu'un...

— Exactement, Mac ! Quelqu'un l'a aidée ! Une personne proche de toi qui a toujours été à tes côtés ! Une personne qu'elle côtoie également ! Quand je lui ai demandé comment elle avait pu se rendre au défilé de Jean-Paul Malfagoté, elle m'a répondu que quelqu'un qui travaillait là-bas avait réussi à la faire entrer sans invitation…

— Je ne crois pas que ce soit Edgar, il est incapable de garder un secret, je ne l'imagine pas me cacher une chose pareille !

— Ce n'est pas lui, Mac ! C'est une femme. Elle s'est trahie en me révélant qu'il s'agissait « d'une amie ».

— À qui tu penses, alors ?

— À Olivia !

— Olivia Pope ? Ma maquilleuse ?

J'acquiesce.

— C'est vrai qu'on se connaît depuis des années elle et moi, bien avant que je coupe les ponts avec mes parents…

— Elle a dû dire à ta mère que la bague que tu m'as offerte était coincée à mon doigt le jour de l'émission ! C'est pour ça qu'elle est venue m'aider dans les toilettes ! Il n'y a jamais eu de cameraman du nom de Gilbert !

— Et tu crois qu'elle se trouve chez elle ?

— J'en suis persuadée !

— Qu'est-ce qu'on attend alors ? Allons-y !

J'enfile une paire de baskets et ma veste en jean, prête à sortir. Mac me retient par le bras.

— Ça ne va pas, Mac ?

— Je voulais juste te dire à quel point je t'aime, Madison.

— Je t'aime tout autant, Mac.

***

Nous roulons en direction de Shoreditch, un quartier branché à l'image d'Olivia, à l'est de Londres. Les bars en vogue et les restaurants indépendants se mêlent aux boutiques vintage et aux hôtels à l'ambiance décontractée.

L'appartement d'Olivia se situe au dernier étage d'un immeuble en briques rouges donnant sur le jardin du Geffrye Museum.

— Est-ce que tu préfères que je t'attende dans la voiture ?

— Non, viens avec moi, Madison. S'il te plaît.

Je tiens la main de Mac pour le rassurer. Néanmoins, même si je suis intimement convaincue des bonnes attentions de Caitlin, je ne peux m'empêcher d'éprouver de l'inquiétude. Au fil des années, un mur sombre et épais s'est élevé entre une mère et son fils et le détruire à coups de repentance ne sera pas une mince affaire. Il va falloir du temps, beaucoup de temps, pour que Mac réapprenne à l'aimer.

Par chance, quelqu'un entre dans l'immeuble et nous tient la porte. Inutile de prévenir Olivia de notre arrivée. L'ascenseur n'a que quelques étages à descendre avant d'arriver au rez-de-chaussée mais l'attente semble durer une éternité. La montée paraît tout aussi longue. Les portes s'ouvrent enfin sur le dernier étage. L'appartement d'Olivia se trouve dans le fond à gauche. Je ne lâche pas la main de Mac pendant qu'il toque à la porte. Des pas se rapprochent, mais la porte reste fermée. Sans doute le temps qu'Olivia jette un œil par le judas. Mon cœur se serre en entendant la clef dans la serrure.

— Carson ? Madison ? Qu'est-ce que vous faites ici ?

— Bonjour Olivia, nous pouvons te parler quelques minutes ?

Olivia réfléchit, hésitante, avant de reculer pour nous laisser entrer.

— Oui, bien entendu, mais je devais sortir…

— Nous n'en aurons pas pour longtemps.

— Tout va bien, j'espère ? Il y a un souci sur un tournage ? Tu as besoin d'une maquilleuse ?

— Olivia, ne tournons pas autour du pot. Est-ce que ma mère est ici ?

Olivia en reste désorientée.

— Je ne vois pas de quoi tu parles, Carson…

— Olivia, je ne suis pas venu pour te faire des reproches, je veux seulement parler à ma mère.

Elle baisse sa garde et respire à pleine poitrine de soulagement.

— OK, Carson, ta mère est ici ! Mais je n'ai jamais voulu interférer dans votre relation ! J'ai seulement aidé une mère désespérée à revoir son fils ! Tu sais à quel point je vous apprécie, Madison et toi…

— Je comprends très bien, Olivia, ne t'en fais pas.

— Mais comment avez-vous su que Caitlin était là ?

— Je suis fiancé à une détective, je te rappelle !

— Oh oui, j'ai tendance à l'oublier ! Bravo, ma chérie !

— Merci à toi d'avoir pris soin de Caitlin, Olivia.

— Je ne pouvais pas la laisser vivre dans la rue, c'est mon amie.

— Où est-elle ?

— Elle est sortie faire une course.

La porte vient de claquer. Caitlin est debout dans l'entrée. En nous voyant, elle en lâche son sac de courses. Elle s'accroupit pour ramasser ses oranges qui roulent aux quatre coins du salon. Je me précipite vers elle pour lui donner un coup de main.

— Merci Madison.

— C'est comme ça que tout a commencé, je crois ?

Elle me sourit.

— Je suis désolée, n'en voulez pas à Olivia ! Elle a seulement voulu m'aider…

— C'est bon, Caitlin ! Nous en avons parlé avant ton arrivée, ils veulent seulement discuter avec toi. Je vais sortir une heure ou deux, le temps que chacun puisse dire ce qu'il a à dire…

— Merci Olivia !

— Avec plaisir, mon chou !

Olivia quitte son appartement, ou plutôt, elle s'enfuit. Le temps est désormais aux explications. J'ai une boule à l'estomac.

— Eh bien, nous y voilà… Je pourrais faire du thé, qu'en dites-vous ?

— Oui c'est une bonne idée, Madison, merci.

— Commencez sans moi, j'arrive dans deux minutes !

Ce n'est pas très courageux, je vous l'accorde. Cependant, je pense que Mac a besoin de se retrouver seul avec sa mère. Ils ont été séparés depuis bien trop longtemps et ma présence risquerait de freiner leurs retrouvailles. Mais je ne le quitterai pas des yeux, vous avez ma parole. Tandis que je sors les tasses de placard, je tends l'oreille pour ne rien rater de leur conversation. Pour l'instant, c'est plutôt « à l'ouest rien de nouveau », si vous voyez ce que je veux dire. Je n'entends strictement rien. Ils se regardent dans le blanc des yeux depuis quelques minutes. Je vais les aider à briser la glace. Je débarque avec un plateau rempli de petits sablés que j'ai trouvés au fond du garde-manger.

— Voilà, voilà ! De délicieux biscuits aux pépites de chocolats ! Vous aimez ça, Caitlin ?

— Euh oui, merci beaucoup, Madison.

— Faites comme chez vous, servez-vous !

Bon, cet appartement n'est pas chez moi, mais je suis sûre qu'Olivia comprendra.

— Madison, tu ne veux pas rester en manger avec nous ?

— Si, bien sûr, Mac, mais je dois faire chauffer l'eau pour le thé ! Poursuivez sans moi ! Je reviens !

Je me réfugie dans la cuisine pour les observer à travers l'entrebâillement de la porte. Après quelques bienséances, Mac se lance enfin.

— J'ai reçu tes bijoux, mais… tu n'étais pas obligée de me les donner.

— Ils te reviennent, Mac. C'est le moins que je puisse faire après tout ce que tu as subi… J'ai bien conscience que cela ne changera rien à ce qu'il s'est passé, mais…

— Moi aussi, j'ai quelque chose pour toi.

Caitlin lève un sourcil interrogateur. Mac lui tend une perle, il me semble.

— Tu as égaré cette boucle d'oreille chez nous quand tu te cachais à l'étage.

Je ne savais pas que Mac l'avait récupérée ! Je l'avais laissée sur notre commode et ne m'en étais plus souciée !

— Je pensais l'avoir perdue ! Je comptais te les donner avec le reste, mais comme il en manquait une…

— Je n'ai pas besoin de tous ces bijoux.

— Je suis tellement désolée, Mac ! Si tu savais combien je me déteste de t'avoir abandonné de cette façon ! J'étais jeune et sous l'emprise de ton père. Lorsque tu as pris la décision de t'éloigner de nous, je n'ai rien fait pour te retenir parce que je savais au fond de moi que c'était la meilleure solution pour que tu sois enfin heureux.

— Tu aurais pu le quitter !

— J'ai connu ton père quand j'avais dix-sept ans. Il a réussi à me convaincre durant des années que, sans lui, je ne valais rien. J'étais terrorisée ! Ça n'excuse pas ce que je t'ai fait, mais il faut que tu me croies quand je te dis que je n'étais pas la femme que je suis aujourd'hui ! Après ton départ, il m'a interdit de te voir ! Ce n'est qu'à sa mort que j'ai réappris à vivre.

— Et… de quoi est-il mort ?

— Ton père avait une santé fragile depuis quelques années. Il a été hospitalisé à la suite d'un AVC, mais ils n'ont pas réussi à le sauver.

— Et il ne t'a rien laissé ?

— Oh si ! Un monticule de dettes et de regrets.

Caitlin sanglote. À ma grande surprise, Mac pose timidement sa main sur son épaule pour la réconforter.

— Je me suis rappelé récemment combien tu me rassurais durant mes castings.

Caitlin essuie ses yeux d'un revers de main.

— Je m'en veux tellement, Mac.

— Écoute, je ne veux rien te promettre… Je me suis habitué à vivre sans toi depuis très longtemps et rien ne pourra remplacer toutes ces années. Mais après en avoir discuté avec Madison, je suis d'accord pour te laisser revenir doucement dans ma vie…

Le visage de Caitlin rayonne. Mac vient de lui offrir le plus beau cadeau qui soit. La rédemption !

— Je te remercie du fond du cœur, Mac. Je te promets de ne plus te décevoir.

— C'est Madison que tu devrais remercier. C'est elle qui m'a ouvert les yeux.

— Madison est tellement formidable !

— C'est une femme exceptionnelle et j'ai la chance de me marier bientôt avec elle !

Cette pluie de compliments me fait rougir !

— Mais où est-elle d'ailleurs ?

Il est temps de sortir de ma cachette.

— Et voilà ! Le thé est prêt !

— Il t'a fallu une demi-heure pour faire chauffer de l'eau ?

— Je ne trouvais pas la bouilloire, Olivia l'avait bien planquée !

Mac me lance un clin d'œil. Il a bien saisi le subterfuge.

— J'ai loupé quelque chose ?

— J'allais dire à Caitlin qu'elle était invitée à notre mariage.

Une joie indicible illumine le visage de Caitlin. Elle s'avance vers Mac pour l'étreindre, mais s'interrompt soudain dans son élan. Son geste un peu trop téméraire pourrait être mal accueilli. C'est à son fils de venir vers elle, et elle l'a bien compris. Mac lui sourit simplement, mais cela suffit à l'apaiser.

Nous quittons l'appartement d'Olivia le cœur plus léger. Il est temps à présent de célébrer ce que vous et moi attendons depuis le début de notre aventure ! Qu'en pensez-vous ?

Chapitre 18
Au mariage

Mon cœur bat à tout rompre. Tous les invités attendent que je fasse mon entrée ! Imaginez que je me prenne les pieds dans la traîne de ma robe et que je m'étale comme du beurre mou devant tout le monde ! Oh le stress ! Nous avons répété la cérémonie au moins vingt fois hier, mais j'ai peur d'oublier mon texte ! *Respire Madison ! « Oui je le veux, oui je le veux ! »* Il faut que j'articule et que je parle fort pour le fond de la salle. C'est un jeu d'enfant pour Mac, il fait ça tous les jours. Déjà toute petite, j'étais nulle en récitation. Le château (enfin, ce qu'il en reste) est plein à craquer, j'espère que les murs ne vont pas s'effondrer. Nous sommes chanceux, le soleil a également accepté notre invitation. Nous avons tout de même prévu des toiles et des moustiquaires pour protéger les invités des intempéries et des bestioles. Le temps est très capricieux en Écosse. Les convives ont accosté tour à tour par bateau. L'isolation des murs n'étant plus qu'une illusion, nous avons pu apprécier les jérémiades de tante Augusta quand elle a loupé le marchepied et s'est retrouvée à quatre pattes dans les feuillages.

— Tu es prête, Madison ?

— Oh les filles ! Je ne me sens pas bien, j'ai peur de tout faire foirer !

— J'ai des pastilles pour les douleurs gastriques si tu veux… Cela m'avait bien aidée.

— Merci Susan, mais je pense que ça n'y changera rien…

— Tout va bien se passer, Madison ! Reste naturelle !

— C'est justement ce qui m'inquiète, Kate ! Je fais tout capoter, c'est dans mes gènes !

— L'important est de rester souriante quelle que soit la situation ! Les invités ne se douteront de rien si une bourde te tombe dessus.

— Merci Susan. C'est très rassurant…

— Madison, aujourd'hui tu vas épouser Mac ! C'est tout ce qui compte ! Oublie tout le reste !

— Vous avez probablement raison, c'est l'histoire de quelques minutes. Après la cérémonie, les invités seront tellement éméchés qu'ils ne feront plus attention à moi et je pourrai enfin respirer ! Comment va Mac ?

— Il est un peu nerveux, mais plutôt confiant. Tu le connais, il reste calme en toutes circonstances.

— Oui, ça ne m'étonne pas de lui. C'est comme s'il s'était déjà marié. Oh mon Dieu ! Vous pensez qu'il m'aurait caché ça ?

— Madison, tu délires complètement !

Ma mère me demande si elle peut entrer. Elle est accompagnée de Caitlin.

— Oui, entrez !

— On vous laisse en famille, Madison ! Tout ira bien ! On se revoit dans quelques minutes !

— Merci les filles !

Kate et Susan se sont esquivées. Ma mère me regarde les yeux brillants et Caitlin ne cesse de sourire.

— Tu es tellement belle, ma chérie !

— Merci, maman. C'est grâce à la robe de Caitlin.

— Le modèle qui la porte y est pour beaucoup.

— Ce mariage ne serait pas ce qu'il est sans vous deux à mes côtés.

— Je comprends pourquoi tu ne voulais pas de ma robe ! Elle était tellement affreuse, comparée à celle-ci ! J'en rougis de honte ! Quelle allure tu aurais avec cette vieillerie à froufrous !

— Votre robe avait seulement besoin d'un petit rafraîchissement !

— Un gros lifting, vous voulez dire !

Elles rient aux éclats. Caitlin et ma mère sont devenues tellement complices.

— Madison, c'est bientôt l'heure ! Mac vous attend, Caitlin !

— Oups ! Je file accompagner mon fils !

Mon père sonne le départ. Il est temps que je prenne mon envol vers l'homme que j'aime. Je respire profondément, embrasse tendrement ma mère et m'agrippe au bras de mon père pour qu'il me conduise jusqu'à mon futur époux. Mac et moi avons choisi un mariage laïque où chacun y trouvera sa place. *At Last* d'Etta James, accompagnera notre marche. J'ai chargé Susan de lancer la musique. Tous les invités se lèvent. Les regards se tournent vers moi. Je suis tétanisée mais tellement heureuse en même temps. Mac m'attend au bout de l'allée. Son costume bleu trois-pièces fait ressortir la couleur de ses yeux. Son sourire radieux efface toutes mes craintes… jusqu'à ce que Susan envoie la musique ! Etta James vient d'être évincée par Kurt Cobain ! Les premières notes de *Rape me*[14] de Nirvana me donnent des sueurs froides ! Nos convives sont en état de choc ! Ils gloussent, chuchotent, lèvent les yeux au ciel ! Je suis paralysée par la honte ! Mon rythme cardiaque et

---

14. « Viole-moi », en anglais.

ma respiration s'accélèrent ! Je n'arrive plus à réfléchir calmement. Un état de stress intense me submerge ! Que dois-je faire ? Me jeter sur Susan et lui faire la peau ? Agir comme si de rien n'était ? Le temps que je réfléchisse, Kurt en est déjà au refrain ! Il hurle tandis que je me liquéfie ! Je m'en veux tellement d'avoir fait confiance à Susan ! Je la fustige du regard ! Mac applaudit et bat la mesure avec le pied. Il secoue la tête d'avant en arrière. Qu'est-ce qu'il fiche ?

— J'adore Nirvana, pas vous ?

Les invités le suivent ! Des rires bruyants résonnent dans le château. Je comprends enfin ! Il cherche à dédramatiser la situation. Susan appuie sur tous les boutons de la télécommande mais rien n'y fait. Kurt compte bien finir sa chanson ! Heureusement, Kate vient lui prêter main-forte et Etta James fait son *come-back* ! J'expire de soulagement. Mon père et moi reprenons notre marche. Je ne quitte plus Mac des yeux. Je m'accroche à son regard comme à une bouée de sauvetage. Mon père lui laisse sa place. Je l'entends me murmurer à quel point je suis belle et lui renvoie le compliment par un sourire.

Le maître de cérémonie nous accueille avec un sourire hébété. C'est étrange, je n'ai pas remarqué hier son regard divergent. Cet homme ne ressemble en rien à M. Hooper. Je fais discrètement part de mon étonnement à Mac, il me répond entre ses dents qu'il est autant surpris que moi. « M. Je ne sais qui » commence par s'adresser aux invités. Nous l'écoutons relater avec humour notre rencontre peu conventionnelle. L'auditoire est pour ainsi dire scotché à ses lèvres.

— L'amour, c'est accepter l'autre avec ses défauts et ses coups de folie, mais c'est aussi s'entraider pour que chacun puisse évoluer et devenir une meilleure version de lui-même…

Là-dessus, je pense qu'on est bon…

— L'amour, c'est toujours se garder quelques moments privilégiés avec l'être aimé malgré nos vies tumultueuses pour que la flamme de s'éteigne jamais…

C'est toujours bien de nous le rappeler…

— L'amour est générosité, indulgence et pardon…

Je crois qu'on a rempli toutes les conditions, là…

La situation prend une tournure assez incroyable quand le monsieur qui louche se tourne vers nous. Son œil gauche me toise mais ses mots s'envolent vers Mac. C'est très déstabilisant. Je suis comme hypnotisée par sa loucherie.

— Mac Allister, voulez-vous prendre Madison, Ciara, Abigail…

— Stop !

— Je vous demande pardon ?

Les invités ont cessé de respirer. Mac me fait les gros yeux.

— Madison, qu'est-ce qui te prend ?

— Est-il vraiment nécessaire de citer tous mes prénoms ?

Je ne laisserai pas cette Berthe fourrer son nez dans mon mariage !

Mac relâche les épaules de soulagement. Oups ! Je viens de lui faire une peur bleue !

— Très bien, poursuivons… Mac Allister, voulez-vous prendre Madison… Nichols, ici présente, pour épouse ?

— Oui, je le veux.

C'est bientôt mon tour ! *Respire, Madison ! Respire ! Trois petits mots, c'est pas la mer à boire !* Je n'entends plus que les battements de mon cœur qui s'emballe !

— Madison Nichols, voulez-vous prendre Mac Allister, ici présent…

— Oui, je le veux ! Je le veux !

— Quel enthousiasme !

— Nous attendons ce moment depuis trop longtemps !

— Alors il est temps d'échanger les alliances !

Edgar et Kate nous tendent deux petits coussins en satin sur lesquels reposent nos alliances.

— Madison, je te donne cette alliance comme un symbole de l'amour que j'éprouve pour toi et de mon engagement envers toi.

Elle me va comme un gant ! Quel soulagement !

— Mac, je te donne ce symbole de l'amour comme alliance…

Euh je crois que c'était pas ça… Je tremble tellement que je n'arrive pas à glisser l'alliance au doigt de Mac ! Oh là là ! C'est une catastrophe ! Je transpire comme un bœuf !

— Pardon, je recommence… Je te donne comme alliance, l'amour… Je suis désolée…

Mac pose une main bienveillante sur mon épaule.

— Madison, dis simplement ce que tu as sur le cœur. Oublie cette phrase toute faite.

J'acquiesce et respire à pleins poumons.

— Mac, tu as su lire en moi dès notre première rencontre. Mon imagination débordante et mes crises de folie ne t'ont jamais fait fuir. C'est comme ça que j'ai su que tu étais l'homme de ma vie !

L'auditoire se met à rire.

— Tu m'as acceptée telle que je suis, et grâce à toi, mes défauts sont devenus mes atouts. Tu fais rejaillir ce qu'il y a de meilleur en moi. Cette bague est un maigre symbole comparé à l'amour que je te porte. Je t'aime, Mac.

— Je t'aime, Madison.

— Je vous déclare maintenant unis par les liens du mariage. Vous pouvez vous embrasser. Oh, mais je vois que c'est déjà fait !

Nos convives applaudissent, mais je n'entends plus rien. Une bulle de bonheur nous enveloppe. Une bulle si fragile que je me cramponne à ces quelques secondes de quiétude. Je n'ai plus envie de décoller mes lèvres de celles de Mac.

***

Les brèches du toit délabré laissent deviner un ciel étoilé. C'est une magnifique nuit. Nous sommes sur un petit nuage. Pardon, je vous avais promis d'arrêter avec mes phrases à l'eau de rose, mais c'est plus fort que moi. Elles sortent de ma bouche sans crier gare. Toutes les personnes que nous chérissons sont à nos côtés aujourd'hui. Enfin, je me serais bien privée de la présence de tante Augusta. Elle se plaint des courants d'air depuis une bonne demi-heure ! Je pensais que les histoires de nains de jardin de ma grand-tante Dorothy suffiraient à l'assommer, mais elle ne laisse rien passer. Quelqu'un devrait lui rappeler que nous sommes dans un château en ruines ! Nous ouvrons le bal sur *Dancing Queen* d'Abba en souvenir de notre toute première danse. Rappelez-vous, ma soirée en l'honneur de Susan était en train de couler, mais Mac l'avait remise à flot comme il le fait toujours. Je lui dois tellement.

— Est-ce que je peux t'emprunter ton époux pour quelques minutes ?

— Bien sûr, Caitlin ! Je vous cède ma place, mais seulement le temps d'une danse !

— Je te le rends très vite, c'est promis.

J'ai rêvé ce moment tellement souvent. Une parenthèse dans nos vies si tourmentées.

— La cérémonie était très réussie. J'ai toujours été fan de Nirvana.

— Agent Scully ! Je suis tellement heureuse que vous ayez pu venir !

— J'ai toujours su que vous étiez faits l'un pour l'autre. Même quand vous en doutiez.

— L'avenir nous dira si vous avez eu raison.

— La meilleure façon de prédire le futur, c'est de l'inventer. À vous de jouer maintenant.

— Vous avez toujours eu de sages et précieux conseils. Vous et l'agent Mulder tenez une place toute particulière dans ma vie. Comment va-t-il justement ? Je lui ai envoyé une invitation mais il n'a jamais répondu.

— L'agent Mulder est parti rejoindre sa sœur…

— Oh... J'imagine qu'il ne va pas rentrer de sitôt…

Elle secoue la tête.

Un cri aigu provenant de la table de tante Augusta nous fait sursauter. Qu'a-t-elle encore trouvé de répréhensible ? La chaise n'est-elle pas assez confortable ? La musique n'est-elle pas à son goût ? S'est-elle étouffée avec de la mie de pain ? Ce ne serait pas une si mauvaise chose… Pardon, ce n'est pas ce que je voulais dire ! Mes mots ont dépassé ma pensée, comme toujours.

— Tout va bien, tante Augusta ?

— C'est quoi ce repas ? Tu crois vraiment que je vais avaler ce poulpe mou, collant et gélatineux ?

— Du poulpe ? Mais pas du tout, c'est du… du poulpe ! Mais ce n'est pas ce que nous avions commandé ! C'est Susan qui a… Oh mon Dieu ! Susan !

— Oui, Madison ?

— Quel menu as-tu commandé chez le traiteur ?

— Le quatre-vingt-quinze, comme tu me l'avais dit.

— Non Susan ! Ça, c'était le nombre d'invités, pas le numéro du menu ! C'est une catastrophe !

— Le mieux à faire quand une bourde te tombe dessus, c'est de…

— S'il te plaît, Susan, n'en rajoute pas ! Est-ce que certains d'entre vous aiment le poulpe ?

Ce plat ne fait malheureusement pas l'unanimité.

— Quelque chose ne va pas, Madison ?

— Mac, nous avons un problème avec le menu…

— Qu'est-ce qui se passe ? Oh… c'est vrai que c'est pas ragoûtant…

Il se gratte le menton en pleine réflexion.

— Je vais faire livrer des sandwichs pour tout le monde, ça vous va ?

Tout le monde s'en réjouit, à part moi. J'en suis déconfite.

— Ça va aller, Madison, je vais gérer ça.

— J'avais tout prévu pour que tout soit parfait et c'est la bérézina !

— La perfection n'existe pas ! C'est à nous d'apprendre à nous adapter aux aléas de la vie.

— L'adaptation est devenue mon maître-mot ces derniers temps…

— Madison, l'inattendu est bien ce qui nous a réunis, toi et moi, n'est-ce pas ? Je trouve au contraire que ce mariage nous ressemble.

— Comment fais-tu pour voir toujours le verre à moitié plein ? Tu es l'homme de toutes les situations.

— J'ai seulement appris à me débrouiller tout seul depuis toujours. Quand tu te sens pris au piège, le seul moyen de t'en sortir est d'arrêter de te lamenter.

Le visage de Caitlin blêmit. Mac vient de lancer une flèche dans le cœur de sa mère. Elle est partie s'isoler en dehors du château.

— Je suis désolée, Madison, j'ai gâché ton repas de mariage.

— Tu n'as rien gâché, Susan. Tu as juste bousculé mon plan que je trouvais comme sur des roulettes. Je ne t'en veux pas, ne t'en fais pas. J'ai quelque chose à faire, je reviens.

J'aperçois la silhouette de Caitlin dans la nuit claire. Elle est en train de monter dans une barque.

— Caitlin ! Que faites-vous ? Revenez, voyons !

— Je suis désolée, Madison, je dois partir.

— Partir ? Après tous les efforts que vous avez déployés pour vous rapprocher de votre fils, vous fuyez ?

— Je ne fuis pas, Madison, je fais juste ce qu'il y a de mieux pour mon fils !

— Cette excuse ne tient plus, Caitlin ! Mac n'est plus un enfant ! Vous l'abandonnez encore une fois ! Il a fait un pas vers vous et vous le remerciez en décampant comme une voleuse !

— Tu ne comprends pas, Madison, quoique je fasse pour me racheter, mon passé reviendra sans cesse me hanter !

— Vous ne pouvez pas demander à Mac de faire table rase du passé en un claquement de doigts ! Il lui faudra du temps. Si vous tenez réellement à votre fils, vous allez descendre de cette fichue barque et lui prouver jour après jour que vous l'aimez ! Dans le cas contraire, je ne vous retiens pas ! Mais ne comptez plus sur moi pour vous soutenir !

Mon cerveau est sur le point d'imploser ! Si Caitlin met les voiles, je vais ramasser Mac à la petite cuillère. Il ne supportera pas une nouvelle trahison. Ce mariage est digne d'un *soap* !

— *Yeah*, Mady ! Tout va comme tu veux ?

— Salut Jean-Claude ! Excuse-moi, je suis un peu perturbéc, la mère de Mac est dehors et…

— Il ne faut pas écouter les bruits du monde, mais le silence de l'âme.

— Merci, j'essayerai d'y penser…

— Le grand combat, c'est contre soi-même. La victoire, c'est d'avoir compris ce que l'on veut… et d'y croire.

— Ce que je veux, c'est un mariage sans tragédie, pour une fois !

— Il faut se battre pour essayer de ne pas répéter nos erreurs, elles sont faciles à retenir mais on les répète toujours.

Faut vraiment que j'aille boire un verre !

Les sandwichs seront livrés par bateau d'ici une heure. Les invités ont compensé leur faim avec le champagne. Tout le monde est d'humeur guillerette, sauf peut-être tante Augusta, mais cela n'a rien d'étonnant. L'alcool n'a aucun effet sur elle. Même une séance de chatouilles la laisserait de marbre. Caitlin n'est pas revenue. Un sentiment d'angoisse m'envahit. Que vais-je bien pouvoir raconter à Mac ? Que sa mère a préféré fuir parce qu'aimer son fils était une tâche bien trop compliquée pour elle ? Ça va lui briser le cœur.

— Madison, un invité de dernière minute est là !

— De dernière minute ? Tous les invités sont ici pourtant.

— Il dit que vous avez oublié de l'inviter.

— Nous n'avons oublié personne !

— Bonsoir Madison !

Mon sang ne fait qu'un tour ! Il ne manquait plus que lui pour foutre mon mariage en l'air !

— Tu n'as rien à faire ici, Tom !

— Bien au contraire, chère Madison. Je t'ai fait une promesse il y a quelque temps et je compte bien la respecter ! Tu n'as quand même pas oublié ? Je vais faire de votre vie un enfer !

Il déambule entre les tables, les mains dans les poches. Son arrogance me donne des nausées !

— Charmant, ce château en ruines ! Il est à l'image de votre couple. Aucune base solide, juste des décombres.

— Fous le camp, Tom !

— Carson ! Alors ça y est, tu as la bague au doigt ? Je ne donne pas cher de votre mariage. Quand elle se rendra compte à quel point tu la formates, elle se cassera aussi vite qu'elle est entrée dans ta vie !

Mac est prêt à bondir sur Tom, mais Edgar et Kenneth le retiennent par les épaules.

— Ferme-la, Tom ! Rentre chez toi !

— Edgar, le petit toutou de Carson est aux abois ! C'est vrai qu'il ne fait rien sans ton approbation.

— Dégage ! Je ne te représente plus ! Trouve-toi un autre agent !

— C'est déjà fait. La carrière de ton petit protégé va bientôt partir en fumée et la tienne avec !

Mac réussit à s'extirper. Il se jette sur Tom et lui balance un vigoureux coup de poing dans le nez ! Du sang coule sur sa chemise, mais Tom reste impassible !

— Quelle violence ! Tu ne sais répondre qu'avec les poings, mais je te pardonne. Avec l'enfance merdique que tu as eue, personne pour t'apprendre les bonnes manières…

Mac ne lui laisse pas le temps de finir sa phrase. Il l'attrape par le col de sa chemise, le pousse en arrière, et lui décoche un autre crochet du droit ! Tom trébuche et s'effondre sur la table des boissons. Le temps se fige. Tous les invités assistent à la scène, impuissants.

— Mac, calme-toi ! S'il te plaît !

Tom se relève des débris et se saisit d'un bout de verre brisé ! Je hurle à Mac de reculer, mais il est trop tard ! Il brandit le bris de verre au-dessus de Mac mais s'écroule subitement au sol avant d'avoir atteint sa cible. Caitlin vient de l'assommer avec une poêle à frire !

— Si tu touches encore une fois à mon fils, je te brise les deux jambes !

— Caitlin, je suis tellement heureuse que vous soyez là ! Tu vas bien, Mac ?

— Ça va, c'est surtout lui qui a pris cher. Merci… maman.

Les yeux de Caitlin étincellent. Mac me prend dans ses bras et invite sa mère à nous rejoindre.

— Aussi longtemps que je vivrai, plus personne ne lèvera la main sur mon fils !

— Tu t'es prise pour Raiponce avec ta poêle à frire ?

— C'est la première chose qui m'est tombée sous la main !

Tom est toujours évanoui au milieu des débris. Son visage trempe dans la bibine. Il a l'air beurré comme une biscotte. Je le prends en photo avec mon téléphone, j'aurai de quoi le faire chanter s'il nous cherche encore des noises. Tante Augusta vient de lui jeter son poulpe à la figure.

— Prends ça, bougre d'âne ! Bon, quand est-ce qu'on mange ? J'ai une faim de tous les diables !

— Les sandwichs ne vont plus tarder, tante Augusta.

Scully dévisage Tom avec une grimace de dégoût.

— Je n'ai jamais pu encadrer ce mec ! J'ai des menottes dans mon sac. Que voulez-vous que je fasse de lui ?

— Eh bien, vous pourriez l'attacher dehors, l'air frais l'aidera à dessoûler.

— Vous ne me le direz pas deux fois !

— Merci agent Scully !

Scully, Kenneth et Edgar prennent un malin plaisir à traîner Tom sur le sol rocailleux. Le réveil risque d'être assez déplaisant.

Si l'on fait abstraction des geignements de tante Augusta, la soirée se conclut paisiblement. Les sandwichs sont arrivés à bon port, une musique en parfaite harmonie avec ce que nous ressentons nous accompagne et une pluie de rires inonde le château.

— Madison ! C'est l'heure de lancer le bouquet !

Je lève le bras et lance de toutes mes forces mon bouquet en direction des copines célibataires. Le vase que Susan et Kenneth nous ont offert vient de se briser en mille morceaux ! Oups ! Quel dommage ! Il est temps à présent de quitter la fête. Mac et moi partons en voyage de noces dans moins d'une heure. Cette journée a bien résumé ma vie. Trépidante, rocambolesque, mais surtout remplie d'amour. Avant de m'éclipser, je tiens à porter un toast. À vous qui lisez ces lignes ! Parce que sans vous pour m'écouter, mes aventures n'auraient eu aucune raison d'être ! Alors, santé !

Oh, juste une dernière précision ! Ceci n'est pas un conte de fées. Ne vous attendez pas à lire en fin de page le fameux « ils se marièrent et eurent beaucoup d'enfants ». Non, non, non ! La vie ne se résume pas à se caser et à procréer ! « Ils se marièrent et eurent beaucoup de galères » sonne plus réaliste. Mais, si je peux me permettre de vous donner un tout dernier conseil pour la vivre au mieux, ne laissez pas la rancœur et les regrets vous priver de votre paix intérieure.

Épilogue

Depuis notre mariage, Mac et sa mère réapprennent tout doucement à s'aimer. Ils s'appellent régulièrement et nous la convions à toutes les fêtes de famille. Olivia l'a aidée à trouver un emploi comme costumière dans un théâtre londonien. Elle habite désormais un petit appartement dans le quartier de Bloomsbury. Bien que vivant modestement, elle a toujours refusé le moindre penny de notre part.

Nous avons entendu un peu plus tard que le maître de cérémonie qui devait initialement nous marier n'avait pas réussi à rentrer chez lui après les dernières répétitions. Il s'est perdu au beau milieu du lac et a passé la nuit sur un îlot perdu. Seulement, contrairement à Mac et moi, il n'a trouvé personne sur place pour faire du corps-à-corps et se réchauffer. Autant vous dire qu'il n'est pas près d'accepter une nouvelle proposition dans un lieu aussi pittoresque !

Edgar a enfin retrouvé la raison. Il a cessé de tartiner sa tignasse de gel. Il lui aura fallu du temps pour comprendre que les cheveux plaqués sur sa tête façon poupée Ken n'étaient plus tendance, mais le résultat est époustouflant !

Kate commence seulement à se familiariser à sa nouvelle maison. Elle arrive beaucoup moins souvent en retard à nos rendez-vous. Elle s'est offert une jument qu'elle a appelée Cocotte. Ne me demandez pas quel est le rapport entre ce nom et un cheval, je n'ai toujours pas compris…

Susan a brillamment réussi sa formation d'organisatrice de mariage. Depuis qu'elle a commis des bourdes au nôtre, elle prête une attention toute particulière au menu et à la musique. Elle a récemment organisé le mariage d'un couple français originaire de Toulouse. Je crois qu'ils s'appelaient Hissa et Marc. Ils étaient très contents de sa prestation, et grâce au gentil commentaire qu'ils ont laissé sur son site Internet, elle croule sous les propositions.

À ce jour, l'agent Mulder n'a toujours pas retrouvé sa sœur, et pour être franche avec vous, je pense qu'il ne la retrouvera jamais. Mais j'imagine que vous vous en doutiez.

Oh, j'allais oublier le principal ! Nous avons détaché Tom avant de quitter le château. Il s'est réveillé au petit matin, l'air frais du loch lui a chatouillé les narines. Le choc de la poêle à frire contre son crâne lui a remis les idées en place. Il fait profil bas désormais. Tellement bas que l'on n'entend plus du tout parler de lui. Figurez-vous que l'agent qui devait le représenter après la démission d'Edgar a découvert que Tom couchait avec sa femme ! Après cela, plus personne n'a voulu l'engager et sa carrière a sombré peu à peu dans l'oubli.

Eh bien, nous y voilà. Il semblerait que nous arrivions à la fin de notre périple. Mais ne soyez pas triste. Ceci n'est pas un adieu. Ma vie est tellement abracadabrantesque qu'il est fort probable que je ressente un jour le besoin d'expier mes nouvelles péripéties. J'ai adoré partager ces épisodes de ma vie avec vous, et j'espère que vous avez pris plaisir à lire mes (nombreuses) mésaventures. Je tiens à m'excuser de vous avoir parfois tourmenté, néanmoins, si je suis parvenue à vous arracher un sourire, alors j'estime avoir réussi une de mes plus belles missions. Rire est bon pour la santé, paraît-il, alors ne vous en privez pas. Je vous souhaite à tous une vie pleine de petites folies, parce qu'au fond, l'existence serait bien triste sans ces quelques moments d'égarement, vous ne croyez pas ?

Avec toute mon affection, votre dévouée et délurée,

Madison Nichols

Remerciements

L'écriture de cette « épopée » rocambolesque touche à sa fin. Madison est pour ainsi dire devenue une amie et lui dire au revoir est un véritable déchirement. Elle m'accompagne depuis tellement d'années qu'il va me falloir un peu de temps avant de me « détacher » de cette Londonienne farfelue et pouvoir écrire de nouvelles histoires. Toutes ces heures passées à ses côtés ont été une véritable bouffée d'oxygène. Je tiens à remercier les Éditions Feel So Good d'avoir permis à mon personnage loufoque de prendre vie et de se faire connaître. Sans vous, mon héroïne serait peut-être encore coincée dans un de mes nombreux fichiers Word !

Je remercie également ma famille qui pâtit de mes longues heures sur mon ordinateur sans broncher, ainsi que mes proches qui me suivent de près ou de loin et qui gardent toujours un œil sur moi.

J'ai aussi beaucoup de reconnaissance envers mes ami(e)s auteur(e)s. Vos conseils sont toujours les bienvenus et j'apprends beaucoup avec vous.

Grâce à cette aventure, j'ai rencontré des personnes formidables. Je pense à Caroline (@carol_in_besac) que je remercie infiniment pour son enthousiasme et sa bienveillance. Tu es sans nul doute l'une de mes plus belles rencontres Instagram. Et à la talentueuse Laurence Koëss. Ta générosité et ton infaillible soutien m'ont été d'une aide précieuse et je suis heureuse de te compter désormais parmi mes ami(e)s.

J'ajoute une mention toute particulière à ma correctrice personnelle, Céline Guillaume, pour son travail sérieux, son écoute et sa gentillesse. Avec vous, je sais que mes manuscrits sont toujours entre de bonnes mains.

Je ne peux terminer cette saga sans remercier les lecteurs, lectrices et services presse. Mon parcours livresque ne serait d'aucun intérêt sans personne pour lire mes histoires. Vos avis sont essentiels. Ils m'encouragent à poursuivre ma passion quand le syndrome de l'imposteur pointe le bout de son nez. Certains d'entre eux m'ont particulièrement émue et touchée. Du fond du cœur, merci.

J'espère n'avoir négligé personne… Oh mais si voyons ! Je remercie très chaleureusement Jean-Claude dont les apparitions quelque peu remarquées ont fait le bonheur de ma consœur Delia Wilmus.

À toutes ces personnes, je dédie mon tome 3.

Que votre vie soit belle, trépidante et (un peu) rocambolesque !

Angela Villa

À vous de jouer !

Pour clore cette saga, je vous propose un petit jeu ! Plusieurs références audiovisuelles et littéraires ont été glissées implicitement ou explicitement dans les trois tomes. Les avez-vous identifiées ?

En voici quelques-unes :

Dirty Dancing
Retour vers le futur I et II
La Mouche
Chucky
Quatre mariages et un enterrement
Pretty Woman
Sixième Sens
Maman, j'ai raté l'avion
Grease
Pulp Fiction
Mission impossible
La Chevauchée fantastique
Le Seigneur des Anneaux
Arsenic et vieilles dentelles
La Fureur de vivre
Le Saint de Manhattan
La Fièvre du samedi soir
The Mask
Grey's Anatomy
Harry Potter
L'Exorciste
Le Magicien d'Oz

50 Nuances de Grey
Broadchurch
Doctor Who
Fleabag
N'oublie jamais
Kill Bill
Batman
Tant qu'il y aura des hommes
The Holiday
Coup de foudre à Notting Hill
Fenêtre sur cour
Sex and the City
Terminator
Elephant Man
Le Bon, la Brute et le Truand
L'Inspecteur Harry
Le Silence des Agneaux
Cléopâtre
L'Agence tous risques
Monk
La Guerre des Rose
Twilight
Le Monde perdu : Jurassic Park
Les Experts : Miami
Le Grinch
Souviens-toi... l'été dernier
Le Parrain
Seven
Highlander
Les Griffes de la Nuit
K2000
Diamants sur Canapé

Psychose
Star Trek
Mariés, deux enfants
Halloween, La Nuit des masques
Beverly Hills 90210
Dumb & Dumber
X-Files : Aux frontières du réel
Gilda
Sweeney Todd, le Diabolique Barbier de Fleet Street
Thelma et Louise
Friends
Vampire Diaries
Cendrillon
1492 : Christophe Colomb
Certains l'aiment chaud
Insaisissables
Princess Bride
Y'a-t-il un pilote dans l'avion ?
Casper
Ghost
Le Mariage de mon meilleur ami
Titanic
Les Dents de la mer
Hôtel du Nord
Seul au monde
Docteur Quinn, femme médecin
Buffy contre les vampires
Angel
The Shining
Un Mariage trop parfait
Scandal
Mary Poppins

West Side Story
Autant en emporte le vent
Shrek
Karaté Kid
Gatsby le Magnifique
27 Robes
Dallas
Sissi l'impératrice
Annabelle
Arrow
Beetlejuice
Neverland
Frankenstein
Forrest Gump
La Maison de cire
Douze Hommes en colère
À l'Ouest, rien de nouveau
À travers les silences

Vous pouvez me faire part de vos réponses via mon compte Instagram, @angela.e.villa.auteure !

Vous avez aimé votre lecture?
Découvrez les autres romans des éditions Feel So Good
disponibles en format papier et numérique.

Les lumières du bout du monde
Tome 1 : Dans les steppes sans fin
Reporter passionnée, Elina arpente depuis des années champs de bataille et terrains minés. Mais Nicolas, son premier amour, souffre trop de ses absences à répétition et se fiance à une autre. Elina refuse de s'apitoyer sur son sort et se réfugie dans son travail. Sa douleur la pousse néanmoins à commettre des imprudences sur le terrain, au péril de sa vie. Contrainte par sa supérieure à des congés forcés, elle plie bagages et entreprend un long voyage en Mongolie. Dans les steppes, elle rencontre Federico, bel Espagnol à la tête d'une association visant à réintroduire une espèce de chevaux en voie d'extinction dans leur milieu naturel...

Les fleurs renaissent toujours au printemps
Tome 1 : Jour d'orage
Un SMS et tout s'écroule. Son mari la quitte et demande le divorce après vingt ans de mariage. C'est la descente aux enfers pour Florence, qui était persuadée que son couple était solide. Entourée par ses amis fidèles et sa fille, elle commence alors un travail d'introspection et de reconstruction. Commence alors un travail d'introspection et de reconstruction, entourée par ses amis fidèles et sa fille. Florence se reconnectera à elle-même et découvrira ses véritables passions...

Comme une bouteille à la mer
Tome 1 : Ou comment apprendre à aimer de nouveau la vie

Luc a décidé de rejeter tout sentiment depuis que sa femme enceinte a perdu la vie dans un accident de voiture. Pas de sentiments, pas de chagrin. Juste un grand vide. Le jour où son enfant aurait dû naître, il pense à mettre un terme à sa propre existence. Jusqu'à l'irruption de Victoire, qui incarne la vie. Elle lui lègue un carnet, dans lequel elle notait ses pensées, ses souvenirs, ses conseils, pour réussir à apprécier la vie, et à partager aux autres des petites parcelles de bonheur. Luc se prend au jeu et utilise ce carnet comme un guide. Mais jusqu'où cela le mènera-t-il ?

La vallée des belles rencontres
Tome 1 : Chez Léonie

En octobre aura lieu la fête du tricentenaire de la petite bourgade de Château-sur-foin. Pour l'occasion, toute la ville se mobilise afin de rendre cette fête mémorable. Le salon de thé « Chez Léonie », une institution du village, est devenu le théâtre des nombreuses préparations de cet évènement et des histoires de chacun. Entre Matthew, professeur dévoué, tombé sous le charme d'une de ses élèves, Marie et Gatien dont le couple traverse une crise ou Léonie dont le quotidien est chamboulé par la passation de son salon de thé et Edgard qui ne la laisse pas si indifférente... tous semblent arriver à un tournant de leur vie.

Réussiront-ils à saisir le bonheur qui s'offre à eux ?

Pour en savoir plus
https://www.feelsogood-editions.com/

Éditions Feel So Good
10/8, rue Jules Cockx
1160, Bruxelles
www.feelsogood-editions.com/

ISBN : 9782390453291
D/2022/14.771/11

Maquette de couverture : Philippe Dieu
Photo : © Master1305 / Shutterstock ; / primo-piano / iStock